밤은
노래한다

밤은
노래한다

김연수
장편소설

문학동네

차례

1932년 9월 용정

별도 없고, 달도 없다.
죽은 나비도, 웃음의 허망함도, 사랑의 무도도 없다.
그런데 청년들은 아주 고요하다.

_루쉰

차가운 가을바람이 불던 1932년 9월 하순, 그는 시내 십자로에 있던 요릿집 용원거에서 평소 알고 지내던 간도신보 기자들 몇 명과 함께 저녁 식사를 했다. 용원거를 나온 뒤, 그는 길림吉林에서 옛 친구가 찾아왔다며 혼자서 용정龍井역 방향으로 걸어갔다. 그게 용정에서의 마지막 행적이었다. 며칠 뒤, 그를 봤다는 사람이 나타났다. 북동北洞이라면 용정에서 연길延吉을 지나 북쪽으로 조금 더 올라가면 나오는 산간 마을이었다. 그를 봤다는 사람은 관에서 분배받은 소금을 소달구지에 싣고 마을로 돌아가던 북동 사람이었다. 토비土匪들에게 흘러들어갈까봐 겨우 혀끝만 적실 정도로 나눠주는 관염官鹽이었으니 그 무게가 얼마나 될까마는 빈 달구지를 매달고 올라가더라도 힘든 길이라 끌고 가던 소도 할말이 많았을 테다. 그처럼 험한 동네였다. 거기서 조금만 더 들어가면 토비들의 소굴인 왕우구王隅溝가 나왔다. 왕우구라고 말하면 용정 사람들은 어디 그런 산골이 박혔는가 싶을 정도로만 느낄 뿐이었다. 일본 군대가 지키고 선 용정에서는 상상도 할 수 없는 일들이 곧잘 일어나는 곳이니 고작 몇십 킬로미터 떨어졌다고 해도 거긴 무법천지 황야나 다름없었다. 예컨대 그 북동 사람의 눈에 들어온 광경도 그러했다. 분배받은 관염이든 밀수한 사염私鹽이든 바다에서 나온 것으로 짠 것이라면 산중의 토비들에게는 금쪽같은 것이니 먼발치였다고 하나 돌연 총을 둘러멘 토비들을 보고 그이가 놀라기는 또 얼마나 놀랐겠는가. 그런데 그게 좀 이상했다고 북동 사람은 전했다. 토비는 토비이되 뜬구름 보듯이 소금 실은 소달구지 쪽으로는 눈길 한 번 돌리지 않았다고 했다. 해서 공비共匪라고 생각하게 됐다는 게 은연중 드러난 북동 사람의 본심이었는데, 뜻밖에도 조사하던 일본 헌병들도 그 견해에 토를 달지 않았다고 한다. 그 공비들 한가운데 그가 있었다. 북동 사람도 대번에 그를 알아볼 정도였으니 북간도北間島 너른 땅에 걸친 그의 오지랖이 넓기는 넓었다. 그는 호위랄까, 호송이랄까, 아무튼 좀체 분간하기 어려운 그 두 단어 언저리의 대우를 받으며 왕우구 쪽으로 걸어가고 있었다고 북동 사람은 전했다. 과연 호위였는가, 호송이었는가? 그 이야기를 들은 사람들의 첫 반응처럼 헌병들도 그렇게 되물었다. 하지만 11월, 서서히 얼어붙는 강물처럼 북동 사람은 차갑게 입을 다물었다. 호위였는가, 호송이었는가? 그의 정체를 둘러싼 그 수많은 말들은 바로 여기서 시작됐다. 왜냐하면 그는 공비들에게 호위를 받을 수도, 호송을 받을 수도 있는 인물이기 때문이었다.

그가 간도신보 기자들에게 마지막으로 손을 흔든 뒤 용정역 쪽을 향해 걸어갔다는 바로 그 이튿날 아침이었다. 여느 때와 마찬가지로 중국어 단어를 외며 만철南滿洲鐵道株式會社 용정 사무소까지 걸어서 출근하는데, 홑옷만 걸친 한 아이가 길목에 서서 나를 유심히 쳐다보고 있었다. 나와 눈이 마주치자, 아이는 금방 눈길을 피했다. 만주의 아이들 눈이 으레 그렇듯이, 초점이 없는, 흐릿한 눈동자였다. 거기에는 보지 않아도 좋을 것들이 너무나 많았으니까. 아무렇지도 않게 사무실 현관 돌층계에 먼지 묻은 신발을 털고 들어가려고 하는데, 뜻밖에도 그 아이가 내게 다가왔다.

"김해연 선생님입네까?"

나는 고개를 돌렸다. 그날, 그랬던가? 아직 바람은 서늘해도 볕은 뜨거웠던가? 눈살을 찌푸리고 나를 쳐다보던 아이의 얼굴이 또렷하게 기억난다. 무슨 일이냐고 묻자, 아이는 어느 신사 분이 전해주라고 했다며 주머니에서 종이를 꺼내 내밀었다. 여러 번 접은 편지지였다. 보낸 사람이 이름을 밝히더냐고 물으니 아이는 고개를 저었다. 아이의 얼굴에는 편지만 건네주면 그만이라는 태도가 역력했다. 혹시 간도임시파견대의 나카지마 다쓰키中島龍樹 중위가 보낸 것인가 해서 인상착의를 확인해봤지만, 그는 아닌 듯했다.

더이상 짐작이 가는 사람은 없었다. 어쨌든 수고했다며 심부름값을 건네니, 아이는 이미 받았다며 심드렁한 표정으로 꾸벅 고개를 끄덕이고는 거리를 내달렸다. 거리의 끝에서 가지가 앙상한 버드나무가 바람에 흔들리고 있었다. 이내 아이는 골목으로 사라졌다.

출근길에 전해야만 하는 편지라면 대단히 부지런한 사람이 보냈거나, 긴급한 것이리라. 도대체 무슨 내용인가 해서 편지를 펼치면서 사무실 문을 밀고 들어서는데 펼친 편지의 두 귀가 푹 수그러졌다. 막 출근한 듯 서무계원인 영남이 창문을 차례로 열어젖히고 있었다. 나는 얼른 펼치다 만 편지를 바지 주머니에 아무렇게나 쑤셔 넣은 뒤, 짐짓 호들갑스럽게 영남에게 말을 건넸다.

"이놈의 북간도 날씨하고는. 조선의 겨울이 북간도 가을을 동생 삼자고 찾아왔다가는 울면서 돌아가겠는걸. 벌써부터 이러니 올겨울은 얼마나 추우려나. 이번 겨울에도 대련大連으로 복귀하지 못하면 아무래도 사직하고 서울로 들어가든지 해야만 할까봐, 원."

경상도 통영 태생인 내게 북국北國의 기후와 풍습은 어떻게든 낯설었다. 통영 열무정閱武亭 언덕에 서면 내해內海 쪽으로 흩날리는 벚꽃 꽃잎을 볼 수 있는 4월에도 북간도의 강물은 풀리지 않았다. 여름을 기다리는 동안에는 따뜻해지리라는 기대라도 있었지만, 처서處暑 지나고부터는 마음 둘 만한 곳이 없었다.

"일없는 날씨 두고 그러 마십쇼. 북간도 치운 바람, 서백리아서 아직 기침起寢두 아니했을 겝니다. 그런데 그 누긴가 어째 부지런하긴 부지런하지. 어디서 이 아침부터 러브레터를 물어왑테? 나한테도 김해연 선생님임까 물어서리 기냥 기렇다고 하려던 참이었는데."

영남은 밝기로는 귀가 제일이고 크기로는 목청이 으뜸가는 친구였다. 라디오가 따로 없었다. 대륙 사람마냥 키가 껑충했지만, 들은 얘기를 곧잘 전하는 통에 실속이 없는 속 빈 강정이었다. 때로는 덩치가 큰 그 뒤뚱발이가 의뭉스레 남의 일에 신경쓰는 꼴을 보노라면 좀스럽기까지 했다.

"랭보도 아니고 내가 무슨 동성애라도 한단 말인가?"

"랭보라는 것은 불란서 시인인 거 내사 알아두, 동성애라니 어찐 일이우?"

이거 옳다구나 싶었던지 영남이 창문을 열다 말고 나를 돌아봤다. 안 그래도 내가 나카지마 중위와 어울려 다니는 걸 두고 뒷공론이 많다는 걸 알고 있었다. 어디에나 말 많은 자들이 있는 법이다. 북간도라고 예외는 아니었다. 하지만 문제는 어디에나 부러워할 만한 사람이 있다는 것인데, 아마도 일본인 장교와 친하게 지내는 내가 이들에게는 부러움의 대상이었던 모양이다. 일본 군인들을 경계하면서도 또 가까이 지내고자 하는 이중적인 태도는 조선인들에게서 흔히 찾아볼 수 있는 특징이었다. 영남의 말에 나는 콧방귀를 뀌었다.

"자네도 들었겠지만, 아이 말이 신사 분이라지 않던가?"

"그러니? 그럼, 신사들끼리의 결투장? 오늘밤 자정꺼정 해란강변으로 나오나, 그런 내용이겠스꼬마. 밤기차는 떠나가고 사내들은 결투하고, 아주 좋으이."

미닫이창이 바닥을 긁는 소리가 영남의 웃음소리를 가렸다. 더위가 가시니 사내들은 웃음이 헤퍼졌다. 나는 그 웃음을 무시하고 내 자리로 걸어갔다. 내가 자신의 말에 별 반응을 보이지 않자, 영남은 테너 음으로 포스터의 미국 민요를 흥얼거리기 시작했다. 노예의 삶을 다룬 애잔한 곡조가 마치 군가처럼 사무실 내에 울려퍼졌다. 나는 책상 옆에 가방을 내려놓고 여기저기 도면이 삐져나온 책꽂이와 책상 위를 정리했다.

그때 영남이 말했다.

"참, 그 피아니스트 선생 아니 있소? 혹시 그 여성 분과 관계되는 편지 아닌가 모르겠소. 아즉 결혼하자 아니했음?"

영남의 물음에 나는 고개도 들지 않은 채, "으응, 그게 말이지……"라는 말로 얼버무렸다. 나를 물끄러미 바라보다가 눈이 마주치자, 영남은 멋쩍은 웃음을 지었다.

당시 나와 사귀던 이정희라는 아가씨를 두고 말하는 얘기였다. 해란강에서 노는 아이들의 모습이 하나둘 사라질 무렵이니 여름 햇살도 끝물에 이르렀을 때였다. 야시장에서 함께 술을 마시던 자리에서 취한 김에 지나가는 말로 간도 여성들의 마음속은 알다가도 모를 일이라고 얘기했다가 추궁받은 끝에 그만 영남에게 정희와 사귀게 된 전말을 다 털어놓은 일이 있었다. 여기 말로 비아투화飛蛾投火라더니, 부나비가 불에 뛰어든 격이었다. 영남은 이름을 말하자마자 "아하, 명신여학교 출신 이정희, 맞지비?"라며 알은체했다.

"어쩌다 이정희를 알게 됐소? 그건 이정희니까 그런 것이지, 간도 여성은 아니 그렇소. 얼굴도 반반하고 서울에서 여학교도 나왔고 또…… 뭐 그런 게 있소."

영남이 정희를 알고 있다는 사실이 조금 뜻밖이었지만, 한편으로는 용정 인구라 해봐야 일만 명이 넘지 않으니 영남이 정희를 아는 것도 이상한 일만은 아니라는 생각도 들었다. 그런 내게 영남은 정희는 어떤 남자하고도 쉽게 결혼할 여자가 아니라며 알쏭달쏭한 웃음을 지었다. 어찌나 단호하게 말하던지 '나도?'라고 물어보고 싶을 정도였다. 내 마음을 알아차리기라도 한 듯 영남은 "김선생도 마찬가지요"라고 말했다. 나는 피식피식 웃음을 터뜨렸다. 영남은 내게 손바닥을 펼치라더니 검지로 글씨를 쓰면서 말했다.

"내 말 잘 들으시오. 마음 심心자, 아니 있습니까? 그거 하나지, 뭐. 마음 심, 들이대는데 뉘 어쩌겠누? 사내대장부, 남들이 뭐라 해도 마음 심 하나 끝까지 밀고 가는 거지, 뭐."

술이 취한 나는 영남의 검지만 하염없이 바라봤다. 그렇겠지, 뭐. 마음 심, 그거 하나겠지, 뭐. 남들이 뭐라 해도. 남들이 뭐라 해도. 마음 심.

나중에 술이 깬 뒤, 거북 등판보다도 좁은 용정 땅에서 정희와 내가 사귄다고 나발을 분 셈이니 아버지를 설득할 때까지는 우리 관계를 비밀로 해달라는 정희의 부탁을 어겼다는 자책에 후회막급이었다. 그래서 이따금 영남이 정희에 대해 물어볼 때도 나는 딴소리만 했다. 홍옥이 먹고 싶다는 둥, 런던에 갔으면 좋겠다는 둥. 내가 그런 헛소리를 중얼거리면 영남은 무시당한 기분에 잠시 어이없어하다가도 금방 사과가 어떻고 뉴욕이 저떻고 떠들어대게 마련이었다. 술에 취해서는 씨름 핑계를 대며 나와 맞먹으려는 속셈으로 싫다는 내 허리춤을 붙들고는 했지만, 그래서 다시는 영남과 술자리를 가지지 않으려고 했지만, 사무실에서 영남은 내게 꼼짝도 하지 못했다. 영남의 말대로 나는 '인텔리'였고, 내지內地 사람이었고, 만철 직원이었으니까.

내가 고개를 숙이고 책상 밑에 처박힌 도면 뭉치를 끄집어내고 있으려니 어느 틈에 다가왔는지 뒤통수 쪽에서 쩌렁쩌렁한 목소리가 울렸다.

"그 편지, 지금 좀 아니 보겠슴?"

하도 진지한 목소리라 나는 고개를 들고 영남을 빤히 쳐다봤다.

"모르는 남자가 김선생에게 편지를 보냈다면 이유는 이정희밖에 없소."

"무슨 돼먹지 않은 소리야? 가서 창문이나 마저 열지."

"창문 다 열었소."

"그럼 바닥이나 좀 닦아. 이러고 있지 말고."

하지만 영남은 한 발짝도 움직이지 않았다.

"이거 왜 이러나?"

"다 김선생 생각해서 하는 말이오. 빨리 그 편지, 펼쳐보시오."

"글쎄, 아무 내용도 아니라니까."

주머니에 손을 넣으며 내가 말했다. 펼치다 만 편지가 손에 잡혔다.

내가 용정으로 파견 온 것은 만주국이 세워질 무렵이니, 1932년 봄이었다. 당시 나는 대련에 있는 만철 본사 영선과에서 내근 업무를 담당하고 있었는데, 예정에 없이 돈화敦化와 도문圖們 사이를 연결하는 돈도선 부설을 위한 실지측량반에 합류하라는 지시가 떨어졌다. 물자가 풍부하고 풍치가 아름다운 대련생활에 푹 젖어 있던 터라 그 지시가 달갑지 않았다. 하지만 만철에서 일하는 조선인인 처지인데다가 간도 지방의 일이니 조선인 기수技手가 가는 게 옳다는 설명에 거부할 명분도 없어 어쩔 수 없이 나는 전근하게 됐다. 그렇게 용정에 와서야 나는 전임자였던 일본인 기수가 안도安圖에서 측량을 시도하다가 중국군 잔당인 병비兵匪에게 사살됐음을 알게 됐다. 간도 지방의 일이니 조선인 기수가 가야만 했던 게 아니라 그만큼 위험한 일이었으니 조선인 기수가 가야만 했던 셈이었다.

돈화 주위에는 만주를 침공한 관동군에 저항하지 말고 관내로 후퇴하라는 군벌 상부의 명령을 거부한 뒤, 구국군을 자처한 병비 무리가 여럿 있었다. 이들은 특히 만철의 철도 부설 사업에 심한 적대감을 보였기 때문에 1932년 1월, 관동군 사령부는 봉천奉天(지금의 심양沈陽) 이남의 만철선은 제3여단 병력으로, 철령鐵嶺 이북의 만철선은 독립수비대로 하여금 방어하라는 명령을 하달하기까지 했다. 만철이 주관한 돈도선 측량 작업에는 제2공병대대가 참여했으며 나남羅南 주둔 조선군 제19사단 병력으로 이뤄진 간도임시파견대의 1개 중대 병력이 엄호를 맡았다. 만철 쪽 측량반 역시 군복을 착용하고 총기를 휴대했으므로 군인들과 별반 다를 바 없는 상태로 작업에 임했다. 이는 간도임시파견대 위수 지역에서는 더없이 자유롭게 행동할 수 있다는 의미였지만, 위수 지역을 한 발짝만 벗어나면 병비, 토비, 공비 등 항일무장세력의 살아 있는 표적이 된다는 뜻이었다. 그때까지만 해도 나는 선비鮮匪, 즉 조선인 부대가 남아 있으리라고 생각하지 않았다.

어쨌든 문제는 우리가 실지측량을 나서는 곳이 대부분 위수 지역 밖이었다는 점이었다. 이처럼 측량 작업 자체가 군사작전을 방불케 하는 것이라 영선과라고 하지만 주로 내근하면서 도면만 들여다보던 나로서는 가자마자 꽤나 위축되지 않을 수 없었다. 나로서는 측량기를 들여다보지 않던 왼쪽 눈, 그러니까 감고 있던 그 눈이 송두리째 날아가버렸다는 일본인 전임자처럼 개죽음만 당하지 않고 대련으로 돌아가면 된다는 생각뿐이었다. 나라가 넘어가던 경술년(1910년)에 태어난 사람으로서 나는 독립이니 해방이니 하는 말들이 좀 시큰둥했다. 더 어렸을 때까지만 해도 만주 벌판에 가면 백마 탄 장군이 있어 일본군들의 간담을 서늘케 한다거나 상해에는 가假정부가 있어 거기서 나온 사람이 서울의 북촌 대감들 집에 다녀가는 일이 잦다는 등의 이야기에 귀가 솔깃하기는 했지만, 그것도 다 머리가 굵어지기 전의 일이었다.

한창 고등공업학교에 다니던 시절에는 신문지상을 떠들썩하게 만든 주의자들의 검거 소식에 과격파니 공산주의니 하는 것들은 과연 무엇인가 해서 『아카하다赤旗』 같은 잡지를 비롯해 이런저런 책자를 구해 읽은 적이 있기는 했지만, 그 역시 한가한 날들의 소일거리에 불과했다. 취업을 목적으로 진학한 가난한 일본 학생들이 다수를 차지하는 고등공업학교라는 곳이 애당초 그런 사상과는 어울리지 않는데다가 그들보다 더 불리한 처지에 놓인 조선인으로서 나의 관심은 곧 총독부냐, 만철이냐, 광산이냐 하는 진로 문제로 집중됐다. 천신만고 끝에 만철에 입사하고 난 뒤에는 비록 만리타향까지 가야 한다는 점이 마음에 걸리긴 했어도 조선인으로 만철에 들어갔다는 사실에 한동안은 꽤나 우쭐했었다. 그런 내게 국가나 민족이 구체적으로 느껴질 리가 없었다. 그러므로 나는 그게 어떤 자들이든 비적匪賊에게 죽는 건 개죽음에 불과하다고 생각했다.

하지만 군인들 틈에 부대끼면서 나도 슬슬 그들에게 조금씩 영향받기 시작했다. 그중에서 내게 가장 많은 영향을 끼친 사람은 측량반과 함께 움직였던 경호중대 중대장인 나카지마 다쓰키 중위였다. 나카지마는 내가 아는 일본 군인들 중에서 가장 특이한 경우였다. 군대 안에 있으면서도 나카지마는 집단의 힘을 믿지 않았다. 그에 따르면 개인은 한 집단보다 더 강해질 수가 있는데, 소수의 황군皇軍이 중국 육군을 일거에 소탕해버린 것도 다 그런 이유 때문이었다. 나카지마는 말끝마다 '렌세鍊成'란 말을 덧붙였다. 강철이 뜨거운 불에 단련되듯이 인간 역시 그런 과정을 거쳐야만 완성된다는 뜻이었다. 불이란 물론 전쟁을 뜻했다. 나카지마는 최종적인 불을 그리워하고 있었다. 그의 말을 그대로 옮긴다면, 그 최종적인 불길에서 살아남는 자가 바로 완성된 인간이 될 것이다. 최종적인 전쟁이라면 아마도 이 지상의 마지막 전쟁을 뜻할 것이다. 확실히 나카지마는 만주사변을 두고 관동군 사령부의 오판이라고 생각하는 다른 장교들과는 달랐다.

최후의 인간에 대한 이 알쏭달쏭한 얘기는 내 안에 들어와 이상한 곳에서 공명했다. 나카지마의 말을 들으며 나는 대련에서 사귀게 된 만철 조사부의 니시무라 히데하치西村秀八를 떠올렸던 것이다. 그들이 제가끔 생각한 인간이란 천양지차이겠으나, 국가와 민족이 만드는 피동적인 인간이 아니라 시련을 통해 마음과 몸을 다스려 스스로 인간이 된다는 점에서는 비슷했다. 이는 한편으로 국가와 민족에 대한 구체적인 개념 없이 식민지에서 태어난 나의 처지와 묘하게 공명했다. 물론 내가 나카지마처럼 영미英美와 최종 전쟁을 벌인 뒤에야 한 인간으로 완성된다거나, 니시무라처럼 만주와 몽골과 시베리아뿐만 아니라 온 세계에 낙토樂土를 건설할 때까지 자신을 견뎌야만 한다고 생각한 것은 아니다. 다만 직업을 찾아 만리타향까지 나온 몸으로 자신의 처지를 합리화시키다보니 인간은 국경보다는 조금 더 큰 존재라고 생각하게 된 것이다. 물론 이런 생각을 하게 되기까지는 나카지마나 니시무라의 영향이 크다.

다이쇼大正 데모크라시 열풍이 일본 열도를 휩쓸던 시절, 동경제국대학교 재학중 일본공산당에 가입해 지하활동을 벌였던 니시무라는 1927년 치안유지법 위반으로 구속됐다가 옥중에서 전향했다. 출옥한 뒤에는 자학적인 시를 발표하며 문단생활에 열을 올리다가 여배우와의 정사情死 미수로 크게 유명해졌다. 재수가 없었는지 좋았는지 극약을 먹은 여자만 죽고 니시무라는 살아남는 통에 각 신문 잡지를 통해 공적公敵으로 떠오르면서, 그 과정에서 사생아라는 사실이 밝혀지기도 했다. 애인과의 정사에서 혼자 살아남은, 전향한 공산주의자이자 국민의 공적이 된 사생아를 받아줄 곳은 이제 일본 열도에는 아무데도 없었다. 그러니 다들 니시무라가 대련으로 가겠다고 말한다고 해서 눈 하나 깜짝하지 않았다. 그렇게 해서 니시무라가 들어가게 된 곳이 바로 만철이었다. 만철은 그를 조사부로 보냈다. 만철 조사부라면 최고의 엘리트만을 선별해 정보 수집과 분석 활동을 벌이는 중요한 부서였기 때문에 그런 조치는 만철 내에서도 뜻밖으로 여겨졌다. 그런 점에서 보자면 만철은 정부나 관동군보다도 더 큰 조직이랄 수 있었다. 니시무라는 "왜 만철인가?" 하는 질문에 노래를 불렀다.

"나도 가겠으니 그대도 가게. 좁은 일본살이 싫증났다네. 바다 건너 저편에 중국이 있네. 중국 사억 백성이 기다린다네."

〈마적馬賊의 노래〉였다. 아이처럼 천진한 목소리로 노래를 부를 때, 니시무라는 매력적이었다.

한 사람은 존황尊皇주의자가 득실거리는 에도江戶 토박이 명문가의 아들로 태어나 육군사관학교를 졸업한 뒤, 조선군 제19사단 회령會嶺 국경수비대에 임관했으며 다른 한 사람은 동경의 서민 동네인 시타마치下町의 뒷골목에서 사생아로 태어나 방황 속에서 성장기를 보낸 뒤, 천황을 부정하는 공산당에 가입했다. 그렇다면 이 둘의 운명은 완전히 달라야만 하겠지만, 그렇지 않다는 게 흥미로웠다. 두 사람은 모두 자신의 혼을 증명하기 위해 변경으로 나섰다. 국가와 민족보다는 인간의 조건에 더 매료된 자들이었다. 하지만 그럼에도 내가 보기에 그 혼을 증명하면 증명할수록 국가의 이익에 부합했다. 그게 바로 나로서는 전혀 이해할 수 없는 일본인들의 특징이었다.

한번은 동불사銅佛寺 부근에서 지반 점검 작업을 하던 중, 경계 병력이 산림대로 보이는 토비와 교전을 벌인 적이 있었다. 토비들은 옛날식으로 부르면 산적들에 불과했으므로 되도록이면 일본군과는 부딪치지 않으려고 들었다. 서로의 위치가 노출됐기 때문에 하는 수 없이 몇 방은 쏜다는 식으로 벌어진 조우전이라 공연히 나무에 앉은 새들만 쫓는 꼴이 됐다. 수풀 속에 엎드려 손등에 묻은 흙만 털어내던 나는 허겁지겁 장비를 챙겨 지시하는 대로 차에 올라탔다. 나로서는 애꿎은 싸움에 말려드는 게 싫었을 뿐인데 나도 모르게 몸을 좀 떨었던 모양이었다. 옆에 앉아 나를 바라보던 나카지마 다쓰키 중위가 불쑥 이런 말을 내뱉었다.

"사랑 따위는 한 번도 해보지 못한 자의 시시한 표정이로군."

나는 고개를 들어 그를 바라봤다. 그는 아무런 말도 하지 않았다는 듯이 창밖을 내다보고 있었다. 노란 별이 부착된 장교용 약모略帽 챙 밑으로 짙은 눈썹과 길게 내려온 매부리코, 교전중에 포복한 적도 없다는 듯 구김이나 먼지가 하나도 없는 상의.

"미나미 군."

그가 운전병을 불렀다. 운전병이 그를 힐금 돌아보며 부름에 응했다.

"전진훈戰陣訓 제8훈을 외워보라."

"수치심을 아는 자는 강하다. 언제나 향당가문의 면목을 생각해……"

"그만. 제일 먼저 목이 달아나는 건 부끄러움을 모르는 자들이다. 여기서 살아남고 싶다면 명심해라."

그가 내 쪽은 쳐다보지도 않은 채 말했다.

"아까 그놈들은 토비들이었다. 우리와는 전혀 싸울 마음이 없는 마적단에 불과하지. 저런 토비 따위 말고 말이야, 공비를 만나본 적은 없겠지? 생포해보면 신발도 제대로 신지 않은 녀석들이 수두룩해. 그런 녀석들이 내 눈을 똑바로 바라보면서 공산당 만세를 외친다. 그놈들의 머리통에다 총알을 발사할 때, 우리는 공히 고통을 잊어버리지. 내게는 총이 있고, 그놈들에게는 신념이 있으니까."

"생사를 관통하는 것은 숭고한 헌신봉공의 정신이다."

나도 모르게 전진훈을 중얼거렸다.

"어디서 들었나?"

"만철에서 일하면 어차피 군인들을 상대하는 일이 잦습니다."

"너 같은 자들이 읊조릴 말들이 아니다."

"그건 우리들에겐 헌신할 대상이 없기 때문이겠죠."

그 말에 나카지마는 고개를 돌려 나를 무섭게 바라봤다.

"다시 한번 말해봐라."

내가 망설이자, 나카지마가 내게 고갯짓을 했다. 내가 "그건 우리들에게 헌신할 대상이"라고 말했을 때, 그가 그만하라고 했다.

"역시 조선인이나 할 수 있는 말이군. 그렇다면 조선인에게는 총알도 피해 간단 소리냐?"

비웃는 듯한 표정으로 코웃음을 치면서 나카지마가 내게 말했다. 나는 그의 얼굴을 바라봤다.

"없는 총알도 날아오지요."

나카지마는 내 얼굴을 물끄러미 바라보다가 갑자기 웃음을 터뜨렸다.

"측량하는 조선인이 있다는 건 이번에 처음 알았다. 너는 마음에 든다. 다른 놈들과는 달라. 자신을 하찮은 존재로 생각할 마음이 없는 것 같거든. 일하는 걸 보면 알 수 있지. 아직까지 사람을 죽여본 일은 없겠지? 하지만 만주에 사는 한, 너 같은 녀석도 언젠가는 사람을 죽이는 날이 오겠지. 그때가 되면 다시 한번 얘기해보자. 과연 죽음이란 무엇인지. 너한테 힌트를 주자면, 죽음이란 그것을 통해 삶이 얼마나 훌륭한 것인지 깨닫게 되는 것만으로 족한 거야. 그러니 시시하게 죽을까봐 온몸을 떨어대면서 겁을 내느니 사랑을 하라. 그게 매춘녀든, 성녀든. 지금 용정으로 돌아가면 만나는 첫 여자를 사랑하란 말이야."

그 말에 나도 모르게 웃음이 터져나왔다.

"대련에서 사귄 사람과 같은 말을 하시는군요. 사랑을 하라. 네가 살아 있다면 그 무엇이든 사랑을 하라. 그 사람은 신생 만주국에서 자신의 마지막 꿈을 실현하려고 애쓰는 중이죠. 그런데도 만철 간부들은 그를 조사부에 넣었죠."

"뭐든 상관없어. 서로의 심장을 꺼내놓고 싸우고 나면 세계는 어떤 식으로든 정리될 테니까. 역사책이란 그런 사람들의 심장에서 뿜어낸 피로 쓴 책이야."

웬일인지 그 말에 나는 화가 났다.

"그런데 제 심장으로는 여자나 안으라는 말씀이군요. 역시 조선인의 심장은 퍽 쓸모가 적은 게로군요."

"여자부터 우선 사랑해보고 그다음에 떠들어라. 내가 너라면 만철 따위를 위해 측량 같은 건 하지 않는다. 잘 둘러봐, 여기서 조금만 나가면 광야야. 광야가 뭔지 알아? 자신을 하찮게 여기는 것을 도저히 참을 수 없는 자들이 머무르는 곳이지. 너의 장점은 조선인 주제에 측량할 수 있다는 것, 멍청한 것인지 용감한 것인지 일본인 장교를 향해 시종일관 말대꾸할 수 있다는 것, 그리고 때로는 가증스러울 정도로 일본말을 대단히 잘 알아듣는다는 것이다. 그러니 잘 들어봐라."

나카지마는 눈을 감고 하이네의 시를 읊었다.

어떻게 너는 아무렇지도 않게 잘 수 있니.
내가 아직 살아 있음을 너는 알겠지?
옛날의 분노가 다시 찾아오면,
나는 나의 멍에를 때려 부수겠어.

너는 그 옛 노래를 알고 있니?
그 옛날 한 죽은 소년이
한밤중에 사랑하는 여인을
제 무덤 속으로 불러들였다는 노래 말야.

내 말을 믿어줘, 너 참으로
아름다운 나의 사랑아,
나는 아직 살아 있고, 모든
주검들보다 훨씬 힘이 세지!

그날, 용정까지 돌아오던 길에 바라본 황토 바람이며 간헐적으로 멀리서 들리던 총성 등이 꼭 어제 겪은 것처럼 생생하다. 그만큼 그 순간 내 감정은 한없이 고양됐다. 나카지마가 읊조리던 하이네의 시를 들으며 나는 난생처음으로 용기를 냈던 것이다. 나중에 그 용기가 어떤 결과를 불러일으켰는가를 생각해보면 정말 대단한 용기가 아닐 수 없었다. 국자가局子街, 지금의 연길 부근에 이르렀을 무렵, 나는 불쑥 말을 꺼냈다.

"그렇다면 나도 사랑이라는 걸 한번 해보죠."

그 말에 나카지마가 한쪽 눈을 치켜떴다가 다시 감았다.

"그건 네 인생을 완전히 바꿔놓을 거야."

나카지마의 말에 모두 동의한 것은 아니지만, 그의 말을 통해 내가 열정이 없는 따분한 존재라는 사실은 분명해졌다. 그 무렵, 우연히 찾아간 문예의 밤 행사장에서 여학교 음악 선생인 정희를 소개받자마자 그녀에게 단순한 호감 이상의 감정을 느끼게 된 데에는 분명히 그런 깨달음도 일조했을 것이다. 정희는 경상도 안동 태생으로 태어나자마자 할아버지를 따라 연해주로 이주해 어린 시절을 보낸 뒤, 1920년 블라디보스토크에서 일어난 사변을 피해 용정으로 들어온 여자였다. 그런 설명을 듣지 않아도 어딘지 백계 러시아 여인의 느낌을 물씬 풍기는 미인이었다. 멀리 들판을 바라보며 "막심 고리키의 『데츠트보Детство, 유년 시절』에 보면……"이라고 말할 때의 그 이국적인 단어의 느낌 그대로였다. 그녀의 할아버지는 안동 지방의 유생儒生으로 구한국이 병합된 뒤 절망감에, 혹은 원대한 희망을 품은 채 하인들에게 재산을 모두 나눠준 뒤, 가솔을 이끌고 연해주의 한인 마을인 신한촌으로 이주했으나 1920년 4월 볼셰비키가 장악한 극동공화국에 맞서 블라디보스토크를 기습한 일본군에 의해 살해됐다. 그렇게 누대의 집안이 허망하게 무너지는 것을 지켜본 그녀의 아버지는 용정으로 돌아온 뒤에는 블라디보스토크 쪽의 연고를 이용해 러시아를 상대로 변경 무역에 종사하면서 큰돈을 벌었다. 그녀의 아버지는 자치촉진회를 비롯한 여러 조선인 단체에서 요직을 맡은 용정의 신흥 유지였다. 그런 그가 가장 자랑으로 삼은 건 어릴 때부터 총명했다던 큰아들이었다.

일찍이 북간도 일대에 이름을 떨친 독립지사였던 할아버지 덕분에 정희네는 워낙 알려진 집안이었는데다가 정희 역시 서울로 유학 가 이화여전 음악과를 졸업한 뒤, 용정에서 개최한 피아노 독주회로 퍽이나 유명짜한 여성이었다. 그런 까닭에 처음에는 말벗이나 하려는 생각이었지, 그녀에게 연애를 걸어보겠다는 흑심 같은 건 추호도 없었다. 나카지마에게 자극을 받았다는 것은 인정하지만, 정희를 소개받을 때까지만 해도 그건 아직 뚜렷한 목표가 없는 욕구였을 뿐이었다. 게다가 그즈음 나는 나카지마의 지도 아래 도문 회막골이며 용정 십자로 뒷골목 등 유곽 구경을 하느라 정신이 없었다. 그러는 통에 토요일 밤에는 나카지마와 유곽에서 사랑을 익히고, 일요일 아침에는 술이 덜 깬 얼굴로 정희가 찬송가를 반주하는 영국더기 교회당에 올라가는 파렴치한 짓을 버젓이 행했지만, 아무려나 그때는 이미 나카지마의 영향을 받아 전장戰場의 객기에 반쯤 취해 있을 때였다. 일요일 새벽에 유곽을 나설 참이면 내가 정희를 만나러 간다는 사실을 알고 있던 나카지마는 "여자란 다 똑같은 거야. 사랑밖에 모르는, 사랑에 굶주린 동물들이지"라고 충고하곤 했다.

사랑. 당시 유곽에서 내가 반쯤 미쳐가면서 익힌 사랑과 교회당에서 캐나다 목사가 말하는 사랑이, 아니 그것까지는 아니더라도 정희를 향해 조금씩 생겨나고 있던 그 따뜻한 감정을 사랑이라고 치자면 정희를 향한 그 사랑이 모두 같은 것이라고는 한 번도 생각한 일이 없었다. 그때 내게 정희는 고결한 존재, 가까이 다가갈 수 없는 순수한 영혼에 가까웠다. 예배가 끝나고 나면 우리는 정희가 근무하는 명신여학교 느티나무 아래나 영국더기 언덕배기에 앉아서 우리가 각자 보냈던 유년 시절에 대해, 일상적으로 하는 업무에 대해, 직장 동료들의 특이한 행태에 대해, 혹은 더 할말이 없으면 괴테의 소설이나 기타하라 하쿠슈北原白秋의 시 등 읽은 책들에 대해, 그것도 아니라면 무엇이나 그 순간 머릿속에서 떠오르는 일들에 대해 하염없이 얘기하곤 했다. 통영에서 평온하게 어린 시절을 보낸 나와 달리 혁명기 블라디보스토크의 이국 소녀에게는 이루 다 말할 수 없을 정도로 많은 일들이 벌어졌었기 때문에 어린 시절의 이야기를 들려줄 때면 늘 정희는 큰 소리로 웃거나 눈에 눈물이 그렁그렁 맺히곤 했다. 눈을 감고도 백 걸음이나 떨어진 표적을 권총으로 맞히던 애국지사들, 바람이 나서 만주로 도망가버린 이웃들, 머리가 깨져 뇌수가 터진 사람들…… 그중에서 나를 가장 매혹시켰던 것은 그녀 나이 아홉 살 때, 할아버지를 따라 배를 타고 여행한 끝에 도착한 니콜라옙스크 항의 풍경들이었다. 그 바람들, 뱃전으로 밀려들던 삶의 냄새들, 이젠 결코 돌아올 수 없는 북해北海의 시절들.

이제는 알겠다. 사랑은 여분의 것이다. 인생이 모두 끝나고 난 뒤에도 남아 있는 찌꺼기와 같은 것이다. 자신이 사는 현실 속에서 사랑하는 사람은 아무도 없다. 우리는 『데츠트보』라든가, 니콜라옙스크 같은, 한 번도 들어보지 못한 낯선 단어들 속에서, 열병에 걸린 듯 현기증을 느끼며 사랑한다. 한 번도 듣지 못하고, 보지 못하고, 맛보지 못하고, 만지지 못했던 것들이, 우리를 환상 속으로 이끄는 그 모든 낯선 감각의 경험들이 사랑의 거의 전부다. 한번은 정희가 블라디보스토크, 아무르 만에서 불어오는 세찬 바람에 휘어진 나무들이 서 있는 신한촌 언덕배기에서 두 팔이 부러지고 머리에 총상을 입은 채로 다른 시체들과 함께 누워 있던 할아버지에 대한 이야기를 들려준 적이 있었다. 정희의 할아버지는 그렇게 사흘 동안 누워 있었다. 그 며칠 뒤, 어두운 밤, 갈래머리 열한 살 소녀는 차가운 바다를 향해 걸어갔다고 했다. 바다 위로 길게 드리워진 달빛은 파도의 이랑을 따라 출렁이고 있었다. 바닷물은 차가웠으리라. 어디까지 들어갔는지 내게 보여주기 위해 오른손을 턱에 갖다대던 정희의 눈에 촉촉하게 물기가 맺혔다. 그때부터 우린 한 십 분 정도 말없이 가만히 앉아 있었다. 그 십 분 동안, 나는 더 많은 고통을 찾아서 차가운 물속으로 걸어들어가던 갈래머리 어린 소녀를 상상했다. 그 소녀의 팔뚝과 목으로 돋아났을 소름을 떠올렸다.

"그때 나는 악마처럼 강해지리라고 생각했어요."

그녀가 말했다. 악마는 정말 강한가? 악마는 그토록 힘이 센가? 내 의문과는 무관하게 결코 '주르르'라고는 말할 수 없는 느린 속도로, 정희의 뺨으로 눈물이 흘러내렸다.

처음에는 그 눈물의 속도처럼 천천히, 하지만 지나고 보면 이내 그 시절들은 지나갔다. 용정의 봄은 허무할 정도로 짧았다. 오늘 아침에 핀 하얀 꽃들은 내일 저녁이면 떨어져내렸다. 그 시절은 영국더기에서 우리가 서로 얘기를 나눌 때, 우연히 만난 출장사진사가 찍은 사진들 속에 고스란히 남았다. 그녀는 그 출장사진사를 알고 있었고, 장난스레 남는 필름이 있으면 몇 장 찍어달라고 했었다. 그녀는 결국 그 사진들을 보지 못했지만, 그 시절들은 그렇게 해서 영원히 남게 됐다. 봄이 채 지나가기도 전에 말리꽃 흩날리는 용정의 해거름으로는 지열이 이글거렸다. 어느새. 지난겨울의 기억들은 추억 속으로 들어갔다. 남자들은 웃통을 벗은 차림새로 거리에 나와 앉아 오가는 사람들을 구경하면서 시간을 보냈다. 어느새. 나는 조금씩 그렇게 거친 용정 사람들 틈에서 새로운 인생을 배워가고 있었다.

그러다가 5월 중순이 되어 나는 연약 지반 구간에 대한 기술적 문제를 상의하기 위해 대련 본사에 다녀와야만 할 일이 생겼다. 일요일 오후, 책을 빌리려고 내 방을 찾아온 정희에게 돌아오는 수요일에 대련에 출장 가게 됐으니 혹시 읽고 싶은 책이나 필요한 물건이 있으면 말하라고 얘기했다. 어차피 내게 뭘 부탁하지 않더라도 나는 정희가 책을 좋아하니 『문예춘추』나 『여원』 같은 신간 잡지나 시세이도 화장품 따위를 사서 선물할 계획이었다. 그런데 그 말에 뜻밖에도 정희의 표정이 우울했다. 뭐라고 말하는 대신에 정희는 창가로 가더니 내 방의 창을 활짝 열었다. 열어놓은 미닫이문 한쪽 구석으로 정희의 그림자가 드리워졌다. 그러니까 태양과 그녀. 한참 바깥을 내다보던 그녀가 고개를 돌리고 뜬금없이 내게 말했다.

"일요일은 정말 바빠요, 그죠? 하루가 순식간에 지나가죠."

"아무래도 휴무일에는 시간이 빨리 가겠죠."

내가 대답했다. 정희는 "아니, 내 말은 그 말이 아니라……"라며 말끝을 흐렸다.

아니, 내 말은 그 말이 아니라……

"한 주일 내내 손꼽아 기다린 것치고는 일요일은 너무 빨리 지나간다구요. 큭큭."

그녀는 갑자기 손으로 입을 가리고 웃었다. 나는 영문을 몰라 그녀의 얼굴을 돌아봤다. 귀밑으로 흘러내린 검은색 긴 머리칼이 바람에 하늘거렸다.

"대련은 어떤 곳인가요? 아무래도 거긴 중국 같은 곳일까요? 여긴 말만 중국이지, 조선이나 마찬가지예요. 하긴 이젠 여기도 일본 땅이 됐지만……"

"야마토 호텔, 니혼바시 도서관, 요코하마 마사카나 은행, 조선은행…… 대련 대광장에 서면 거기도 일본이나 마찬가지죠. 물론 러시아 거리에 가면 다른 풍경을 볼 수는 있지만."

"그럼 진짜 중국을 보려면 어디까지 가야만 하는 걸까요? 보들레르의 글에 보면 그런 말들이 있던데. 중국 사람들은 고양이의 눈을 보고 시간을 읽는다는. 아, 그러고 보니, 그건 남경에 관한 글이었군요."

"그런 말이 있습니까? 중국 사람들이라면 그럴 수도 있겠어요. 정말 신기한 일이군요."

내가 말했다.

"정말 신기한 일이군요."

정희가 내 말투를 흉내냈다.

"대련에 가면 보들레르의 『파리의 우울』이라는 책을 사서 읽어 보세요. 거기에 나오는 글이에요. '꿈들! 언제나 꿈들을!', 그런 문장도 나오죠."

"파리의 우울. 꿈들, 언제나 꿈들을"이라고 나는 중얼거렸다.

"언제 돌아오나요?"

"6월이 되면. 아마도."

내가 대답했다.

"6월이 되면. 아마도."

그녀가 다시 내 말을 따라 했다. 그리고 내 얼굴을 빤히 들여다보면서 덧붙였다.

"그렇게 오랫동안? 그럼 그때까지 전 일요일마다 누구의 눈을 바라보면서 시간을 읽나요?"

그렇게 말하던 정희의 눈동자. 두 개의 검은 동그라미. 나는 그 시선을 피해 멀리 해란강 쪽을 바라봤다. 어느새. 미처 눈치를 채기도 전에. 6월이 되면 여름이 더 깊어지겠지. 밤이면 땀에 젖은 체취와 같은 향기가 거리에 가득하겠지. 강가의 아이들은 검게 익을 테고, 사내들은 잠이 줄어들겠지. 그늘에서만 술을 마시겠지. 내가 일요일 오후의 대화를 얼마나 기다렸는지 알게 되겠지. 어느새. 미처 눈치를 채기도 전에. 정희가 있는 세계 속으로 깊숙하게 들어왔다는 것을, 그래서 이제 그 이전의 세계로는 돌아갈 수 없다는 걸 깨닫게 되겠지. 하지만 그런 생각 따위는 입 밖으로 내뱉지 않고, 나는 그저 강물만을, 여름을 앞두고 바짝 줄어든 수량으로 겨우겨우 아무르 만을 향해서 나아가는 얕은 강물만을 바라보고 있었다.

대련에서 머무는 이 주 동안, 내가 무슨 일을 어떻게 했는지 기억나는 것은 하나도 없고, 다만 만철 직원용 사택촌 길가에 심어놓은 아카시아 꽃잎들이 바람에 흩날리던 광경만이 눈에 선하다. 돈도선의 연약 지반 구간에 대한 문제를 어떻게 해결했는지는 정확히 기억나지 않지만, 내 마음의 연약한 부분을 어떻게 달랬는지는 지금도 기억하고 있다. 나는 미쓰비시 백화점 도서부에서 보들레르의 『파리의 우울』을 구입한 뒤, 정희가 말한 부분을 찾았다. 중국인들은 고양이의 눈을 보고 시간을 읽는다는 구절은 「시계」라는 글에 등장했다. 그 글에서 남경의 중국인 소년은 선교사가 시간을 묻자, 대단히 큰 고양이 한 마리를 안고 고양이의 흰자위를 바라보면서 서슴지 않고 "아직 완전한 정오는 아닙니다"라고 단언했다. 그 글을 읽어보니 고양이의 눈동자를 보고 시간을 읽은 소년은 정희가 아니라 나였다는 게 확실해졌다. 거기 나오는 '그런데 나로 말할 것 같으면, 나는 아름다운 암고양이, 펠린느'라는 구절과 마찬가지로 아름다운 암고양이는, 그러니까 정희였던 셈이다.

그 아름다운 암고양이가 곁에서 사라지자, 나는 다른 아름다운 것들을 찾아 헤매게 됐다. 사랑에 빠지면 자연의 아름다움이 전에 없이 더 또렷해진다는 건 바로 그때 알았다. 세상의 모든 아름다움이란 한 사람의 아름다움을 대체하는 것들이었다. 그러나 결국 깨닫게 되는 것은 그 어떤 아름다움도 그리운 단 하나의 얼굴에는 비할 수 없다는 것이었다. 그런 내게 이런저런 보고서 작성과 회의는 정말 지루하기 짝이 없는 일들에 불과했다. 나는 닥친 문제의 해결에만 집착하는 기술적 본성을 타고났지만, 그 기술적 본성이 지향하는 곳은 한 사람의 눈을 통해 읽는 시간, 즉 영원이었다. 그리하여 나는 그 이 주 동안 정희와 결혼할 수 있는 길이 과연 어디에 있는가에만 골몰했다. 영국더기 교회에서 늘 중절모에 양복 차림인 정희의 아버지를 먼발치로 몇 번 보긴 했으나 정식으로 인사한 적은 한 번도 없었다. 게다가 내가 사랑을 향한 열망의 손아귀에 꽉 잡힌 무력한 남자라는 사실을 눈치챈 사람은 용정의 나카지마와 대련의 니시무라뿐이었다.

오랜만에 만난 니시무라는 여름나무처럼 점점 건강해지고 있었다. 그는 관동군 장교들과 만철 조사부 사원들끼리 대륙연구회라는 모임을 만들어 정기적으로 만나고 있다고 내게 근황을 알려왔다. 만난 지 세 시간이 지나지 않아 내가 술에 취했다는 걸, 혹은 어쩌면 그 취기가 술이 아니라 갈망에서 나온 것일지도 모른다는 사실을 간파한 니시무라는 내게 말했다.

"그게 진짜 자네가 바라는 것이라면 이 세상 전부가 자네를 도와줄 거야."

"어떻게? 이 세상 전부가 나를 도와줄 수 있다면, 과연 어떻게?"

내가 절망적인 목소리로 물었다. 그녀는 갈래머리 소녀 시절부터 악마처럼 강해지고 싶다고 읊조렸던 여자였으며, 창문을 활짝 열어 내 작은 방으로 뜨거운 태양을 끌어들인 여자였다. 그런 여자 앞에서 나는 한없이 무기력해지고 있었다. 그런데 과연 어떻게? 니시무라는 내게 주위를 둘러보라고 말했다. 그는 술집의 테이블과 취한 손님들과 창문들과 우리 앞에 놓인 술잔과 안주의 숫자를 헤아렸다. 일곱. 열하나. 스물넷. 둘. 넷. 그리고 나를 가리켰다.

"너는 하나. 불우했던 천재 소년 시인 이시카와 다쿠보쿠에게 일어난 일일세. 친구가 찾아와 허름한 가방을 열고는 나라에서 금지한 책들을 꺼내지. 한참 동안 가방을 뒤적인 친구는 한 장의 사진을 찾아 들더니 그에게 주고 나서 창가에 기대 휘파람을 불었어. 그 일을 시로 남긴 이시카와는 마지막 구절을 이렇게 썼어. '그건 아리땁다고만은 할 수 없는 젊은 여자의 사진이었네.' 몇 권의 금서 사이에 들어 있는 한 장의 사진이었으니까. 하나라는 게 중요하지. 우리가 원하는 건 오직 하나뿐이니까. 그게 하나뿐이라면, 세상은 자네를 도와줄 수 있는 거야."

"당신은, 그때 어땠나요? 어떤 심정이었나요?"

술에 취한 내가 니시무라에게 물었다. 니시무라는 무표정한 얼굴로 나를 바라봤다.

"당신에게도 사랑했던 여자가 있었잖아요. 그 여자와 당신은 함께 죽기를 맹세하지 않았나요? 그렇다면 당신은 그 한 장의 사진을 영영 잃어버린 사람이 아닌가요?"

"우린 우리가 원하던 단 하나를 얻었기 때문에 죽기로 결심했던 거야. 연인으로 죽는 사람은 없어. 다들 늙어서 죽는 거지. 우리는 죽은 지 아주 오랜 뒤에야 실제로 죽는 거야. 웃긴 건, 내가 병원에서 나오자 다들 나를 보면 재수없다는 듯이 낯을 붉혔다는 것이지. 사람들은 자살자보다 자살에 실패한 자를 더 미워하더군."

"이제는 그럼 당신에겐 열망 같은 건 없는 건가요?"

"그럴 리가. 보다시피 병원에서 나온 뒤로 내 몸은 사막이 됐어. 그렇지만 내게도 작지만 꼭 이뤄야만 할 소망들은 몇 개 있지."

"그건 작지도 않고, 어쩌면 꼭 이뤄질 수도 없는 소망들이겠죠."

내가 말했다.

"어쨌든 모든 건 그 단 하나를 얻었기 때문이지. 내가 다시 살아야겠다고 마음먹은 것도, 또 만주로 가야겠다고 결심한 것도."

나의 소망 역시 크고도, 또 이뤄지지 않을 가능성이 훨씬 더 많은 것이었지만, 어쨌든 니시무라의 이야기는 내게 어떤 희망의 전언처럼 들렸다. 오직 하나만을 원하는 순간, 우리는 세상 전부의 도움으로 그 하나를 얻을 수밖에 없다는, 다소 황당하고도 무책임한 전언. 그러므로 희망의 전언이랄 수밖에 없는 이야기. 아카시아 꽃잎이 내 머리와 어깨에 쌓이는 줄도 모르고 그렇게 열망과 희망에 들떠 사택촌 주위를 거닐던 그 이 주 동안, 나의 감정들은 그게 처음인 것처럼 주기적으로 찾아오는 행복과 불안 속에서 명멸했다.

장미, 백합, 비둘기, 태양, 이 모든 것을
옛날엔 사랑의 환희에 젖어 사랑했었네.
하지만 나 이제 더이상 사랑하지 않네, 내가
사랑하는 것은 조그맣고 예쁘고 순수한 그 한 소녀,
그녀는 모든 사랑의 샘물, 그녀 자신이 바로

장미, 백합, 비둘기, 태양이기 때문이라네.

그 이 주 동안, 나는 하이네의 시를 적은 수많은 연서를 용정의 정희에게 보냈다. 답장은 없었지만, 정희에게 그런 편지를 보낼 수 있는 사람이라는 생각만으로도 나는 기뻤다. 최초의 연애 감정을 뜨겁게 달구는 장작은 이처럼 혼자 지내는 고독의 시간들이었다.

용정에 돌아왔을 때, 내 가방 속에는 근간 『문예춘추』도, 시세이도의 향기도 없었다. 나는 우리가 늘 앉아서 얘기하던 6월의 언덕배기에서 가방을 뒤졌다. 그 안에는 한 장의 사진이 아니라 한 개의 반지가 있었다. 월급을 다 털어 대련의 금은방에서 사온 반지를 내밀며 나는 정희에게 결혼해달라고 말했다. 부리가 붉은 새 한 마리가 우리 앞에 앉아 깡총거리며 뛰다가 다시 날아갈 때까지 나는 반지를 들고 있었다. 싫다는 것인가라는 생각이 들 무렵, 정희가 입을 열었다.

"당신의 표정을 보니…… 내가 지금 이 반지를 받지 않는다면, 일요일 오후 우리가 이렇게 나란히 앉아 얘기를 나누는 일은 이제 없겠죠?"

나는 고개를 끄덕였다.

"그건 내가 아니더라도 할 수 있는 남자가 많겠지. 나는 당신에게 나만이 할 수 있는, 유일한 일을 하고 싶은 것뿐이니까. 싫다면 여기서 그만두겠소."

예상치 못한 정희의 망설임에 나는 약간 당황했다. 한 사람만을 위한 고독과 외로움의 이 주가 내 눈앞을 스쳤다. 어쩌면 그 시간은 이 주에 그치는 게 아니라, 예상보다 오랫동안 지속될 것 같다는 생각이 들었다. 나는 순식간에 우울해졌다. 그때, 정희가 "하지만……"이라고 말했다.

"나, 반지를 받겠어요. 지금 당신은 그리뇨프를 닮았어요. 사랑을 위해서라면 뭐든지 할 것 같은 눈빛이에요. 하지만 나는 당신이 그리뇨프보다는 푸가초프가 되기를 원하는 마리아랍니다. 그러니 저를 사랑하지는 마세요. 너무 사랑하지는 마세요."

그렇게 정희는 반지를 받았다. 그리뇨프와 푸가초프는 푸시킨의 『대위의 딸』에 나오는 인물들이었다. 하지만 불행히도 나는 그 소설을 읽지 않았다. 그러거나 말거나 그 순간 나는 그리뇨프도, 푸가초프도 될 수 있다고 생각했다. 그녀를 사랑하기 위해서 필요하다면 그게 누구든. 가방에 반지를 넣고 다시 그 먼길을 여행해서 용정으로 돌아오면서도 정희가 반지를 곧장 손가락에 끼리라고 생각한 것은 아니었다. 어쩌면 더 오래고 힘든 시간이 필요한 것인지도 모른다. 어쨌든 상관없었다. 그게 얼마나 힘들든, 얼마나 멀든 나는 그 길을 걸어가리라 마음먹고 있었으니까.

"모두 열네 통이었어요."

"뭐가요?"

내 말에 반지를 만지작거리던 정희가 내게 물었다.

"대련에서 내가 당신에게 보낸 편지가 말이오. 하지만 답장은 한 통도 없었지. 편지지가 없었던 게 아니라면, 이게 없었던 것이겠지."

그렇게 말하며 나는 가방에서 내 만년필을 꺼냈다. 그걸 보고 정희가 손으로 입을 가리며 웃었다.

"그게 아니라…… 아니, 맞아요. 편지지는 있었지만, 필기도구가 없었어요."

그렇게 정희가 웃었다. 눈썹이 반달 모양으로 휘어지고, 볼이 동그래지면서 얼굴이 환했다. 그런데도 내가 할 수 있었던 일이라고는 그저 손을 뻗어 정희의 손을 만지는 일, 정희의 손을 만지고 또 만지는 일, 그래서 정희에게 "내 손이 그렇게 좋아요?"라는 물음을 듣는 일. 맞아요. 당신 손이 그렇게 좋아요. 남경의 소년이었다면 그때 내 눈을 보고 그런 말을 읽었을지도 모른다.

그 종이에는 '지금 어디에 있나요? 제 말은 들리나요? 어쩌면 이건 나의 처음이자, 마지막 편지겠어요'라고 시작하는 글이 적혀 있었다. 여자의 필체로. 뭔가 결심하듯이 만년필로 꾹꾹 눌러쓴 편지. 그러니까 정희가 내게 보낸 처음이자 마지막 서신. 그 한 장의 편지로 인해서 그때까지 아무런 문제도 없이 움직이던 내 삶은 큰 소리를 내면서 부서졌다. 그때까지 내가 살고 있었고, 그게 진실이라고 믿어 의심치 않았던 세계가 그처럼 간단하게 무너져내릴 줄은 전혀 예상하지 못했다. 그건 이 세계가 낮과 밤, 빛과 어둠, 진실과 거짓, 고귀함과 하찮음 등으로 나뉘어 있다는 사실을 그때까지 나는 몰랐기 때문이었다. 그게 부끄러워서 나는 견딜 수가 없었다.

일테면 이런 일이 있었다. 정희와 결혼하기로 결심한 뒤부터 나카지마와 정희와 나, 이렇게 셋이서 만나는 일이 잦아졌다. 정희는 그렇게 셋이서 만나는 걸 좋아했다. 처음 만났을 때부터 두 사람은 마치 오래전부터 알고 지낸 사람들인 양 스스럼없이 서로를 대했다. 어린 시절, 집안끼리 맺은 약혼녀를 동경에 두고 임관한 뒤로 나카지마에게 여자란 창녀만을 뜻할 뿐이었지만, 그 역시 러시아어와 일본어를 자유롭게 구사하며 서구 문화에 해박한 지식을 지닌 정희에게 매력을 느끼는 듯 보였다. 그러니까 나와 마찬가지로. 나카지마는 정희가 연해주에서 보낸 어린 시절 이야기라면 몇 시간이고 귀를 기울일 수 있었고 정희는 나카지마를 비롯한 일본군 장교들의 생활에 관해서라면 언제나 눈을 반짝였다. 때로 불쾌할 정도로. 때로 질투심이 일어날 정도로. 그럴 때 내가 얼마나 하찮게 여겨졌는지 정희는 모를 것이다.

그러다가 언제였던가, 요릿집 봉선화에서 저녁을 먹으며 이런저런 얘기를 하는데, 어쩌다가 나카지마가 그해 8월, 용정에서 남쪽으로 얼마 떨어지지 않은 화련리 대성촌에서 벌어진 토벌 작전에 대해 떠들게 됐다. 나카지마는 본성상 군국주의자가 될 수 없는 낭만주의자였다. 그는 공비들이라면 한번 전투해볼 만한 욕구를 불러일으키는 상대라고 즐겨 말했지만, 그건 상대가 공비든 아니든 아무 상관이 없는 얘기였다. 나카지마는 자신의 삶을 증명해 보이려고 가장 강한 상대를 택한 것일 뿐이었다. 그런데 나카지마가 대성촌 토벌에 대해 말을 꺼내면서부터 정희는 어딘가 불안해졌다.

"죽는다면 나는 공비에게 죽고 싶어. 나를 죽일 수 있는 녀석이라면 그 심장이 누구보다도 뜨거운 놈일 테니까."

주렴 저편의 보름달이 싸락눈처럼 시렸다. 멀리서 흘러드는 창가 소리가 어쩐지 드높은 것은 뜰 안이 다 환한 까닭이었다. 나카지마의 말이 끝나자마자 정희가 주렴 쪽을 바라보면서 바쇼松尾芭蕉의 하이쿠를 읊조렸다.

"8월 밝은 달, 자리엔 아름다운 얼굴도 없네."

평소와 다르게 정희는 단숨에 술을 들이켰다. 나카지마는 흥미롭다는 듯이 정희를 바라봤다. 잔을 내려놓은 뒤, 정희는 젖은 눈으로 나카지마를 쳐다봤다.

"저도 죽는다면 황군皇軍의 총에 죽고 싶어요. 토벌대나 만주군 같은 자들은 말고. 저를 죽일 수 있는 남자 역시 그처럼 심장이 뜨거워야 할 테니까. 어떤가요? 중위님은 제게 총을 쏘실 수 있나요?"

"정희씨, 벌써 취했나요? 중위님이 왜……"

내 말이 끝나기도 전에 정희가 오른손을 들어 나를 제지했다.

"말씀해주시죠. 중위님은 제게 총을 쏘실 수 있나요?"

어두운 숲을 바라보는 관측병처럼 나카지마는 정희의 얼굴을 이리저리 살폈다.

"너는 어떤가? 이 물음에 대답하면 나도 대답해주지."

"제가 먼저 물었어요. 하지만 대답은 해드리죠. 기회만 닿는다면 저는 중위님을 쏠 거예요."

정희는 시선을 낮추었다.

"당신은 그처럼 뜨거운 남자니까. 하지만 걱정 마세요. 고작 그 정도의 이유만으로 황군에게 총을 쏠 여자는 아니니까. 8월 밝은 달이 환하다고 총을 쏠 수는 없지 않겠어요?"

나도 몰래 한숨이 흘러나왔다.

"8월 밝은 달에게는 나도 총을 쏘진 않겠지만, 내 생각은 좀 다르지. 나는 너를 얼마든지 쏘아 죽일 수 있어. 누군가를 죽이는 데 논리 따위는 필요 없으니까. 군인에게 그건 신기료장수가 밑창을 가는 일이나 마찬가지지. 논리나 감정을 사용하지는 않아. 그냥 죽일 뿐이지."

벌레를 손으로 눌러 죽이는 일에 대해서 말하듯이 나카지마가 말했다. 나카지마는 술잔을 잡았다.

"그래서 그 시골 사람들을 끔찍하게 죽일 때도 논리나 감정을 사용하지 않았던가요? 그렇게 죽여놓고서 공비라고 이름 붙이면 모든 게 해결되는 것인가요? 어둠 속에서라면 모르겠지만, 8월 밝은 달 아래에서는 추악한 모습을 숨길 방법이 없지요."

나카지마가 손에 든 잔이 조금 흔들렸다.

"하는 말을 들어보니 너도 이미 아는 모양인데, 우리가 시골 사람들만을 죽인 건 아니었어. 거기에는 특무를 잔인하게 죽인 젊은 공산주의자들도 분명히 있었지. 소위로 회령에 임관하자마자 나는 비적들만 상대해왔어. 안개 속에 숨은 여우처럼 아무리 봐도 눈에 보이지 않는 비적들만. 잘 들어. 우리는 물고기를 잡는 거야. 그런데 물을 건드리지 않고 물고기만 잡아낼 수 있을 것 같아? 우리는 지금 간절히 서로를 죽이고 싶어하지. 아주 간절히. 둘 중 하나가 간도에서 완전히 소멸될 때까지 우리는 서로를 죽일 거야. 거기에 무슨 논리나 감정 같은 게, 끔찍하다느니 추악하다느니 하는 말들이 존재할 것 같아? 아쉽게도 이건 럭비 시합 같은 게 아니거든. 용정 시내에 편하게 앉아서 시골 사람들이니 아름다운 얼굴이니 하는 감상은 떨지 않는 게 좋아. 이해할 수 없다면 이해하지 않아도 좋아. 여자들에게는 이해할 수 없는 세계가 있는 거야. 감상을 떨 작정이라면 멘델스존이나 브람스 따위나 얘기하는 게 어떨까?"

나카지마가 소리나게 잔을 내려놓았다.

"대단히 잘못 보셨네요. 제 영혼은 향수 뿌린 행커치프보다는 피스톨의 화약 냄새에 더 끌린답니다. 대성촌 얘기를 계속해보죠. 죽는 순간에도 행복을 요구할 수 있는 건 고귀한 자들뿐이에요. 대성촌에서 학살당한 그 젊은이들은 달아오른 총열의 값어치를 하는 사람들이죠. 그런 사람들을 그렇게 무참하게 죽여서는 안 되는 것이었어요. 절대로 그렇게 죽여서는 안 되는 것이었어요. 그들에게는 그들 나름의 방식대로 죽어야 할 권리가 있어요."

나카지마는 오른손 엄지와 검지로 땅콩을 으깨면서 말했다.

"죽어야 할 권리라고 했는가? 너는 죽음에 대해서 알고 있나? 네 말대로 그놈들은 비참하게 죽어갔지. 어쩌면 너도 짐작할 수 있을지 모르겠지만, 그들은 희생양이었어. 그렇다면 그건 그들에게 딱 어울리는 죽음의 방식이었지."

정희가 손바닥으로 얼굴을 닦았다. 눈물이 흘러내린 것이었다.

"인간이란 말이지, 더없이 하찮은 존재야. 군홧발로 뭉개면 그 자리에서 속이 터져 죽어버리는 벌레와도 같아. 그렇게 뭉개보면 아는데, 더럽기 짝이 없지. 그런 게 바로 진실이야. 진실은 네가 말하듯 그렇게 아름다운 게 아니야. 죽어버린 몸뚱어리를 쌓아놓고 보면 구역질이 날 정도야. 그 정도로 하찮기 때문에 서로 죽여버리기 위해 총을 잡는 거지. 더없이 하찮기 때문에 죽는 순간에, 죽이는 순간에 행복을 느끼는 거라고. 그게 바로 진화의 신진대사야. 알아듣겠어? 낡은 것이 죽어야만 새로운 것이 태어날 수 있는 거야. 그걸 이해하지 못하면 너희들은 살아 있다 해도 반쯤 죽어 있는 거야."

무엇이 스쳤는가, 정희의 얼굴에서 회한의 바람이 한 번 일었다가 사라졌다. 석유등 그을음이 어쩐지 삐뚜름했다.

"삼나무 높은 우듬지까지 올라가본 까마귀, 다시는 뜰로 내려앉지 않는 법이죠. 진실을 알게 된 고귀한 자들은 비참하게 죽는 순간에도 이 세계 전부를 얻은 셈이에요. 진실을 막을 수 있는 총검은 이 세상에 없으니까. 어떤 마적단을 죽이기 위해서는 임산부의 피를 총구에 발라야만 한다고 하더군요. 죽음이 두려운 자들에게는 거짓 관념의 사슬이 필요할 테니까. 그 사슬로 유지되던 낡은 세계가 무너지자니 그 소리 요란한 셈이죠."

"네가 말하는 진실이라는 게 도대체 뭐지? 연해주에서는 볼셰비키 친구들을 많이 사귀었던 모양이군. 어쩌면 대성촌에서 죽은 놈들도 네 친구일지 모르겠어."

나카지마가 정희를 바라보며 말했다. 그 순간, 정희는 너무나 평온한 얼굴로 돌아갔다. 가면과도 같은 얼굴. 아침 내내 떠들던 새가 떠나가버린 감나무 같았다.

"그렇다면 볼셰비키의 혁명이라는 것은 또 뭐가 다른가? 역사라는 건 석탄을 만드는 일과 비슷하지. 수많은 목재가 묻히지만, 결국 우리가 얻는 것은 조그만 덩어리에 불과해. 운명 앞에서, 역사 앞에서 개인은 조그만 덩어리를 만들기 위해 쓰러질 때, 비로소 고귀해지는 거야. 같은 조선인이지만, 너는 이 남자와 달라. 이 남자는 그 조그만 덩어리의 세계만 알지만, 너는 그 수많은 목재의 세계를 아는군. 벌써 오래전부터 그러리라고 짐작했었지만. 그럼에도 네가 제일 잘할 수 있는 일이 사랑이라는 건 변함이 없어. 네가 뭐라고 말한다 한들."

다시 주렴 저편에는 싸락눈처럼 시린 보름달. 그리고 누구도 말이 없었다. 그날, 내가 둘의 대화를 들으며 느낀 당혹감은 여태 잊히지 않는다. 맞다. 그때의 나는 조그만 덩어리의 세계밖에 알지 못했다. 그 덩어리를 만들기 위해 쓰러진 수많은 나무의 세계를 몰랐다. 그렇기 때문에 나는 나카지마에게 어쩌면 정희를 빼앗길 수도 있다는 생각만 했던 것이다. 내 마음속으로 공들여 피운 몇몇 꽃들이 시들었다. 질투심과 분노가 그 꽃밭에 그늘을 드리웠다.

먼저 사랑이 오고, 행복이 오고, 질투심과 분노가 오고, 그리고 뒤늦게 부끄러움은 찾아온다. 나카지마와 정희를 향해 까닭 모를 분노를 느꼈던 그때의 일이, 편지를 펼쳐 그 안에 씌어진 글을 읽고 나서도 도대체 무슨 일인지 몰라 크게 놀라지도 않았던 일이 지금은 너무나 부끄럽다. 지금 어디에 있나요? 제 말은 들리나요? 어쩌면 이건 나의 처음이자, 마지막 편지겠어요. 나는 삼각측량을 하듯이 서두의 그 세 문장을 어떤 식으로든 연결지어 그 안에 든 속뜻을 파악해내려고 애썼다. 하지만 내 트랜싯transit으로는 어떤 수치도 보이지 않았다. 내게는 그 편지 안에 든 마음의 형태를 파악할 만한 능력이 없었다. 나는 편지를 다시 바지 주머니 속에다 넣었다. 옆에 선 영남이 무슨 일인가 알고 싶어서 계속 채근했지만, 나는 공연히 책상 위에 놓인 서류 뭉치를 들어 먼지를 날리며 영남에게 아무 일도 아니니 하던 일이나 계속하라고 차갑게 말했다. 영남은 좀 삐꾸러진 표정으로 돌아갔다.

가만히 앉아 있다가 일단 정희를 만나봐야겠다는 생각에 자리에서 일어섰다.

"어디 나감메?"

내가 문 쪽으로 걸어가자, 영남이 얼른 내게 물었다.

"이따가 소장이 출근하면 금방 돌아올 것이라고 전해주게나. 그리 늦지 않을 것이라고. 혹시라도 늦으면 전화를 넣을 테니."

뭐라고 토를 달려는 영남을 외면하고 나는 밖으로 나왔다. 혹시 아까 편지를 들고 온 그 아이가 어디 있는가 싶어서 주위를 살펴봤지만, 보이지 않았다. 정희네가 있는 제창병원 쪽으로 몇 걸음 걸어갔을까, 뒤에서 짧은 머리의 사내 하나가 쫓아와 내 어깨를 잡고는 간사이關西 억양의 일본말로 물었다.

"좀 봅시다. 혹 이철수라는 분 아니오?"

나는 그의 손을 뿌리치고 돌아섰다. 중절모에 양복을 입은 사내 뒤로 두 사람이 더 있었다.

"사람 잘못 보셨습니다. 저는 그런 사람 아닙니다."

돌아서서 다시 걸어가려는데, 양복쟁이가 길을 막아서면서 말했다.

"총영사관에서 조사할 게 있어서 나왔소. 정말 이철수가 아니오? 그럼 이름이 어떻게 되시오?"

"나는 저기 만철 용정 지사에서 측량기수로 일하는 김해연이라고 합니다. 신원이 확실한 사람이니 총영사관에서 조사받을 일은 없습니다. 정 의심스럽다면 사무소에 가서 물어보면 알 거요."

"그럼 정말 김해연이 맞구만. 사실 우리가 찾는 사람은 이철수가 아니라 김해연이야. 총영사관까지 같이 갈까? 거, 무슨 사이라고 해야 하나…… 어쨌든 이정희 문제로 조사할 게 있으니."

나는 그 사람의 얼굴을 빤히 쳐다봤다. 멀리서 말발굽 소리가 요란하게 울렸다. 기마부대원들이 해란강 쪽으로 이동하고 있었다. 말들의 엉덩이가 유난히 반짝였다.

"정희씨는 지금 어디 있습니까?"

내가 물었다.

"어젯밤에 죽었어. 여기서 이러지 말고 일단 같이 가서 얘기하자구."

근처 독립수비대 연병장에서 울리는 병사들의 고함소리가 쩌렁쩌렁했다. 아침공기에 사내들의 비린 땀냄새가 번졌다. 용정은 가로 연변에 지붕 높은 집이 없어 소리가 봄나무처럼 무럭무럭 위로 솟구쳤다. 발을 떼지 않는 말을 어르는 마부의 호령소리, 편석片石길을 구르는 쇠바퀴 소리, 시동을 끄지 않아 간간이 큰 폭음을 울리는 자동차 엔진 소리, 일본제 약품을 판다고 소리치는 행상의 목소리 등이 멀리, 또 가까이 서로 뒤섞여 들렸다. 나는 그 소리를 들으며 살인, 치정, 납치, 폭사爆死, 병사病死, 불치병 같은 단어를 하나하나 발음해봤다. 아무래도 웃음이 나왔다.

"하오더, 씨아오 이 씨아오好的, 笑一笑."

중얼중얼 한참 웃다가 오른손을 들어 머리를 툭툭 쳤다. 수수께끼 같은 머리통이라는 생각이 들었다. 도무지 내 머리통 같지 않았다. 그래서 한번 더 웃었다. 열어놓은 창으로 딱정벌레 하나가 날개를 펄럭이며 날아들었다. 나는 입추 지난 매미처럼 그만 맥이 빠졌다.

나를 총영사관 한쪽 방에 밀어넣고 잠시 기다리라고 말한 뒤 나가버린 양복쟁이는 그후로 소식이 없었다. 하오더, 씨아오 이 씨아오. 좋습니다, 웃으세요. 말이 막히거나 제 뜻대로 되지 않으면 그런 말을 하염없이 뇌까리던 사람이 있었다. 쉽게 끝나지 않을 것처럼 긴 시를 읽었는데도 머릿속에 남은 것이라고는 그저 '네 머리칼이 숲으로 사라진다'는 한 구절뿐인 것처럼, 그 사람을 생각하면 그저 "하오더, 씨아오 이 씨아오"라고 말하던 기억뿐이었다. 수첩을 꺼내 어제, 그제, 그리고 며칠 전에 내가 긁적인 글들을 읽었다. 혼잣말 같은 글들을 읽다보니 더 쓸쓸해졌다. 더이상은 참을 수 없어 나는 자리에서 일어섰다.

여덟시 삼십분이 지나고 있었고 딱정벌레는 여전히 방에서 나가지 않았다. 나는 미닫이 유리문 위로 목을 빼고 이리저리 둘러봤다. 애처로운 얼굴을 한 사람들이 줄지어 한쪽으로 걸어가고 있었다. 칙칙한 지식인 복장의 사람들이 대여섯, 진담 사이의 농담처럼 농부 차림의 사람들이 한둘. 그러다가 책상에 앉아 뭔가를 손에 들고 가만히 바라보던 한 남자와 눈이 마주쳤다. 내가 유리문을 열고 밖으로 걸어나오자, 귓불이 빨개진 남자가 나더러 다시 들어가라고 손을 흔들었다. 뭔가 했더니 만년필이었다. 나는 일본말로 전화를 걸 수 없겠느냐고 물었다. 목소리가 좀 흩어지는 건 어쩔 도리가 없었다. 그 남자는 일본말로 내게 전화는 가능하지 않다고 대답했다. 전화가 불통이라는 것인지, 전화는 되지만 내가 쓸 수는 없다는 것인지 알 수 없었다. 나는 얼른 눈치를 채고 조선말로 다시 말했다.

"저는 만철 용정 지사에서 근무하는 사람입니다. 회사에서 저를 찾을지도 모르니 전화를 걸어 제가 어디에 있는지만 알렸으면 합니다. 통화가 길지는 않을 겁니다."

그 남자는 만년필을 흔들며 조선말로 대답했다.

"내사 댁이 만철 직원이라는 것을 알아줬으므 좋으리마는. 지금 댁이 전화하고 있을 처지가 아니니 잠자코 있으우."

이번에는 몸이 약간 휘청거릴 정도로 크게 일본말로 외쳤다.

"오늘 나는 돈도선 측량 작업 때문에 간도임시파견대와 함께 흥안興安으로 가야 한단 말입니다. 정히 용정 지사에 연결이 불가능하다면 관용선으로 임시파견대 제3중대장 나카지마 다쓰키 중위를 연결시켜주십시오."

"만철 감투가 무시겐둥 내사 모릅지. 지금으 구속을 하느리 어쩌리 하는 판이란 말이오. 가만있으우."

무슨 말인지 몰라 내가 빤히 바라보고만 있자, 그 남자는 자리에서 벌떡 일어서더니 발소리를 울리며 내 쪽으로 걸어왔다. 사복 차림이었지만, 군화를 신고 있었다.

"그 3중대장이라느 량반도 지금 헌병대 조사중이니 이거르 어찌레니? 그거 알아사 씁네. 들어가우."

"그건 또 무슨 소리입니까? 헌병대 조사라니?"

"고저, 헌병대 조사라니!"

혼자서 울다 그만 지쳐버린 아이의 심정이었다. 그 남자는 나를 안으로 밀어넣은 뒤, 소리나게 문을 닫았다. 나는 마치 아무런 공부도 하지 않고 시험장에 들어온 중학생 같았다. 이상한 내용의 편지, 느닷없는 나의 연행, 나카지마의 헌병대 조사…… 백지동맹도 아니고 이번 시험에서 내가 자신있게 쓸 수 있는 답안은 하나도 없는 것 같았다. 이다음에는 딱정벌레가 "내사 짱짱한 기운만 가시면 인차 일어납지"라고 내게 말을 건다고 해도 놀라지 않을 것 같았다. 무엇 하나 현실적인 게 없었다. 나는 자리에 앉지 않고 방안을 왔다갔다하다가 철봉이 세로로 박힌 창으로 가서 밖을 내다봤다. 은성했던 시절을 회고하듯 플라타너스 이파리 아침볕을 받아 연초록빛으로 반짝이고 있었다.

측량의 역사를 배우던 시절의 일이다. 수업시간에 이노 다다타카伊能忠敬에 대한 얘기를 들은 적이 있었다. 18세기 사람인 이노 다다타카는 쉰 살이 넘은 뒤, 자신의 발로 일본을 측량한다는 포부를 가지고 십육 년에 걸쳐서 일본 열도를 걸어다닌 사람이었다. 총 발걸음 수는 4천 만보, 거리는 34,900킬로미터. 측량을 배운 사람이라면 누구에게나 그런 욕망이 존재한다. 자신의 몸으로 세계를 재어보려는 욕망 말이다. 그런 탓인지, 어느 틈엔가 나는 모든 상황을 내 몸으로 이해하지 못하면 불안감을 견디지 못하는 종류의 인간이 돼버렸다. 하지만 측량의 세계에 더 깊이 빠지면 빠질수록 '노력하는 한, 인간은 잘못을 범한다'라는 괴테의 말을 이해해야만 한다는 걸 깨닫게 된다. 측량의 세계에는 근사치만 있지, 참값은 존재하지 않기 때문이다. 요컨대 측량이란 완전해지지 않으려는 태도를 익히는 일이다. 자신의 몸으로 세계를 재어보면 분명 참값을 경험할 수 있지만, 그것을 도면으로 옮길 때는 참값을 포기해야만 한다.

딱정벌레는 몇 번 벽에 가 부딪히더니 죽은듯이 벽에 붙어 있었다. 아홉시가 넘어서면서 나는 사무소에 연락하는 걸 포기했다. 대신에 나는 양복쟁이의 말을 다시 한번 생각해봤다. 정희가 죽었다던 그 말. 처음에는 묘한 얘기도 다 있다는 마음이었는데, 차츰 뻔뻔한 심사로 바뀌기 시작했다. 흥, 정희가 죽었다구. 민들레 솜털이 날아다니는 것 같았다. 목구멍이 간질거렸다. 웃자는 게 아니었는데, 어쩐지 자꾸만 웃음이 나왔다. 처서 지나면 여름 매미들, 울려고 해도 울 길이 없다. 정희가 죽었다구? 여름 매미들이 부르는 가을 노래 같은 소리다.

나를 충영사관으로 데려온 양복쟁이가 방으로 들어온 것은 바로 그때였다. 반가운 마음에 나도 모르게 벌떡 일어섰다. 바지 양쪽 무릎이 툭 튀어나왔다. 옥수수밭 위로 흐르는 잠자리떼처럼 너무

오래 시간이 한곳에만 머문 탓이었다.

"앉아라. 나는 총영사관 경찰서 조사반의 사토 나카도시佐藤永敏 경부다."

의자 끄는 소리를 내며 사토가 앉았다.

"회사에 전화를……"

내 말이 채 끝나기도 전에 사토는 손을 내저었다.

"벌써 말해뒀으니 걱정 마라. 이거 그렇게 간단한 문제가 아니니까, 회사 일일랑은 잠시 잊어버려라. 그놈의 돈도선 때문에 우리도 여간 골치 아픈 게 아니지만. 어쨌든 조서를 꾸며야만 하니까 보조원에게 잘 얘기하도록."

사토 나카도시는 조선인을 향한 거만과 무시가 몸에 밴 사람이었다. 나카지마나 니시무라와는 질이 다른 종류의 일본인이었다.

"그런데 조선인이 만철에 들어갈 수 있는가?"

"중앙시험소에 연구원으로 있는 사람도 있지요."

내 말에 사토는 천자문을 읊는 멧돼지라도 만난 듯한 표정을 지었다.

"내지에 사람이 그렇게 없단 말인가? 뭐야, 그게. 이해 못할 일투성이군. 음, 어쨌든 그런저런 사정 덕택에 네 녀석은 특별 대우를 받고 있는 것이니까 사실대로 다 말해야만 한다. 모든 건 한 번에 끝나는 게 제일 좋아."

사토는 의자에서 일어서며 바깥을 향해 소리쳤다. 좀 붉어진 얼굴로 나도 따라 일어섰다.

"아까 이정희 얘기를 하지 않았습니까? 그게 무슨 말입니까?"

문고리를 잡았던 사토는 난처하다는 듯 이마를 긁적이면서 더듬거렸다.

"어휴, 그게 좀 골치 아프게 됐단 말이지. 그 아버지가 민회 간부라서 총영사관에다 뭐라고 말을 넣은 모양인데. 자기 딸 하나 제대로 간수하지 못하고 말이야. 그런데 이정희하고는 어쨌든 연애를 한 거지?"

"어쨌든 연애라니요?"

"뭐, 말 그대로. 어쨌든 연애한 것 아니야?"

나는 사토를 쏘아봤다.

"그런데 이정희양이 죽었다는 건 또 무슨 얘기입니까?"

내 말이 어디가 웃겼는지 사토가 피식거리고 웃음을 터뜨렸다.

"무슨 얘기긴. 말 그대로 죽었다는 거지. 남자 때문에 자살했어. 개죽음이지."

조금 사이를 두고, 그를 따라서 나도 웃음을 터뜨렸다. 둘이서 마주보고 웃다가 사토가 먼저 웃음을 그쳤다. 바로 그칠 수 있었지만, 나는 조금 더 웃었다.

"저를 놀릴 생각이라면 지금까지로도 충분합니다."

그때, 아까 나를 방으로 밀어넣었던 그 남자가 서류 뭉치를 들고 절을 하면서 안으로 들어왔다.

"아, 어김없이 말 많은 조선인이군. 지금은 그냥 이 사람이 묻는 말에 사실대로만 잘 대답하면 되는 거야. 최상様. 준비됐으면 바로 시작해."

그 말을 마지막으로 사토는 문을 닫고 밖으로 나갔다. 서류 뭉치를 들고 온 조선인 보조원은 자신의 이름이 최도식이라고 말하며 손을 내밀었다. 약지가 두번째 마디에서 떨어져나간, 나와는 비교할 수 없을 정도로 투박한 손이었다. 두 손의 차이가 너무나 커서 악수를 한다는 게 그만 서로 어색해지고 말아 누가 먼저랄 것도 없이 서로 슬그머니 손을 잡아뺐다. 서류를 내려놓은 뒤, 최도식은 바지 주머니에서 독일제 만년필을 꺼냈다. 그리고 그 만년필 뚜껑을 열기 위해 끙끙댔다. 뚜껑을 돌려서 열어야 하는데도 그저 잡아당기고만 있었기 때문이었다. 아까도 최도식은 책상에 앉아 그렇게 돌려서 여는 뚜껑을 잡아당기고만 있었던 것일까. 무심하게 그런 생각을 하다가, 불현듯 어떤 깨달음이 들면서 가슴 한쪽이 찢겨나가는 것처럼 아팠다. 내 눈에서는 눈물이 흘러내렸다. 이제 다시는 정희의 따뜻한 몸을 만질 수 없는 것이다. 정희를 떠올리고 기억할 수는 있겠지만, 그 몸만은 이제 다시는 안을 수 없는 것이다. 정희는 죽은 것이다.

"이거이…… 그런데 지금 우니?"

고개를 숙인 채 만년필을 붙잡고 한참 잡아당기던 최도식이 나를 바라보며 물었다. 나는 손을 뻗어 만년필을 달라고 했다.

"이건 뚜껑을 돌려서 여는 겁니다. 이렇게."

내가 최도식의 눈을 빤히 쳐다보면서 만년필 뚜껑을 열고는 그에게 내밀었다. 최도식은 혀로 입술을 한 번 훔치더니 내가 건넨 만년필을 받았다.

"이정희, 어디서 죽었습니까?"

턱까지 내려간 눈물은 그쯤에서 말라버리고 말았다. 눈물은 더 이상 흐르지 않았다. 내 질문에 최도식의 눈빛이 불안하게 떨렸다. 나는 그 흔들리는 눈동자를 바라봤다. 알 수 없는 분노가 내 속에서 치밀어올랐다.

"기, 기, 기니깐 동, 동흥중학교 교문 가차운 곳에 가면 해란강변이 나온단 말이우. 기니깐 강변에 키가 중간쯤 되는 버드나무 있단 말이우……"

나는 오른손으로 두 눈과 양쪽 뺨을 어루만졌다. 슬픔이 한차례 지나가고 나니 눈물은 가뭇없었다. 정희가 죽어갔는데도 나는 속수무책이었다. 할 수 있는 일이 하나도 없었다. 나는 자신이 너무나 하찮게 여겨졌다.

"기, 기, 기런데 내사 어찌 둑었는지 모르오. 기런데 아침에 찾아간 거 어찌 알았소?"

나는 아무런 대답도 하지 않았다. 대신에 나는 흔들리는 최도식의 눈동자를 계속 바라봤다. 정희가 어떻게 죽었는지 나도 몰랐다. 그가 아침에 찾아갔는지도 나는 몰랐다. 다만 나는 그 만년필이 정희가 사랑한다고, 내가 그랬듯이 사랑한다고 써서 내게 보내주리라는 기대에 부풀어 내가 산 만년필이라는 사실만 알고 있었다. 죽기 전에 그 만년필로 내게 '지금 어디에 있나요? 제 말은 들리나요? 어쩌면 이건 나의 처음이자, 마지막 편지겠어요'라고 시작하는 편지를 쓰리라는 사실은 미처 짐작도 못한 채로 내가 산 만년필이라는 것만 알고 있었다. 그런 만년필이 총영사관 경찰 보조원의 손에 넘어가리라고는 상상조차 한 일이 없었다. 그런 사실들 앞에 나는 무기력했다. 내 손이 최도식의 손만큼 야비하기라도 했다면. 내 입이 사토처럼 비열하기라도 했다면.

'형님이 이 잠에서 영원히 깨어나지 않으면 왠지 무척 행복할 거라는 느낌이 드는군요. 동시에 만약 이 잠에서 영원히 깨어나지 않으면 왠지 한층 슬플 거라는 느낌 또한 듭니다'라는 문장으로 끝나는 소설을 읽은 적이 있다. 그 소설을 쓴 작가는 이런 시도 남겼다. '우리는 서로 다른 세계에서 살고 있다, 너와 나는. 무엇이든 내키는 대로 해. 우리는 일치할 수가 없어, 너와 나는. 너는 자신의 세계에 살고 있어 행복하다. 나도 자신의 세계에 만족해.' 행복은 자신이 속한 세계 안에 갇혀 있다. 슬픔의 냄새는 그 세계 바깥에서 번져온다. 행복하기만 하다면 삶은 거짓이라고 해도 아무런 상관이 없다고 생각했는데, 그 냄새만은 견딜 수 없었다. 영국더기에서 느낀 행복도, 대련의 만철 사택촌에서 얻은 충만함도 누선으로 배어나는 통증에 비하면 아무것도 아니었다. 정말 아무것도 아니었다.

그날, 총영사관 조사반 한쪽 방에 앉아서 나는 정희와 있었던 일들을 순서대로 최도식에게 들려줬다. 처음부터 끝까지. 그래봐야 삼십 분이 채 지나지 않는 이야기. 진술이 모두 끝나자 최도식은 내게 내용이 맞는지 확인해보라며 진술서를 건넸다. 나는 지난 일들을 읽어내렸다. 거기에는 궁금한 것도 없었고 내가 더 알아야 할 것도 없었다. 아무런 모순도 없이 완벽한 세계였다. 정희와 내가 기댔던 참나무 등걸의 딱딱함이며 석양 무렵 바늘처럼 우리 시선을 찌르던 해란강 잔물결이며 내 발목을 휘감으며 날리던 아카시아 꽃잎의 일들이 고스란히 다시 살아났다. 내가 얼마나 정희를 사랑했는지, 내가 얼마나 정희를 그리워했는지, 내가 얼마나 정희의 몸을 만지고 싶어했는지, 모두 떠올랐다. 진술서를 다 읽은 내가 내용이 옳다는 의미로 맨 마지막에 이름을 적고 나니 할 일을 마친 최도식은 내게 사토 경부가 곧 들어올 테니 잠시 기다리라고 말한 뒤, 작성한 서류를 챙겨 일어섰다. 곧 들어올 줄 알았던 사토는 삼십여 분이 지난 뒤에야 다시 방으로 들어왔다. 사토는 최도식이 작성한 진술서를 책상 위에 올려놓고 양복 상의를 옷걸이에 걸었다.

사토는 내게 진술서의 내용을 다시 한번 확인해보겠다면서 내게 "이정희를 왜 만나게 됐는가?"라고 물었다. 무슨 의미인지 잘 몰라서 내가 반문하자, 사토는 "용정에는 여자가 많은데 왜 하필이면 이정희를 사랑하게 됐느냐?"고 질문을 고쳤다. 최도식에게 말했던 내용을 고스란히 다시 얘기해야겠구나고 생각하던 차에 예상치 못한 질문을 받으니 약간 당황스러웠다. 왜 이정희를 사랑하게 됐느냐니. 그건 동불사 근처에서 있었던 간도임시파견대와 산림대 사이의 조우전부터 설명해야만 대답할 수 있는 물음이었다. 하지만 그걸 어떻게 얘기해야만 할지 나로서는 감이 잘 잡히지 않았다. 내 심장이 어떻게 생겼는지 확인해보고 싶어서? 아니면 죽음의 공포로부터 벗어나기 위해서? 나카지마가 일단 여자를 사랑해보면 내 인생이 바뀔 것이라고 말해서?

한동안 잠자코 있다가 나는 왜라고 묻는다면 운명이라고 대답할 수밖에 없다고 말했다. '가을하늘을 비둘기가 난다. 그걸로 좋아. 그걸로 좋다구'란 시구가 있다. 사람과 사람이 만나 사랑한다는 것은 그런 게 아니겠는가? 물 흐르듯이 모든 게 자연스럽게 일어난 일인 것이다. 하지만 내 말에 사토는 큰 소리를 내면서 웃음을 터뜨렸다. 이번에는 따라 웃지 않았다. 대신에 나는 심한 모멸감을 느꼈다. 내게도 심장이라는 게 있다면 이럴 때 보여줘야만 하는 게 아닐까라는 생각이 들었다. 웃음을 그친 사토는 나를 향해 이번에는 "이정희를 사랑했는가?"라고 물었다. 나는 고개를 끄덕였다. 사토는 다시 "이정희도 너를 사랑했는가?"라고 물었다. 이번에도 나는 고개를 끄덕였다. 한심해죽겠다는 듯이 사토가 내게 서류 하나를 내던졌다. 그리고 그로부터 내가 알던 세계는 완전히 허물어졌고 나는 나를 둘러싼 세계의 이면을 똑똑하게 보게 됐다.

그건 안나 리라는 이름의 여자에 대한 진술서였다. 안나 리는 러시아공산당에 가입한 니콜라이 리의 동생으로 어려서부터 공산주의에 경도됐다. 오빠 니콜라이 리는 모스크바에서 열린 프로핀테른 제5회 세계대회에 조선대표단의 통역으로 참가했던 공산주의자로 1932년 현재 함흥에서 소위 '태평양노동조합 사건'에 연루돼 공판을 기다리고 있었다. 안나 리는 니콜라이 리를 제외한 가족이 모두 용정으로 돌아온 뒤인 1926년 명신여학교 재학 시절, 은진과 동흥 등 용정 내 중학교 학생들과 독서회를 꾸리며 마르크스주의 서적을 탐독했으며 같은 해 조직된 간도여자청년회에 가입했다. 그 이듬해, 그녀는 동만東滿청년동맹의 지도하에 용정 내 학생영도조직인 평우동맹을 결성하는 데 참여했다.

하지만 1928년 3월, 제2차 간도공산당 사건이 일어나면서 그녀가 검거되자, 민회의 간부였던 아버지 이은식은 안나 리를 서울로 보내버렸다. 서울에서 이화여전을 졸업한 뒤, 안나 리는 1931년 용정으로 돌아왔다. 서울 유학 시절, 안나 리가 조선공산당에 가입했다는 소문이 돌았지만, 확인되지는 않았다. 적어도 용정에서는 안나 리가 공산당 활동을 벌인 흔적은 없었다. 다만 안나 리가 용정 내 대중조직에서 암약하는 중국공산당원 일명 '박타이朴太'의 프락치 활동에 연루됐다는 정황은 포착됐다. 안나 리는 박타이의 애인으로 알려져 있다. 나는 아무런 말 없이 그 문장만을 들여다봤다. 안나 리는 박타이의 애인으로 알려져 있다. 왜냐하면 나는 박타이가 아니었기 때문이었다.

"박타이가 누굽니까?"

당황하는 꼴을 사토에게 보이기 싫어 고개도 들지 않은 채, 내가 물었다.

"그게 알고 싶어서 너를 부른 거지. 처음에 우린 네가 박타이인 줄 알았거든. 나카지마에게 안나 리, 즉 이정희를 소개시켜준 사람이 너라는 걸 알았으니까. 그래서 너의 지난 행적을 알아내려고 통영으로, 서울로, 대련으로 연락을 주고받다가 그만 진짜 박타이를 놓쳐버린 거야."

사토가 말했다.

"저는 박타이가 누군지 모릅니다."

내가 말했다. 사토는 나를 물끄러미 바라봤다.

"우리 슬픈 얘기를 좀 해볼까? 아까 그 녀석, 최상 말이다. 원래 어떤 자였는지 혹시 아는가?"

사토는 책상 위에 두 손을 올려놓고 깍지를 꼈다.

"원래 조선공산당 만주총국 당원이었어. 엠엘계 당원. 1930년 5월 30일 폭동이 일어났을 때, 방화를 비롯한 파괴 행위를 주도해 아주 죄질이 무거웠던 극렬분자였지. 그때 체포돼 연길 감옥에 구속됐다가 사 개월 만에 다시 나왔어. 훈련이 썩 잘된 친구라 조직원들과 대질심문을 벌이는데도 혐의를 부인했단 말이야. 일단 여기 들어오면 혐의를 부인하는 건 쉽지 않거든. 없는 혐의도 만들어서 털어놓는 곳이 바로 여기야. 제아무리 골수 공산당원이라고 해도 말이야. 무슨 말인지 알아듣겠는가?"

얼굴을 잔뜩 찌푸리면서 사토가 말했다. 나는 사토의 울대뼈만 바라봤다. 이정희, 안나 리, 이정희, 안나 리…… 그런 생각만 내 머릿속을 가득 메웠다.

"어쨌든 혐의를 완강히 부인했기 때문에 형량이 그 정도에 그쳤던 거야. 다른 이유가 있었던 게 아니었다구. 그런데 출감하고 나니까 모든 조직원들이 저 녀석을 외면한 거야. 단순 가담자도 육 개월, 일 년씩 형을 살았단 말이야. 그런데 발전소 방화를 지휘한 저 녀석이 사 개월 만에 풀려나니까 아, 이거 수상하다, 조직이 이런 의심을 품기 시작한 거지. 밀정이 됐다, 주구走狗다, 이러면서 다들 만나주지 않고, 만났다 하더라도 의심만 하니까 사람이 돌아버리지. 혹시 내가 고문과정에서 주구가 되겠다고 말한 것은 아닐까? 그런 생각이 들게 되는 거야. 그렇게 한 육 개월 외따로 떨어져서 지냈을까? 어느 날, 정기적으로 자신을 찾아와 서로 쓸데없는 얘기만 나누다가 돌아가는 우리 조선인 형사에게 최상이 총영사관에서 일하고 싶다고 말했다더군."

사토는 내게 담배를 건넸다. 나는 원래 담배를 피우지 않는 사람이었지만, 그 담배를 받았다. 사토는 내게 불을 붙여주면서 말했다.

"세상이란 그런 거야. 어떤 계기로 한번 세상을 고쳐보게 되면 모든 게 다 바뀌어버리는 거야. 너도 이정희를 사랑했고 이정희도 너를 사랑했다고 하지만, 우리 눈에는 그게 도무지 사랑으로는 보이지 않거든. 너는 어떨지 모르지만, 적어도 안나 리는 말이야. 네가 조선인이긴 해도 만철에 다녔기 때문에 안나 리는 너를 포섭 대상으로도 보지 않고 그저 이용 대상으로만 봤어. 필요했다면 너를 죽이기도 했을 거야. 공산당이라는 건 그런 거야. 너는 분명히 운명 때문에 이정희를 사랑한 게 아니라 누군가의 치밀한 계획에 따라 이정희를 사랑하게 된 거야. 그 사람이 누구인지 이젠 알겠지? 자, 박타이에 대해서 얘기해봐. 이런 점잖은 대우는 이게 마지막이니까."

그제야 나는 내가 진술한 세계가 얼마나 허망한 것이었는지 깨닫게 됐다. 그건 완벽한 세계가 아니라, 완벽하게 가짜인 세계였다.

1932년 8월 중순, 총영사관 특수수사반은 특무를 통해 화련리 대성촌에서 공비들이 모여 계림촌에 있는 철도호위대의 무기를 탈취하려는 계획을 꾸민다는 첩보를 입수했다. 이에 간도임시파견대와 하동자위단으로 구성된 혼성토벌대가 해가 저문 뒤에 대성촌 토벌에 나섰는데, 막상 대성촌에서 토벌대를 기다리고 있었던 것은 잔인하게 살해된 특무의 주검이었다. 목이 잘린 특무의 두 눈알은 빠져 있었고, 혀는 뽑혀 있었다. 눈뜨고 볼 수 없는 그 처참한 모습에 동요하던 토벌대에게 같은 시각, 철도호위대가 공비들에게 피습당했다는 연락이 전해졌다. 급보에 곧바로 계림촌으로 이동한 병력을 제외한 나머지 토벌대는 대성촌에 남아 미처 피하지 못한 마을 주민 오십여 명을 집단 학살하고 마을을 불질렀다. 미처 피하지 못한 마을 주민들은 대부분 노인들과 부녀자들과 어린이들이었지만 그중에는 젊은 공산주의자들도 서넛 있었다. 토벌대는 그들을 특무와 비슷한 방식으로, 그러니까 눈알을 파내고 혀를 뽑은 뒤에 목을 잘라 죽였다. 토벌대는 이렇게 죽은 남자들의 시신을 제외하고 나머지 시신들은 한곳에 모아 기름을 부은 뒤에 불태워버렸다.

이 사건 이후 특수수사반은 토벌대 내부에 프락치가 있다는 판단하에 내사에 착수했다. 특수수사반은 토벌대를 통해 진짜 정보와 가짜 정보를 번갈아 유출시키며 조사했으나 프락치 색출에는 실패했다. 대신에 길림에 있던 삼포고무공장 파업 주동자를 심문하는 과정에서 용정 내 대중조직에서 암약하는 거물급 공산주의자 박타이와 그의 애인인 안나 리에 대한 첩보가 입수됐다. 박타이의 정체는 여전히 오리무중이었지만, 안나 리는 니콜라이 리와의 관계 때문에 금방 신원이 확보됐다. 태평양노동조합 사건을 주도하다가 함흥 감옥에 수감된 이병건의 여동생 이정희가 바로 안나 리였으니까. 그제야 사건의 전모가 드러났다. 간도임시파견대의 정보가 이정희를 통해 공비측으로 넘어가고 있었다. 이제 이정희의 애인만 찾으면 되는 일이었다. 사토가 말했다시피 특수수사반은 처음에는 이정희를 나카지마에게 소개한 나를 박타이로 지목했으나, 나는 박타이가 아니었다. 나는 우연히 문학과 음악을 좋아하던 영국더기의 이정희를 알게 되고, 그녀와 보낸 언덕의 시절을 내 인생의 가장 소중한 기억으로 간직하게 된, 한낱 불쌍한 남자에 불과했다. 내가 아무리 운명적인 사랑이라고 말한다고 해도 그건 공허한 외침에 불과했다.

사토가 나를 향해 이렇게 말했다시피.

"네 말을 백번 존중해서 네가 운명적으로 이정희를 사랑했다고 치자. 그렇다고 이정희가 계획적으로 나카지마를 유혹해 동침한 사실이 달라지지는 않는다. 그리고 그 동침은 제국의 질서와 안녕을 위해 복무하는 경찰의 눈알과 혀가 뽑히고, 산 채로 목이 잘리는 결과로 이어졌다. 이런 사실 앞에서 네가 말하는 그 운명적인 사랑이란 얼마나 순진한 변명이란 말이냐? 이런 세상에서 도대체 그런 게 있기는 있단 말이냐?"

사건의 전모를 내게 설명하며 덧붙인 사토의 이 말에 나는 돌이킬 수 없을 정도로 큰 충격을 받았다. 그 충격은 너무나 큰 것이어서 그 말을 듣기 이전의 밝은 세계에서 내가 영원히 추방됐다는 사실을 알게 됐다. 그다음은 믿을 수 없는 일들로만 가득한 어둠의 세계, 나 자신도 신뢰할 수 없는 밤의 세계였다. 언젠가 잡지에서 사계절이 어떻게 생겼는지 읽은 적이 있었다. 그 글에 따르면 아주 오래전, 우주의 저편에서 별 하나가 날아가다가 우연히 지구와 충돌했고, 그 잔해물들은 지구 주위를 선회하다가 점차 뭉쳐지면서 달이 됐다고 한다. 이 충돌로 인해 지구는 남북축이 23.5도 기울어지게 됐고, 결과적으로 계절의 변화가 생겨났다. 봄이 가고, 여름이 온다고 말할 때, 거기에는 오래전 어느 별과 지구의 충돌의 그림자가 남아 있는 셈이다. 그런 식으로 사토의 말이 죽을 때까지 내게 지울 수 없는 그림자를 남겼다는 건 분명했다.

여름이 가고, 가을이 왔다. 그리고 나는 나뭇가지에 앉은 한 마리 새처럼 외로웠다. 그해 봄에도 그랬던 것일까? 그래서 사랑을 하면 모든 게 달라질 것이라는 나카지마의 말에 귀가 솔깃했던 것일까? 그래서 신문을 보다가 민생단이라는 단체에 발기인으로 올라 있던 동기생의 이름을 발견하고, 부러 조선인민회까지 가서 그의 주소를 알아본 것이었을까? 팔도구 광산에서 일하던 고등공업학교 동기생은 중학교 시절부터 밤의 골목을 오가며 보리개떡을 팔면서 어렵사리 고학하던 친구로 늘 상대방의 의견에 '그렇지만서두'라고 토를 다는 것으로 유명해 별명이 '서두'였다. 오랜만에 만나서도 "힘들진 않구?"라고 물으니 "그렇지만서두 전지요양한 셈 치구……"라고 말해서 한참 웃었다. 광산에는 거친 사내들이 많고, 또 적색조합의 힘도 만만찮아서 전지요양이라는 말은 가당치도 않은 이야기라는 걸 우린 학창 시절부터 알고 있었다. 말은 그렇게 해도 그 '서두'의 속내가 자수성가하겠다는 야심으로 똘똘 뭉쳐 있다는 건 그 녀석이 만주의 광산을 지원할 때부터 다들 잘 알고 있었다.

둘이서 학창 시절 이야기를 하며 유쾌한 저녁을 보낸 그다음 주에 서두가 "너두 알아두면 큰 도움을 받을 것"이라며 그 사람을 데리고 나온 것도 어쩌면 그 야심에서 비롯한 일일 수 있겠다. 아직 그 사람이 중국 식당에 나타나기 전에 서두는 내게 이런 말을 했다.

"워낙은 상해를 떠들썩하게 만들었던 과격파였다고 하지. 1920년대 말에 서울을 거쳐서 서간도西間島에 첫발을 내디딘 뒤부터는 또 좌경단체에 가입해서 잠깐 공산주의 모자를 빌려 쓴 적이 있다두만. 그 사람 얘기로는 국민부에서 암약하며 조선혁명군을 쟁취하는 사업에 골몰했다지, 아마. 만주 지방에서도 보기 드문 걸물이지. 그다음에는 북간도 지역으로 와서 조선인들의 민생을 도모하는 자치촉진회에 들어가 중국 당국을 상대로 공민권 획득 운동을 벌이다가 사변 지나고 만주국 세워지면서 일본군에 귀순했는데……"

녀석은 그렇게 말을 끊었다가 주위를 둘러보며 이렇게 속삭였다.

"들리는 말에 따르면 사변 전에 할바령 근처의 한 암자에서 『주역周易』으로 시대의 운을 점치던 중, 사변을 예견하고 일본군에 위장 귀순했다는 이야기가 파다하다지. 그렇지만서두 만주에서 뭘 곧이곧대로 믿는 건 바보 아니면 코흘리개지. 광산에는 구舊 국민부 영감들이 몇 있는데, 그자들 말로는 그 양반이 잠깐 공산주의 모자를 빌려 썼던 바로 그 지하좌경조직의 간부들을 흥경현興京縣에서 체포, 구금하는 데 앞장선 일까지도 있다두만. 그 양반이 적발해서 총살까지 시켰던 젊은이들은 한때의 그와 마찬가지로 국민부를 적화하는 임무를 띠고 위장 잠입한 사람들이어서 국민부 영감들도 치를 떨었다데."

국민부는 무엇이며, 조선혁명군은 또 무엇인지…… 나로서는

『주역』을 보고 사변을 예견했다는 등의 이야기가 소설책에나 나오는 활극 같아서 도무지 실감이 나질 않았다. 풍토라는 게 이렇게 중요하구나, 라고 나는 생각했다. 서울에 있을 때만 해도 야심만만하나마 착실한 고학생이었지만서두, 여기 만주에서는 녀석마저도 황당무계한 헛소리를 늘어놓는구나. 만주에 사는 한, 나 같은 사람도 언젠가는 사람을 죽일 것이라던 나카지마의 말이 바로 이런 뜻이었을까?

하지만 나는 그런 방면으로는 아무런 관심이 없었다. 나는 한 줄 책에 실린 글귀에 위안을 받고, 퇴근하는 저녁 길에 머리 위로 떠오른 초승달에 행복을 느끼는 사람에 불과했다. 그러므로 나중에야 손수건으로 이마의 땀을 닦으며 등장한 그 사람이 내 손을 덥석 움켜쥐며 이렇게 말했을 때, 나는 전혀 반가운 표정을 지을 수 없었다.

"만철이라니, 대단하오. 꼭 만나 뵙고 싶었습니다. 저는 박길룡이라고 합니다. 상서로운 용이죠."

그는 나의 표정을 보더니, 내 어깨를 툭 치면서 이렇게 덧붙였다.

"웃자고 하는 객쩍은 소리요. 하오더, 씨아오 이 씨아오."

좋습니다. 웃어요, 웃어. 뭔가에 사로잡혀 있으나 그게 뭔지 숨기고 있는 듯한 눈빛. 늘 과장되게 웃고 과장되게 말하고 과장되게 행동하는 태도. 다소 평퍼짐한 앞모습에 비하자면 놀랄 정도로 날카롭게 보이던 옆모습. 그의 첫인상이란 그런 것이었다. 내가 기계라면 그는 정비공에 가까웠다. 말하자면 일상의 사소한 일들에 행복을 느끼는 나 같은 사람들의 사용설명서를 지니고 있는 듯한 사람. 어디를 만지면 반발하고, 어디를 손보면 동조하는지 태어날 때부터 알고 있는 듯한 사람.

"요즘에야 여기도 치안이 많이 안정됐지. 그렇지만서두 작년까지만 해두 이곳에 사는 조선인들의 처지는 하루살이만도 못했단 말씀이야. 사람이 다 서로 손에 손잡고 평화롭게 생활하자고 사는 것인데, 그런 식이라면 단 하루도 살지 못할 처지였지. 그런 처지에 간도의 사십만 조선인들이 할 수 있는 일이라고는 고작 평화 외치는 일뿐이었으니까, 무슨 메아리가 맞장구를 쳤겠느냐고. 다행히도 지난해 일본군이 출병하며 그런 상황에 종지부를 찍긴 했지만, 이제부터가 시작이라는 데에는 나도 동의해. 이제 만몽滿蒙에 신국가가 건설됐으니, 우리부터라도 이 지역을 조선의 연장延長으로 삼아 특별자치 구역으로 만들자는 것이지. 그게 이분이 주축이 돼 올봄에 민생단이 결성된 소이이지. 난 그게 옳다구 봐."

나의 용정생활에 대한 몇 마디 말이 오가고 난 뒤, 이야기는 시국담으로 흘러갔다. 동기생이 청산유수처럼 쏟아낸 '간도의 사십만 조선인'이니 '만몽에 신국가'니 '조선의 연장'이니 하는 말들은 너무나 낯설었다.

"나야 도면만 들여다봐서 그런지 자네의 이야기가 삼각함수보다도 더 어렵게 들리네그려."

"자네야 일본군과 함께 생활하니, 살에 와 닿는 치안 문제라든가, 생활고 같은 게 우리와 다를 수밖에."

씁쓸한 표정을 지으며 동기생이 말했다.

"우리 민생단이 표면적으로 내세우는 말이야 삼각함수보다도 더 어렵게 들릴지 몰라도, 그 뜻이야 소박한 것이외다. 첫째도 민족, 둘째도 민족, 민족을 위해서 힘을 합치자는 것이지요."

우리 둘이 나누는 대화를 가만히 듣고 있던 박길룡이 끼어들었다.

"만주국은 좀 다르지 않습니까?"

내가 말했다. 박길룡은 나를 쳐다봤다.

"만주국은 오족협화를 기치로 내세우는 새로운 형태의 국가가 아닙니까? 여러 민족이 더불어 조화를 이루면서 살자. 그렇다면 이제 민족이라는 건 아무런 의미가 없는 거 아닙니까?"

내가 말을 덧붙였다.

"바로 그 때문에 민생단을 조직한 것이지요. 더불어 조화를 이루자면, 우리 민족의 힘도 키워야만 하니까 말이오. 건국은 새로운 기회입니다. 우린 여기서 새로운 낙토를, 자유천지를 만들 수 있습니다. 우리 민족이 우리 힘으로 살아갈 수 있는 터전을 마련할 수 있다면, 그게 굳이 민생단이 아니어도 좋습니다. 그게 무엇이든, 단체는 형식에 불과하오. 그 내용이란 방금 이분이 말한 대로 조선인들이 줄기차게 외쳐대던 평화, 아니겠소? 하지만 형식이 없는 내용은 사상누각에 불과하지 않겠소? 평화가 힘을 쓰자면, 단체가 필요한 것일 뿐이니까."

"그래서 나도 발기인이 됐던 것이지. 자네도 우리와 뜻을 함께 하면 좋겠네. 간도의 여러 유지들이 모두 민생단에 참여하고 있으니까 자네에게도 좋은 기회가 될 거야."

그제야 나는 동기생이 왜 그런 자리를 마련했는지 눈치챘다.

"우리가 고공에서 배운 게 뭔가? 자 안 대고 직선 긋는 일 따위가 아니던가? 나 같은 공학도가 정치 방면을 알 리가 없지."

내가 말했다.

"그렇지만서두 너는 졸업문집에 시를 세 편이나 제출한 사람이었잖니? 공학도 같은 얘긴 나 같은 놈한테나 어울리지. 문집을 편집한 해경이두 마찬가지고 너도 필력이 대단했잖니?"

안주 등속을 헤집으며 동기생이 말했다.

"심심한데 뭔들 하지 못했겠어? 제대로 할 줄 아는 건 하나도 없으니깐 문제지."

박길룡 앞에서 옛날이야기를 하는 게 싫어서 내가 말했다. 하지만 동기생이 언젠가는 신생 만주국에서 고관대작이 되어 뜻을 펼치겠다는 포부를 감추지 않은 것처럼 나 역시 언젠가는 시인으로 꼭 등단하리라는 꿈을 버리지 않고 있었다.

"옳습니다. 좋아요, 다 좋습니다. 다들 자기 자리에서 열심히 실력을 양성하는 것이 민족을 위하는 길이지요. 뜻을 알았으니, 이런 얘기는 그만하겠습니다."

처음의 기세와 달리 뜻밖에도 이야기는 거기서 끝이 났다. 그 사람이 거기서 더이상 민생단이니 우리 민족이니 하는 따위의 이야기를 하지 않으니 갑자기 긴장이 풀리기 시작한데다가 그때부터 그가 들려준, 상해 조계에서 아나키스트로 활동하던 시절이며, 만주로 돌아와 국민부에서 활약하던 나날의 긴박한, 마치 활극과 같은 이야기에 빠져 나중에 가서는 술이 억병으로 취해버렸다. 내가 마지막으로 기억하는 건 박길룡이 소리 높여 읊조렸던, 나로서는 처음 들어본 시였다.

사나이 뜻을 품고 고향을 떠났으니,
그 뜻 이루지 않고는 돌아가지 않으리.
뼈야 어디에 묻힌들 어떠랴,
사람 사는 곳이면 모두 청산靑山인 것을.

그 이후로 나는 박길룡, 그러니까 사토의 말에 따르면 용정 내 대중조직에서 암약하는 거물급 공산주의자 박타이를 다시 만나지 못했다. 대신에 그와 만나고 얼마 지나지 않아 나는 '조선문예보급회'라는 단체가 보낸 초대장 한 통을 받았다. 초대장에는 4월 12일, 영국더기 명신여학교 강당에서 시 낭송, 연극, 성악 공연 등의 내용으로 문예의 밤 행사를 개최하니 참석해주시기를 바란다고 적혀 있었다. 물론 내 눈에 제일 먼저 띈 것은 용정의 시 동인이라는

'맥향麥鄕'이었다. 초대장의 프로그램에 쇼팽의 피아노곡을 연주하는 이정희라는 여성이 있었음은 그 행사에 다녀온 뒤에야 알았다.

아편은 양귀비의 미성숙한 열매에 흠집을 내어 흘러나오는 유액을 햇볕에 말려 제조한다. 이것을 보통 생아편이라고 부른다. 이 생아편을 다시 태양 건조 또는 섭씨 육십 도 이하의 온도에서 화력 건조해 분말로 만든 것을 아편가루라고 하는데 이는 약품 제조 원료로 사용된다. 흡연용 아편연고는 생아편에 보릿가루·콩기름·아편재 등을 혼합하고 이것을 물에 타서 끓여 여과시키는 과정을 거쳐 제조한다. 아편연고를 흡입하기 위해서는 연고를 가열하기 위한 특수한 램프와 열을 통해 증기로 빠져나오는 모르핀을 빨아들이기 위한 담뱃대 등 이른바 흡연용 '일곱 가지 도구'가 필요하다. 하지만 이 담뱃대가 제아무리 정교하다고 해도 폐 속으로 흡입할 수 있는 모르핀 성분은 얼마 되지 않기 때문에 아편은 폐쇄되고 공기의 흐름이 거의 없는, 동굴처럼 좁은 방에서 흡연해야만 한다.

그래서 생겨난 것이 아편굴이다.

러일전쟁의 결과로 일본의 식민지가 된 뒤부터 대련은 만주와 화북華北 지방으로 편입되는 아편의 공급 창구나 마찬가지였다. 관동군은 관동도독부 육군부 시절부터 아편의 전매에 반대하고, 아편 사업을 실질적으로 장악했다. 관동군의 아편 사업 장악은 두 가지 효과를 가져왔다. 아편은 중국 인민의 심신을 해쳐 반항심을 약화시켰을 뿐만 아니라 그 수익은 모두 관동군의 비밀 자금으로 사용됐다. 결국 아편은 일본의 대륙 정책에 음으로 양으로 기여한 바가 적지 않았던 셈이다. 그런 까닭에 대련에서는 아편의 흡입이 자유로운 편이었다. 대련에서 아편을 맛보려면 봉판정逢阪町 유곽 골목 사이사이에 있는 아편굴을 찾아가면 된다. 모든 일이 그렇듯 아편굴도 처음 들어갈 때는 두렵고 낯설지만, 일단 그 분위기에 익숙해지면 더없이 편안한 곳이다.

1932년 10월, 대기발령을 받아 대련으로 복귀한 건 만철 사택촌 아카시아들이 모두 잎사귀를 떨어뜨리고 난 뒤였다. 여름내 대련 거리를 메우던 여성들의 양산 물결이 자취를 감춘 자리에 프록코트를 걸친 직장인들이 나타났다. 그들은 하나같이 '가을은 사색의 계절'이라는 듯한 표정을 짓고 다녀 거리가 음울했다. 몇 달 만에 다시 만난 니시무라는 이제 더이상 연애에 대한 이야기를 하지 않았다. 대신에 그는 아시아 민중들의 희망에 대해서, 진정한 국제주의에 대해서, 박애를 통해 외부와 내부를 동시에 수양하는 일에 대해서 말했다. 그는 만주국이라는 새로운 국가 체제를 열망하고 있었다. 연애가 끝나자마자 전향한 전 공산주의자는 이제 막 만들어지고 있던 그 나라가 아시아 민중들의 희망이 될 것이라는, 따지고 보면 나카지마와 마찬가지의 결론을 향해 치닫고 있었다. 회사에서는 매일 내게 시말서를 쓰게 했고, 그 글을 쓰면서 나는 내 연애의 끝이 환멸을 향해서 나아가고 있다는 걸 알게 됐다. 내게는 어떤 희망도 없었고, 내 내부와 외부는 극단적으로 단절되고 있었다.

이따금 주말이 되어 대련 대광장을 지나갈 때면 깨끗하게 정비해놓은 가로의 풍경이 온통 덕지덕지 분 발라놓은 여자의 얼굴처럼 보여 구역질을 참을 수 없었다. 그럴 때면 나는 차부로 가 택시를 타고 황해와 발해가 갈리는 해변으로 가 한참 앉아 있고는 했다. 요동遼東반도의 맨 아래쪽에 해당하는 곳이라 왼쪽은 황해, 오른쪽은 발해였다. 해가 저물 때까지 나는 그 두 바다를 동시에 바라보면서 두 개의 세계에 대해 생각했다. 낮의 세계와 밤의 세계. 빛의 세계와 어둠의 세계. 그렇게 앉아 있다가 돌아오면 시내의 화려한 불빛들이 또 견딜 수 없이 공허했다. 진실된 것이라고는 하나도 없었다. 모든 것들이 환영에 불과했다. 그런 밤이면 도저히 버티지 못하고 유곽으로 달려가 창녀들의 살을 한없이 만지고 빨았다. 그렇게라도 하지 않으면 불안해서 견딜 수가 없었다. 나는 밤새 여자들을 괴롭혔다. 그래야만 내가 살아 있다는 것을 확인할 수 있었다.

그러던 어느 날, 한 여자에게 이름을 물으니, 그 여자가 자기 이름은 진진今今이라고 대답했다.

"진진. 그런 이름도 있는가?"

"만든 이름이니까."

"네가 만든 이름이란 말이냐?"

"어릴 적에 재리교在理教에서."

"종교 단체에서 만들어준 이름을 이런 곳에서 사용하다니."

내가 말하자, 진진은 깔깔거리며 웃음을 터뜨렸다.

"무슨 차이가 있어요? 여기나 거기나. 그때도 내 소원은 하나였고, 지금도 내 소원은 하나인데."

"네 소원은 뭐냐?"

내가 그 산동 여자의 검은 살갗을 만지면서 물었다.

"어느 시절의 소원을 말하는지……"

"방금 소원은 하나뿐이라고 말하지 않았냐?"

"소원은 하나뿐이긴 하지만, 매번 바뀌니까."

"그래서 이름이 진진인 거야? 지금이 제일 중요해서? 그럼 옛날의 소원은 뭐였어?"

"듣고 나서 웃으면 안 돼요. 옛날의 소원은……"

써. 지에. 더. 핑. 허. 世. 界. 的. 平. 和.

"뭐라고?"

"세계의 평화. 재리교에 있던 소녀 시절에는. 웃지 않기로 했잖아요."

"아니야. 그것 때문에 웃는 게 아니야. 그럼 지금의 소원은?"

나는 간신히 웃음을 참으며 다시 물었다.

"그전에 먼저. 당신의 소원은?"

"난 소원 따위는 없어. 지금 네 몸뚱어리면 충분해. 네 몸이 내가 원하는 전부야."

진진은 깔깔대며 웃었다.

"이건 정말 껍데기에 불과한데. 게다가 소원이 없는 인간은 없다니까."

"난 그런 거 없어. 이런 세계라면 평화 따위는 필요 없어."

"좋아요. 그럼 우리 내기해요."

"무슨?"

"바라는 게 없는 인간은 아편에 중독되지 않지요. 굳이 아편에 취해야 할 이유가 없으니까. 그러니 일단 같이 아편을 피워보기로 해요. 만약 당신이 아편에 빠져들지 않는다면 계절이 네 번 바뀌는 동안, 당신이 원하는 전부라는 이 껍데기를 마음껏 갖도록 해주겠어. 하지만 내기에서 당신이 진다면 딱 하루만 내 남편이 돼 러시아 거리의 카페에서 식사를 하고 살롱에서 술을 마시고 야마토 호텔에서 잠들 수 있게 해줘요."

"그게 지금 너의 소원인가?"

"예."

"그러니까 세계의 평화란 남편과 러시아 거리의 카페에서 식사를 하고 살롱에서 술을 마시고 야마토 호텔에서 잠드는 것이군. 좋아."

나는 진진의 제의를 받아들였다. 그리고 일주일 뒤, 나는 그녀의 소원을 들어줬다. 이로써 세계는 좀더 평화로워졌다. 나이프로 스테이크를 자르며 진진은 아편보다도 돈이 좋다고 말했다. 하지만 나는 이제 여자의 몸뚱어리보다는 아편이 더 좋았다.

아편을 흡입하고 난 뒤부터는 이제 더이상 여자들의 살을 만질 필요가 없었다. 아편이면 모든 게 족했다. 아편굴로 들어가 칸칸이 놓인 중국식 침대에 목침을 베고 누워 아편연고를 끓인 뒤, 몇 번 빨아들이고 나면 정신이 몽롱해지면서 늘 똑같은 장면이 눈앞에 펼쳐졌다. 나는 햇살이 눈부시도록 환한 5월의 영국더기 언덕에 정희와 함께 앉아 있다. 우리는 막심 고리키의 『데츠트보』에 대해, 니콜라옙스크 항의 풍경들에 대해, 일상적으로 하는 업무나 직장의 동료들의 특이한 행태에 대해, 혹은 더 할말이 없으면 괴테의 소설이나 기타하라 하쿠슈의 시에 대해 하염없이 얘기를 나눈다. 아편에 취해 있을 때, 정희는 그때와 마찬가지로 내 눈앞에 살아 있다. 손을 뻗으면 그 살을 만질 수 있고 가까이 가면 향기를 느낄 수 있다. 내가 하이네의 시를 읊으면 정희는 가만히 귀를 기울인다.

그래, 넌 비참해, 그래도 난 원망하지 않을 거야,
내 사랑아, 우리 두 사람은 비참해야 해!
죽음이 우리의 병든 심장을 부서뜨릴 때까지,
내 사랑아, 우리 두 사람은 비참해야 해!

내 눈에는 네 입가에 맴도는 조롱이 보여,
그리고 네 눈이 반항의 빛을 띤 것도 보여,
네 가슴을 부풀려 올리는 그 자존심도 보여,
하지만 넌 비참해, 나처럼 비참한 거야.

눈에 보이지 않게 고통이 네 입가에서 움찔하지,
숨겨진 눈물이 네 눈의 눈빛을 흐리게 해,
자만심 어린 가슴에는 남모르는 상처가 있어.
내 사랑아, 우리 두 사람은 비참해야 해!

아편에 취해 있는 동안, 해는 뜨고 해는 지고, 봄은 가고 여름은 오고, 우리는 영원한 그 세계 안에서 사랑하고, 또 사랑하고, 영원히 사랑할 수 있었다. 아편에 취해 있는 동안, 나는 영원히 1932년 봄부터 가을까지 영국더기의 언덕 위에 정희와 나란히 앉아서 끝도 없는 얘기를 나눌 수 있었다. 아편에 취해 있는 동안, 나는 정희의 머리칼과 두 눈동자와 코와 입술, 정희의 팔과 어깨와 가슴과

아랫배와 허벅지와 무릎을 만질 수 있었다. 한때 그 모든 것이 내게 진짜였던 것처럼 그와 똑같이 생생하게. 한때 내가 온몸으로 느꼈던 행복이 진짜였던 것처럼 그와 똑같이 생생하게. 영국더기 언덕에 앉아 있는 우리 두 사람 위로 꽃잎은 하염없이 떨어지고, 시간은 그대로 멈췄다. 그게 내가 아는 세계의 전부였고, 내가 아는 세계의 평화였다. 그 아름다운 세계가 아편에서 깨어나는 순간, 사라지고 만다. 그걸 견딜 수가 없었다. 결국 나는 하루종일 아편에 취해 있어야만 했고, 회사는 최종적으로 징계위원회를 열어 나를 해고했다. 하지만…… 가을하늘을 비둘기가 난다. 그걸로 좋아. 그걸로 좋다구.

1932년 12월 어느 날, 나는 용정으로 돌아갔다. 이번에는 기차를 이용했으며, 더이상 만철 직원의 신분이 아니었다. 대련에서 시작된 선로는 장춘에서 갈려 길림을 지나 용정까지 이어지고 있었다. 이제 소위 만몽 생명선의 운송 체계는 거의 갖춰진 셈이었다. 철도는 만주에서 비적들을 몰아내고, 황야의 척박한 땅에서 살아가는 사람들에게 시각표를 제공했다. 그건 일본 제국의 수도인 동경의 시각표이자, 아시아 문명의 시각표로 선전되고 있었다. 철길을 따라 건설되는 도시들의 활발한 모습 위로 새로운 시대에 대한 기대를 느낄 수 있는 만큼, 지나간 봄날은 모래바람이 부는 날의 풍경처럼 내 기억 속에서 흐릿해졌다. 나는 심장에 철갑을 두른 사람처럼 무감각한 시선으로 차창에 어리는 그 풍경들을 무심하게 바라봤다.

용정역에서 내린 나는 이틀 밤낮 동안 거의 아무것도 먹지 않고 기차를 타고 온 탓에 당장이라도 쓰러질 듯한 몸을 추슬러 인력거를 향해 걸어갔다. 일본어로, 또 조선어로 어디로 갈까고 물어보는 한족 사람에게 간도임시파견대라고 말한 뒤에 나는 시큼한 냄새를 풍기는 의자에 몸을 파묻었다. 그다음에도 한족 사람은 여러 차례 내게 목적지를 물었다. 내 생각만큼 큰 목소리가 나오지 않았던 탓이었다. 이윽고 나는 잠에 빠져들었고, 그 잠 속으로 꿈마저도 단번에 찢어버릴 듯 기세가 매서운 바람이 소리를 지르며 파고들었다. 지난가을, 제각기 헌병대와 총영사관으로 끌려간 이후 나카지마와 나는 다시 만나지 못했다. 나로서는 나카지마가 어떻게 됐는지 알 도리도 없었다. 내가 아는 건 어쨌든 박길룡은 유격구로 도주했고, 이정희는 자살했으며, 나카지마는 정보 유출의 혐의를 받고 헌병대에 끌려갔다는 사실뿐이었다. 그리고 그 모든 과정을 오직 나만이 모르고 있었다는 것. 누군가 나를 기소한다면, 바로 아무것도 모른 채 그게 행복이라고 믿었다는 사실 때문에 기소하리라는 것.

그러나 내가 찾아갔을 때, 나카지마는 여전히 간도임시파견대 중대장으로 근무하고 있었다. 내 부탁으로 중대장실에 연락했던 위병소의 초병은 뭔가 난감한 표정을 지으며 수화기로 전해오는 목소리에 귀를 기울였다. 초병이 전화를 받는 동안, 나는 온몸을 떨어대면서 군데군데 얼어붙은 웅덩이 위를 뿌옇게 뒤덮는 모래바람을 바라봤다. 12월의 용정은 뜨거운 피로 살아가는 생명들에게는 너무나 가혹했다. 위병소 창문 밖으로 삐져나온 녹슨 연통만큼이나 내 마음도 세차게 흔들렸다. 초병이 문을 여는 동안, 나는 그나마 얼굴로 날아오는 작은 먼지들 덕분에 내가 마주하고 선 이 세계가 얼마나 견디기 어려운 것인가 말해줄 수 있어서 다행이라고 생각했다.

예의 그 구릿빛 이마로, 하지만 내 쪽은 전혀 거들떠보지도 않은 채, 나카지마는 책상에 앉아서 만년필로 뭔가를 긁적이고 있었다. 난로 위에 주전자가 놓여 있는 따뜻한 실내로 들어가자, 나도 모르게 헛기침이 나왔다. 바람을 맞은 얼굴은 살갗이 갈라지는 듯 가려웠다. 나는 오른손으로 입 주위를 한 번 훔쳤다. 마른 입안으로 퍼석퍼석한 기운이 느껴졌다. 김이 서린 창밖의 바람 소리는 어미의 젖을 빼앗긴 송아지의 울음처럼 서럽기도 했고, 어둠 속에서 들려오는 늑대의 울부짖음처럼 두렵기도 했고, 승려들이 불어대는 고둥 소리처럼 푸근하기도 했다. 하염없이 떠다니는 그런 마음들 같은 바람 소리 사이로 펜이 종이를 긁는 소리가 들렸다. 주전자는 아직은 고요하게만 앉아 있었다.

"일찌감치 조선으로 돌아간 줄 알았는데."

여전히 내 쪽은 바라보지도 않은 채, 나카지마가 말했다.

"바보 꼴이 되어서 고향으로 돌아가고 싶은 사람은 없을 테니까……"

나는 오른손으로 왼쪽 팔뚝을 긁었다. 목이 탔다. 침을 뱉고 싶었다. 고개를 숙이고 나는 바닥을 두리번거렸다. 그때였다.

사랑 따위는 한 번도 해보지 못한 자의 시시한 표정이로군.

나는 고개를 들었다. 하지만 나카지마는 조금 전과 똑같은 자세로 뭔가를 쓰고 있었다. 그렇다면 그건 바람 소리였을까?

"바람이……"

"하루종일 불지. 여기 만주 벌판에서는 저 바람을 피할 길이 없어. 이런 날 여기까지 온 건 네게는 최악의 선택이겠지."

"하지만 세상에 밝은 것만 존재하는 건 아니니까. 나도 이제는 밤의 세계를 알게 됐으니까."

"흥. 제법 사내처럼 말하는군. 대련생활이 퍽이나 편안했던 모양이네."

나카지마가 약간 비웃듯이 내게 말했다.

"대련하고는 관계없는 일이죠. 내가 증오에 대해서 배우게 된 건 용정이니까. 동정심 따위는 하나도 바랄 게 없는 그런 감정."

내 말에 나카지마가 펜을 내려놓고 고개를 들었다.

"어디 말해봐라. 네가 말하는 증오라는 건 뭐지?"

"도저히 용서할 수 없다는 것. 무엇보다도 나 자신을. 그리고 나를 이렇게 만든 사람을."

"네가 도저히 용서할 수 없었던 사람은 어쨌거나 한 사람일 뿐이겠지. 하지만 그 여자는 이미 죽었으니, 이제 네가 증오할 만한 사람은 여기에는 없어. 이 세상, 그 어디에도 없어. 난 너와는 일초도 할말이 없는 사람이니 그만 돌아가. 원래 네가 머물던 자리로."

나카지마는 다시 고개를 숙이고 서류를 작성했다. 어디선가 규칙적으로 덧문이 덜컹거리는 소리가 들렸다. 구름들. 검은 구름들. 나는 고개를 돌려 김이 서린 창을, 그 유리 밖 멀리 어딘가 벌판에서, 짐작조차 할 수 없는 곳에서 일어나 나를 향해 다가오고 있을, 그 검고도 깊은 구름들을, 그 구름들을 움직이는 바람을, 보이지 않는 바람을 생각했다. 그 바람이 이윽고, 그 검고도 깊은 구름을 몰고 와 나의 하늘을 뒤덮는 광경을 생각했다. 그리고 눈들이 떨어질 것이었다. 제가끔의 무게로 눈들이 떨어질 것이었다. 난로 위 주전자가 뚜껑을 들썩이며 김을 뿜어내기 시작했다.

"당신은 왜 여기에 있지? 당신은 감옥에 있어야만 하지 않나? 결국, 정보를 유출한 사람은 당신일 테니까……"

나카지마의 손이 거기쯤에서 멈췄다.

"정희와 잠을 자면서. 창녀에게 하듯이."

8월 밝은 달, 자리엔 아름다운 얼굴도 없네.

또다시, 바람이 전하는 말.

"역시 흥미로운 조선인이군. 너의 증오라는 건 고작 그런 것이었나?"

나카지마가 나를 바라보며 물었다.

"당신은 나의 전부를 없애버렸으니까."

"그 여자가?"

"사랑이."

그 말에 느닷없이 나카지마는 자리에서 일어나 허리에 차고 있던 권총을 꺼내 책상 앞으로 던졌다. 막 요란스럽게 끓기 시작하던 주전자 옆으로 권총이 소리를 내며 떨어졌다.

"사랑이 뭔지도 모르는 자이니 증오에 대해서도 알지 못하는 건 당연하겠지. 사랑도 마찬가지지만, 증오 역시 감정만으로는 존재할 수 없지. 사랑이든 증오든 오직 행동으로 실현될 때만 존재할 수 있는 거야. 네 몸으로 사랑할 때, 그게 사랑이야. 입으로 아무리 떠들어봐야 소용이 없어. 뭔가를 증오한다면 얼마만큼 증오하는지 네 몸으로 보여봐. 사랑한다면 사랑을 하고, 증오한다면 증오를 하란 말이야. 하지만 머릿속으로나, 그 잘난 혀가 아니라 너의 신체로 보여달란 말이야. 세상 모든 사람들이 똑똑히 알 수 있도록."

나는 그 물건을, 방아쇠를 당기면 화약이 터지면서 총알이 튀어나가 내가 겨눴던 목표물의 일생에 종지부를 찍을 수 있게 고안한, 그리하여 한 생명체의 모든 신진대사 활동을 중지시키는 것은 물론 그 생명체의, 과거에 대한 기억과 미래에 대한 소망마저도 완전히 소멸시킴으로써 나의 증오와 적대를 구현할 수 있도록 만든 그 물건을 내려다봤다.

"만약 네가 나를 증오해서 여기까지 찾아온 것이라면 지금이 좋은 기회야. 그 총으로 나를 쏘면 되는 거지. 죽일 수 있는데도 죽이지 못한다면, 그건 날 증오하지 않는다는 뜻에 불과해."

그걸 이해하지 못하면 너희들은 살아 있다 해도 반쯤 죽어 있는 거야.

하지만 나는 권총을 집어들 시도조차 하지 않았다. 나카지마의 말이 맞았다. 그때 나는 살아 있다 해도 반쯤 죽은 상태였다. 나의 모든 욕망은 무기력한 것이었고, 드러나지 않는 것이었으므로 그때 나는 누구도 사랑하지 않았고, 누구도 증오하지 않았다고 말할 수 있었다.

내가 권총을 잡지 못하자, 나카지마가 책상을 돌아나와 권총을 집었다. 주전자가 맹렬하게 끓고 있는데도 나카지마는 그걸 내려놓지도 않는군. 그런 느닷없는 생각과 함께 모든 것이 지난봄의 기억들처럼 아스라하게 내게서 멀어졌다.

"사랑은커녕 증오할 줄도 모르는 바보 녀석. 창피한 줄을 알아라. 네가 창녀라고 말하는 그 여자는 적어도 내 머리에 총을 겨눌 줄은 알았다. 난 너 같은 바보 녀석을 가장 증오한다. 지금 내가 무슨 말을 하는지 알아?"

나카지마는 오른손을 쭉 뻗어 권총을 내 머리에 겨눴다. 나는 눈을 감았다. 요란하게 끓고 있는 주전자 소리. 그 소리 뒤로 멀리 들려오는 바람과 구름의 노래. 이젠 두려움 같은 건 없었다. 마찬가지로 그 어떤 신뢰도 내겐 남아 있지 않았다. 밤과 낮이 서로 자리를 바꾸듯이.

"그래서 이정희는 자살한 건가? 당신을 죽이지 못해서? 공산당원으로서 임무를 수행하지 못해서?"

"너는 네가 누군지도 모를뿐더러, 자신이 사랑한 여자가 누구인지도 모르는구나."

"그게 무슨 소리인가?"

"그 여자는 강철처럼 강한 여자야. 자살 따위를 할 여자가 아니란 말이다."

나는 총구를 막으려고 왼손을 치켜들었다.

그때 나카지마가 방아쇠를 당겼다.

나는 눈을 떴다. 여관으로 기어들어가 이틀 동안 나는 밥도 먹지 않고 모르핀 주사에 의지해 살았다. 어떤 점에서 나는 이미 죽은 사람이나 마찬가지였다. 과거 속에서 빠져나오지 못하는 사람. 삼나무 높은 우듬지까지 올라가본 까마귀, 다시는 뜰로 내려앉지 않는 법이네. 하루종일 매서운 북풍과 같은, 그런 말들 속에서 사는 사람. 결코 진실이 될 수 없는 말들, 그 무엇도 지시하지 않는 말들. 다만 입을 통해 흘러나왔다가는 허공으로 흩어져버릴 뿐인 말들. 깨어날 때, 내게는 '지금 어디에 있나요? 제 말은 들리나요? 어쩌면 이건 나의 처음이자, 마지막 편지겠어요'라는 말이 있었다. 그 말들만큼 커다란 의문부호를 그때까지 나는 알지 못했다. 그 의문부호를 피하려면 내게는 더 많은 모르핀이 필요했다. 그러므로 나는 여관을 빠져나와 거리를 걸었다. 양약방이 아니라 총영사관으로 가기 위해서. 다시는 그런 말들 속에서 빠져나오지 않기 위해서. 영원한 사랑이라는 걸 한번 믿어보기 위해서.

최도식은 좀 놀란 듯한 표정이었다. 환각에서 깨어나고 있었기 때문에 나는 가만히 서 있지 못할 정도로 비틀거렸다. 나는 최도식에게 정희가 목을 매달았다는 나무까지 좀 데려다달라고 말했다. 최도식은 물끄러미 나를 바라보다가 책상을 정리하면서 뭔가를 챙긴 뒤, 중절모에 외투를 갖춰 입고 밖으로 나섰다. 나는 최도식이 이끄는 대로 자동차에 올라탔다. 움직이는 건 자동차인데, 어쩐지 나는 가만히 있고 풍경들만 뒤로 가는 것 같았다. 길게 이어진 전신주들 사이로 사람들이 유령처럼 나를 스쳐갔다. 홑옷만 걸친 채 손수레를 끌고 가는 중국인 쿨리도, 가게 유리창 너머로 오가는 사람들을 바라보는 상인도, 먼지를 내며 달리는 자동차도, 항아리를 머리에 이고 지나가는 여자도. 그들의 사랑, 행복, 고통, 절망, 기쁨, 분노도 모두.

해란강변에 자동차를 멈추게 한 뒤, 차에서 내린 최도식은 얼어붙은 둑방길을 따라 걸어가기 시작했다. 동흥중학 옆으로 휘어진 길을 돌아서면서 최도식은 강변의 나무들을 헤아리기 시작했다. 하나 둘 셋 넷. 그리고 다섯 여섯 일곱 여덟. 정희가 목을 매단 나무는 아홉번째 나무였다. 나는 나뭇가지까지 가르쳐달라고 말했다. 최도식은 고개를 돌려 생각에 잠긴 듯하더니 아홉번째 나무의 단단한 가지 하나를 가리켰다. 나는 고개를 끄덕이고는 최도식에게 고맙다고 말한 뒤 주머니를 뒤져 남은 돈을 모두 건넸다.

"내게는 더이상 필요 없는 것이니 다 가지시오. 이제 됐으니 혼자 내버려두고 가시오."

강을 향해 뻗은 튼튼한 가지를 바라보고 서니 맞은편 멀리 영국 더기가 보였다. 나는 나무 아래에 앉아 얼어붙은 강가에서 뭔가를 찾아다니는 검은 개 한 마리를 오랫동안 바라봤다. 최도식은 떠나지 않고 내 옆에 앉았다.

"예서 죽을 속셈임둥?"

최도식이 물었다.

"권총을 빌려줄 것도 아닌 다음에야 신경쓰지 마시오."

내가 말했다.

"죽을라치면 내사 무시기도 내줄 수 없는 처지지."

그리고 최도식은 아무런 말이 없었다. 나는 얼어붙은 강 앞에서 어찌할 바를 모르고 비탈진 둑방을 따라 걷는 개를 바라봤다. 그때 나는 그 검은 개가 나라고 생각했다.

"왜 일본 경찰의 보조원이 된 거죠?"

하얀 바람이 지나가는 언 강 너머 마을을 바라보다가 머뭇머뭇 최도식이 말했다.

"취조과정에서 내사 동무를 팔고 밀정 놀음을 했지비. 더는 인간의 낯을 하고 다닐 수가 없어서리 개만도 못한 보조원 일을 자청했던 것이지."

나는 최도식의 얼굴을 바라봤다.

"그건 당신의 착각일 뿐이에요. 당신은 동지를 팔지도, 밀정 제의를 받아들인 적도 없어요. 그저 자신을 알아주지 않는 동료들에 대한 원망에 사로잡혀 있다가 결국 그렇게 믿게 된 것일 뿐이죠."

최도식이 내 눈을 가만히 쳐다봤다.

"그 얘기, 누구한테 들었습둥?"

내가 대답하기도 전에 최도식이 말을 이었다.

"그거야 아즉 공산주의에 심취하지 않은 연행자들을 구슬릴 때, 사토가 항상 내뱉는 거짓말에 불과하우. 내사 공산주의를 잘 알지비. 스스로 변절하지 않는다믄 어떤 공산주의자들도 세계관을 바꾸지는 않으오. 왜냐하면 공산주의자들은 진짜 세계가 어떤 것인지 한 번쯤은 경험해본 사람들이기 때문입지. 내사 스스로 변절했스꼬마."

최도식이 말했다. 나는 최도식의 눈을 빤히 쳐다봤다. 모든 건 다시 흐릿해졌다. 이로써 내가 아는 세계가 진짜 내가 경험한 세계가 맞는 것인지 확인할 길이 없어졌다. 하지만 아무려나, 상관이 없었다. 내가 살아온 세계는 어쨌거나 하나뿐이니까.

"때로는 눈에 보이는 것을 그냥 믿으우. 지금 당신에게 이런 말이 무시기 소용 닿을지 모르겠으나, 이 편지에 적힌 말들은 모두 사실이라는 걸 내사 보증할 수 있습둥. 그러니 예서 죽을 작정이라믄 맘을 고쳐먹는 게 좋겠스꼬마."

그 말과 함께 최도식은 내게 꾸깃꾸깃해진 종이를 건넸다. 총영사관에 연행되면서 사토에게 빼앗긴, 정희가 처음이자 마지막으로 내게 보낸 편지였다.

"이건 잘못 배달된 편지요. 박길룡이나 나카지마에게 가야만 했던 편지입니다."

내가 차갑게 내뱉었다.

"정신 차리우. 정희는 여자로서 죽었소. 이건 한 여자로서 정희가 당신에게 보내는 편지임메. 그러니 받으우."

최도식이 재차 내게 편지를 건넸다.

"우린 당신마냥 정희를 사랑할 수 없슴메. 그 누구도. 우린 제가끔 자기 손에 묻힌 피를 씻을 수 없지비."

그렇게 말한 뒤, 최도식은 다시 자동차가 있는 곳까지 걸어갔다. 무채색의 풍경 속으로 그가 멀어졌다. 나는 최도식의 마지막 말을 생각했다. 우리. 그 누구도. '우리'란 누구일까? 얼어붙은 겨울 강 옆에 서서 나는 정희의 편지를 읽었다. 한 번 읽고 나서 다시 읽었다. 네 번을 읽어도 부족했다. 처음 그 편지를 전해받고 당황하면서 읽을 때와는 전혀 다른 내용처럼 보였다. 결국 나는 어둠이 내릴 때까지 정희의 편지를 읽고 또 읽었다. 보이지 않는 부분이, 읽을 수 없는 부분이, 마침내 보이고 또 읽히게 될 때까지.

어스름이 밀려올 때쯤, 약기운이 떨어지고 오한이 닥쳐 나는 덜덜덜 떨며 가방에서 모르핀 주사를 꺼내 팔뚝에 찔렀다. 나는 반쯤 울고 있었다. 두려움과 부끄러움이 점차 가시면서 다시 1932년 봄, 영국더기다. 정희와 나는 나란히 앉아 그 무엇에 대해서건 이야기를 나눈다. 그러다가 문득 내가 주머니에서 반지를 꺼낸다. 정희는 뜻밖이라는 표정으로 눈을 동그랗게 뜬다. 하지만 내가 건넨 반지를 받아들고는 만지작거리기만 한다. 싫다는 것인가라는 생각이 들 즈음, 정희가 입을 연다.

당신의 표정을 보니…… 내가 지금 이 반지를 받지 않는다면, 일요일 오후 우리가 이렇게 나란히 앉아 얘기를 나누는 일은 이제 없겠죠?

그건 내가 아니더라도 할 수 있는 남자가 많겠지. 나는 당신에게 나만이 할 수 있는, 유일한 일을 하고 싶은 것뿐이니까. 싫다면 여기서 그만두겠소.

하지만…… 나, 반지를 받겠어요. 지금 당신은 그리뇨프를 닮았어요. 사랑을 위해서라면 뭐든지 할 것 같은 눈빛이에요. 하지만 나는 당신이 그리뇨프보다는 푸가초프가 되기를 원하는 마리아랍니다. 그러니 저를 사랑하지는 마세요. 너무 사랑하지는 마세요.

밤이 늦어 나는 정희가 매달렸던 아홉번째 나무의 가지에 줄을 걸고 목을 묶었다. 그 나뭇가지는 강 쪽으로 뻗어 있었다. 비탈진 강둑 위쪽에 서 있다가 나는 눈앞에 서 있는 정희를 향해 몸을 던졌다. 나뭇가지에 매달려 달랑달랑 흔들리는 내 눈으로 다시 영국더기에 한 점 두 점 꽃잎이 떨어지는 풍경이 보였다.

눈송이들은 제가끔의 무게로 떨어졌다. 무겁게, 혹은 가볍게. 멀리 무리 진 낙엽송들 이마가 다 환해졌다. 늦든 빠르든 눈송이들은 제가끔 강과 숲과 들에 제 무게를 버리고 대지의 침묵 속으로 빠져들었다. 그해 처음으로 내린 눈이었다.

그런 줄도 모르고.

그게 그해 내리는 첫눈인 줄도 모르고.

정희와 나는 떨어지는 꽃잎을 물끄러미 바라보고 있었다.

1933년 4월 팔가자

아, 그대 어두운 자들이여.
그대 밤과 같은 자들이여. 밤이 왔다.
이제 비로소 사랑하는 자들의 모든 노래가 깨어난다.
나의 영혼 또한 사랑하는 자의 노래다.

_니체

1933년. 겨울. 귀를 기울이지 않아도 밤이면 버드나무 우는 소리가 흐릿한 국화 냄새에 실려 하염없이 어둠을 채웠다. 겨울밤에 국화 향기가 풍겨나는 것은 지난가을 국화 꽃잎을 넣어 바른 문풍지 때문이었다. 북간도의 겨울은 바람이 지배하는 나라였다. 봄꽃들이 피기까지는 지난가을 국화 향기, 바람이 일 때마다 방안을 가득 메웠다. 그런 밤 좀체 국화 냄새를 견디지 못하면 밤이 긴 줄로 알아 나는 내 오른손, 하루종일 암실에서 인화 작업을 했기 때문에 암모니아 냄새와 빙초산 냄새가 가시지 않는 손가락에 코를 킁킁거렸다. 손가락에 밴 시큼한 냄새를 빨아들이고 빨아들인 뒤에도 겨울밤, 나는 잠들지 못했다. 내 몸이 잠들었다고 하더라도 손가락만은 눈을 감지 않고 깨어 있었다. 그리고 1933년. 어김없이 봄은 다시 찾아왔고 문득 깨어나 주위를 둘러보면 여전히 잠들지 못하는 손가락이 내게는 있었다.

그때부터 가끔 버드나무 우는 소리도, 국화 향기도, 들려오거나 풍겨나지 않는 새벽이 찾아오기 시작했다. 그런 새벽이면 온 세상의 모든 소리가 끊어진 듯 적막하기만 해 나는 잠들었다가도 다시 깨어나 귀를 기울였다. 모로 누워 가만히 바깥의 풍경을 짐작하며 귀를 기울이노라면 조금씩 봄의 대지가 일어나는 소리가 들렸다. 거리를 가늠하기 어려울 정도로 멀리서, 혹은 바로 옆인 양 가까이 들리는 그 소리는 언제나 내 가슴을 먼저 깨웠다. 그럴 때 나는 더 견디지 못해 밤새 뜨거워진 이불을 걷어차고 미닫이문으로 다가갔다. 미닫이 바깥에는 겨울바람을 막는 지게문이 달려 있었으나 집집마다 봉창을 뜯어내는 청명清明을 지낸 뒤부터는 그냥 열어두는 일이 많았다. 하지만 바깥을 내다보기 위해 미닫이를 열어젖힐 필요는 없었다. 미닫이의 손잡이 부분에는 엽서만한 크기의 유리가 달려 있어 문을 열지 않아도 바깥 풍경을 내다볼 수 있었으니까.

사진관 암실에서 기거하다가 방을 구하겠다고 나서자, 마침 사랑방이 비었다며 나를 맞아들인 정주댁은 일하는 여자아이 여옥이를 시켜 내가 들어갈 사랑방의 미닫이 손잡이 부분에다 바깥을 내다볼 수 있는 유리를 달아놓으라고 분부했다. 키가 껑충하고 살갗이 짙은, 하지만 아직도 앳된 티가 가시지 않은 여옥이는 발라놓은 문풍지를 칼로 오려낸 뒤, 유리점에서 잘라온 엽서만한 크기의 유리를 붙이고는 새카만 두 눈으로 내 얼굴을 빤히 쳐다보면서 입술을 과장되게 움직여 한번 보십서! 거울 달압데, 라고 큰 소리로 말했다. 어째서 거울인가는 생각이 들었으나 종이와 만년필을 꺼내 물어본다는 게 너무 귀찮아 나는 방안으로 들어가 그 유리 바깥으로 보이는 풍경을 내다봤다. 엽서만한 크기의 유리에 말하지 못한 수많은 사연이 씌어졌다. 나도 모르는 새 눈물이 흘러내렸다. 여옥이는 그런 내 모습을 물끄러미 바라봤다. 바깥주인은 장사를 한답시고 먼 지방으로 돌아다녀 집에 붙어 있는 일이 없다고 했다. 그래서인지 오랫동안 비워둔 사랑채를 차지한 것은 사람의 살내가 아니라 국화 향기뿐이었다. 눈물이 살갗에 그대로 말라붙을 무렵, 가만히 서 있던 여옥이는 노래를 부르며 정지 쪽으로 뛰어갔다. 옛말두 옛말. 정말하고 거짓말. 논밭엔 금낟알. 낟알 풍년 들었지. 가죽신은 거드름. 짚신은 찔찔. 큰 대문은 삐걱. 거적문은 털썩. 은숟가락 듬뿍. 놋숟가락 뎅뎅. 뛰어가는 종아리가 그 목소리만큼 단단했다.

겨우내 그 작은 유리창으로 바깥 풍경을 내다보고서야 나는 그게 거울일 수도 있다는 사실을 깨달았다. 겨울은 내 모습만을 보여줄 뿐, 그 어떤 풍경도 내게 보여주지 않았다. 내 얼굴이 그 유리창에 비치는 까닭은 아직 계절이 내게 채 보여주지 않은 것들이 많은 까닭이었다. 회색 산과 물이 마른 개울과 여윈 나무만이 서 있는 거리와 움츠러든 사람들 속에 감춰진 마음이 세상의 모든 투명한 유리를 거울로 만들어버렸다. 어디에나 되비치는, 짧게 머리를 자른 내 얼굴은 풍경만큼 낯설었다. 겨울이 지나가는 동안, 나는 그 엽서만한 크기의 유리창에 입김을 불어 수많은 사연을 썼다. 사연은 이내 흐릿해졌다. 그리고 겨울에서 봄으로 이르는 동안, 유리창으로는 조금씩 풍경이 나타나기 시작했고 낯선 내 얼굴은 서서히 거울 속에서 사라지기 시작했다. 3월의 빛은 인화액에 오래 담가둔 영상을 닮아 어둡기 짝이 없었으나 달이 한번 이지러졌다가 다시 찬 뒤부터 빛은 잠자리 날개를 닮아 점점 더 투명해지기 시작했다. 내 모습이 사라지면 사라질수록, 그 빛이 투명해지면 투명해질수록 내 마음은 두근거리기 시작했다. 발바닥에서부터 조바심이 일어 온몸이 근지러웠다.

국화 향기 흐릿해지고 빗방울 떨어지는 소리가 마당을 가득 메우던 어느 새벽, 적막에 잠이 깬 나는 스스럼없이 그 유리창 속의 풍경을 바라보게 됐다. 유리창은 새벽의 푸른빛으로 채색돼 있었다. 나는 그 빛에 이끌리듯 이불에서 몸을 빼내 유리창 쪽으로 다가갔다. 누빈 솜이불은 둥글게 내 몸뚱어리만큼의 어둠을 만들어 놓았다. 먼저 잠에서 덜 깬 내 모습이 되비치는가 싶더니 오버랩되는 영화의 한 장면처럼 그 풍경 안에 들어 있는 또 한 사람의 모습이 나타났다. 맞은편 딴방 마루 위에 도랑치마를 입은 여옥이가 다리를 벌리고 앉아 노래를 부르며 주인집 아이들의 것인지 옷을 깁고 있었다. 봄을 바라는 마음에 참을성 없는 사람들의 집에서부터 봉창이 뜯어지고 있다고는 하나 아직 귀리의 이삭이 패기도 전이었는데다가 차가운 새벽 비까지 내리고 있는데도 그 아이의 몸에서는 김이 아물아물 피어올랐다. 폭이 좁고 길이가 무릎에 겨우 가닿는 도랑치마였던지라 앉아 있으려니 종아리가 한눈에 다 들어왔다. 새벽의 푸른빛이 마치 바다라도 되는 양, 그 아이가 꼬물거릴 때마다 길게 뻗은 종아리가 물뱀처럼 미끈거리며 움직였다. 마치 그 살갗에서 물이 뿜어져나오는 것 같았다. 깊은 숨을 내쉴 때마다 여옥이의 가슴이 오르내렸다.

그 아이는 귀를 가진 사람은 모두 들으라는 듯이 큰 소리로 노래를 불렀다. 긴 풀야 있는 덴 호미손 가고 님이야 있는 덴 눈까지 가누나. 호미질은야 한두 번 하고 곁눈질은야 열두 번 하누나. 깔기둥 깔기둥 훑어보지 말고 네 속을 풀어서 통사정하려무나. 울며 지지며 쥐었던 손목을 죽으면 죽었지 난 못 놓겠구나. 고데다 두고 못 보는 님은 님이 아니고 내 원수로다. 낭창낭창 같은 음을 되풀이하는 노랫소리가 용마루 위로 솟구쳐올랐다. 웃방에서 잠자던 여주인이 식전부터 무슨 창가냐고 카랑카랑하게 내질렀다. 여옥이는 금방 목소리를 낮췄지만, 노래를 멈추지는 않았다. 휘휘청청 늘어진 가지에 쌍그네 매고서 단둘이 뛰자. 네가 뛸 제는 내가 밟고 내가 뛸 제는 네 밟아주려무나. 대동강에다 배 띄워놓고 너하고 나하고 단둘이 타자. 나는 유리창에 귀를 붙이고 그 노랫소리를 오랫동안 들었다. 그 순간, 내 몸은 지난가을 이후 처음으로 입을 열었다. 그날, 나는 겨우내 들고 다니며 사람들과 필담을 나누던 공책을 버렸다.

그다음날. 연이어 이틀 새벽 봄비가 내린 수요일. 가게 앞, 초록빛 새순이 한결 또렷해진 버드나무 가지 끝으로 제 세상을 만난 듯 부지런한 꿀벌 한 마리, 오랜만에 나온 햇살 속에서 붕붕거리는 걸 오래도록 바라봤다. 창으로 따뜻한 햇살이 비춰들던 오후 내내 붕붕거리는 소리가 가시지 않아 좀체 일이 손에 잡히지 않았다. 사진관 주인인 송영감과 용덕이는 점심을 먹자마자 일찌감치 남양에 사는 어느 지주 집에 그 첩을 찍은 사진을 배달하고 오겠노라며 나간 뒤였다. 둘이서 함께 간데다가, 그것도 나신裸身을 찍어 돈을 꽤 챙길 수 있는 은밀한 일이었기 때문에 필시 밤늦어 술에 취해야 말똥이 떨어진 길을 밟고 말똥구리처럼 비척거리며 돌아올 게 분명했다. 낮 동안 나는 몇 장 더 인화한 그 첩의 사진을 들여다보며 빈둥빈둥 하염없이 시간을 보냈다. 만복滿服을 입은 여인이 부채를 들고 침상에 비스듬히 누워 있었다. 인화지까지 빛이 투과되지 못해 젖가슴은 하얗게 남았으되, 수줍음은 아직 몸에서 사라지지 않아 윗도리를 모두 벗지는 못하고 있었다. 봄이라고는 열대여섯 번 정도 맞이했을까? 아직 곡우穀雨도 지내지 못한 어린 벚나무처럼 마른 몸이었다.

낮에 빈둥거린 나는 지난 일요일, 송영감과 화룡에 가서 찍어온 사진을 인화하느라 밤이 이슥하도록 암실을 떠나지 못했다. 손이 부족한데다가 신세를 갚아야 했기 때문에 나 같은 사람도 암실에 들어갔지만, 아직도 내 손에서는 초시계가 떠나지 않았다. 땅거미가 지는 시간은 조금씩 늦어졌으나 아직까지 사람들의 습관이 채 바뀌지 않은 탓에 서녘이 훤한데도 거리 연변 집집의 유리창으로는 등불이 켜지기 시작했다. 저녁이 인화되는 동안의 몇 분으로 나눠지면서 분절적으로 지나갔다. 시내 편석에 개화장開化杖을 두들기고 다니는 히야카시패들이 술판이라도 벌였는지 어디선가 축음기 소리 끊이지 않는 사이, 북간도 고난한 삶의 흔적이 몸으로 스며든 사람들의 얼굴이 인화지 위에 검은 꽃처럼 피어나기 시작했다.

암실과 사무실의 등을 다 끄고 더듬거리며 밖으로 나와 문을 잠갔더니 자물쇠 안쪽에서 딸깍하고 소리가 났다. 낮고 묵직한 그 소리에 귀를 기울이다가 나는 오후부터 밤늦도록 내가 한 일이 인화작업이 아니라 상처에 들러붙은 피딱지를 떼내는 일이었음을 알게 됐다. 훈풍에 대지는 다시 부풀어오르기 시작했으니 그 시절의 일들로부터 이제 겨우 일 년이 지났을까? 그때 나는 불현듯 내게 닥친 그 행복이 왜 그다지도 고통스러운 것인지 이해하지 못했다. 그건 내 몸이 말하는 소리에 귀를 기울이지 못했기 때문이었다. 나를 지도로 그려본다고 치자. 땅에서 측량해서 그리는 지도가 있고 하늘에서 사진으로 찍어 판독하는 지도가 있다. 그 두 개의 지도는 서로 같은 것이면서도 전혀 다르게 경험된다. 그런데도 나는 애써 하나의 지도만을 바라봤을 뿐이다. 고통은 바로 거기서 시작됐다.

나는 문을 한번 당겨봤다. 문은 열리지 않았다. 비로소 모든 것은 확실해졌다. 잠긴 문처럼 확실해졌다.

지평선까지 떨어져내린 별들을 바라보며 며칠 새 풀렸다 굳었다를 반복한 검은 길을 걸어 하숙집이 있는 골목으로 접어들었을 때다. 골목 저쪽에서 고양이 발걸음처럼 가벼운 인기척이 느껴졌다. 나는 걸음을 멈췄다. 잠시 그 어둠을 빤히 쳐다보다가 내가 물었다. 여옥이냐? 내 말에 그림자가 그 자리에서 걸음을 멈췄다. 우리는 서로 빤히 쳐다봤다. 어둠 속의 얼굴이 배시시 웃음을 지었다. 마치 오래전부터 나와 얘기를 하는 그 순간만을 기다려왔다는 듯 그 입술에서 자연스럽게 건너오싯습둥? 이라는 말이 흘러났다. 그리고 끄덕이는 둥 마는 둥 목례를 하고 내 옆으로 빠져나가려고 드는 여옥이의 길을 내가 가로막았다. 밤이 깊은데 너 어디로 가니? 여옥이는 태연하게 내일모레 시집가는 언니가 지금 중남촌中南村에 와 있어서리, 라고 대꾸하며 다른 쪽으로 빠져나가려고 들었다. 나는 다시 그 길을 가로막고 양손으로 여옥이의 어깨를 잡아 한쪽으로 밀어붙였다. 여옥이는 두 눈을 감아버렸다. 이러 마십쇼. 그리고 바로 여옥이는 나를 향해 눈을 치켜떴다. 갈 길이 바쁩데. 팔가자八家子 시내 불빛이 그 눈에 비쳤다. 늘 촉촉하게 젖어 있어서 그 눈에 비치는 어떤 대상이나 불빛이라도 반짝일 수밖에 없는 그런 눈빛이었다. 여옥이는 오른손으로 내 왼쪽 가슴을 꽉 움켜잡더니 나를 확 잡아채고는 내게서 빠져나갔다. 갈 길이 바쁩데. 여옥이 달려가는 골목 저쪽에서 노랫소리가 들려왔다. 솔 잎사귀 대구리 물레줄 상투, 언제나 길러서 내 서방 삼나. 시내 강변에 가는 비 오나마나, 어린 서방은 있으나마나. 그러고는 깔깔거리는 웃음소리 터져나왔다. 하룻밤 새 벚꽃 꽃망울이 일제히 터지는 듯한 웃음이었다. 나는 길게 한숨을 내쉬었다. 두번째 봄, 그렇게 내 몸도 꽃나무처럼 입을 열기 시작했다.

배시시 웃는 여옥이의 검은 얼굴을 마주한 뒤에야 나는 비로소 내가 귀머거리에 벙어리가 아니라는 사실을 사람들이 이미 다 알고 있을지도 모른다는 생각을 하게 됐다. 아마도 대륙 사람마냥 키가 크고 살갗이 검은 사진관 주인인 송영감은 그보다도 더 오래전에 그 사실을 알고 있었던 것인지도 모른다. 내가 처음으로 외출하던 때의 일이었다. 전보를 치기 위해 용정에 가려고 길을 나서다가 문득 사진관 옆집 울바자 너머로 보이는 배나무를 하염없이 바라보는데 뒤에서 '고목에 꽃이 피니 미운 가지 없어라老樹着花無丑枝'라며 송나라 매요신梅堯臣의 시를 읊조리는 소리가 들렸다. 나도 몰래 고개를 돌렸더니 송영감이 홑저고리 바람으로 나를 바라보고 서서는 껄껄거리며 웃음을 터뜨렸다. 아마도 송영감은 그때 눈치챘으리라. 내가 기실 자신들의 말을 다 알아듣고 있다는 사실을.

송영감은 아직 몸이 성하지 않은 나 혼자서 용정에 가는 것은 옳지 않으니 길을 잘 아는 여옥이를 길잡이로 앞세우라고 했다. 괜찮다며 내가 손을 내저었지만, 여옥이도 마침 용정에 갈 일이 있으니 상관할 바는 아니라고 송영감은 설명했다.

여옥이와 나는 한참을 기다려 용정으로 들어가는 마바리를 잡아탔다. 봉두난발의 한족 마부가 몰고 가는 마바리에는 수수 더미가 잔뜩 쌓여 있어 우리는 수수 섬 위에 올라가 맞바람을 받지 않도록 뒤를 바라보고 앉았다. 아직 겨울이 채 물러가지 않은 시절이었으나 해가 떠오른 지가 오래됐기 때문에 흙길에는 군데군데 웅덩이가 패었고 그때마다 마바리는 심하게 덜컹거렸다. 마바리가 덜컹거릴 때마다 여옥이는 금방이라도 떨어질 것처럼 내 팔뚝을 잡았다. 용정까지 가는 동안, 내 가슴은 심하게 요동쳤다. 그게 용정에 가기 때문인지, 여옥이가 연신 내 팔뚝을 잡았기 때문인지는 알 수 없었다.

고개를 넘어 길이 조금 평탄해지자, 여옥이는 버릇대로 노래를 중얼거렸다. 밥 달라 야단치며 내가 울어도, 엄마는 어째서 밥은 안 주고, 다 꿰진 마댓자루 옆에 끼고서, 한숨만 푹푹 문을 나설까. 모처럼 오랫동안 찬바람을 쐰 손과 발이 끊어질 듯 저려오면서 간지럽기 시작했다. 나는 장갑을 벗어 푸르데데한 빛을 띤 두 손을 서로 맞비볐다. 서산에 해가 지고 어두워와도, 건너편 부잣집에 쌀 꾸러 가신, 엄마를 기다리는 작은 내 목은, 문턱 너머 한 자나 길어졌건만. 손과 발에 고통이 찾아오면서 죽음에 대한 공포가 순식간에 나를 사로잡았다. 어둠이 온몸을 집어삼킨 것 같았다. 나는 긁고 싶어 견딜 수 없을 지경이 된 두 손을 양쪽 겨드랑이 사이에 집어넣고 옆으로 몸을 웅크렸다. 엄마는 아직도 돌아오지 않누나, 속상해서 연못에 빠지지나 않았을까, 그럴 줄 알았다면 밥 달라 안 할걸, 엄마야 거저 와도 빨리 오려마.

내가 갑자기 옆으로 쓰러지자, 여옥이가 내 몸 위로 기대고 괜찮느냐고 물었다. 여옥이의 입김이 내 귓바퀴를 하얗게 뒤덮었다. 나는 고개만 끄덕였다. 있는 힘껏 눈을 찡그려 감고 고통을 견디고 있는데, 여옥이가 슬며시 내 오른손을 잡아당기더니 자신의 두 손으로 감싸쥐고 입김을 불었다. 마바리가 덜컹거릴 때마다 입김을 부느라 말라버린 여옥이의 입술이 내 손에 와 부딪혔다. 그렇게 손이 잡힌 채, 고통에 일그러진 얼굴로 누운 내 눈에서 눈물이 주르르 흘러내렸다. 이러지 마. 그 손을 동정하지 마. 사랑하는 사람이 죽어가는 그 순간에도 아무것도 할 수 없었던 손이니까. 그런 말이 입가를 맴돌았지만, 역시 음절로 흘러나오지는 않았다.

용정역으로 들어가는 길목에서 우리는 삯을 치르고 마바리에서 내렸다. 용정에서 나는 서쪽만 보면서 걸었다. 동쪽에는 영국더기가 있었기 때문이었다. 우체국 앞까지 나를 데려간 여옥이는 우리가 마바리를 타고 온 방향을 가리키며 자신은 용문교 쪽에 다녀올 일이 있다고 말했다. 용정이라면 나도 웬만한 지리를 다 알고 있었다. 내가 우체국을 못 찾아갈 리도 없으니 그럴 바에야 용문교 지나자마자 마바리에서 내렸으면 좋았을 것을 공연히 내가 우체국까지 잘 찾아가는지 보려고 시내까지 따라 들어온 것이었다. 여옥이에게 어른들이 시키는 길잡이 일이란 그런 것이었다. 어쨌든 여옥이는 길잡이 일을 매우 잘 배웠다. 여옥이는 다시 올 테니 볼일이 끝나면 어디 가지 말고 우체국 앞에서 기다리라고 말한 뒤, 신의양행이 있는 큰길 쪽으로 뛰어갔다.

여옥이라면 지금도 늘 그렇게 뛰어다니는 모습만 떠오른다. 하지만 그때만은 뛰어가는 여옥이를 지켜보지 못했다. 도무지 용문교 쪽을 바라볼 엄두가 나지 않았다. 우체국에서 경성과 팔도구 등으로 몇 통의 전보와 편지를 보내고 난 뒤에도 여옥이는 돌아오지 않았다. 용정에서는 어디에도 따로 갈 곳이 없었으므로 나는 우체국 앞 계단에 앉아 여옥이를 기다렸다. 일본군이나 순사들이 지나갈 때마다 나는 고개를 수그렸다. 삼십 분 정도 지났을까, 여옥이는 숨을 헐떡이며 내게 달려왔다.

우리는 다시 팔가자로 가는 마바리를 구하기 위해 용정역 쪽으로 걸어갔다. 역 앞에는 여러 마을로 떠나는 마바리, 우차, 자동차, 인력거 따위가 늘어서서 제가끔 떠들썩하게 목적지를 호명하며 승객들을 기다리고 있었다. 이번에 잡아탄 마바리의 마부는 욕심이 과한 조선 사람이었는지라 빈 짐칸에 사람들이 가득찰 때까지 떠나지 않았다. 처음에 우리는 조금 떨어져 앉아 있었다. 아저씨는 사람 말귀를 못 알아듣지, 라고 말하면서도 여옥이는 내게 중얼중얼 말을 계속했다. 나는 진짜 귀머거리에 벙어리인 것처럼 두 손을 겨드랑이 사이에 끼워넣은 채 마바리에 등을 기대고 앉아 털모자를 쓰고 용정역 앞을 오가는 인력거꾼과 훈증한 멘바오麵包 따위를 파는 행상들과 빨갛게 달아오른 석탄에서 뿜어나온 검은 연기와 2층집 처마끝에 매달린 고드름과 한족 사람들 집 현관에 붙여놓은 붉은 글자들을 바라봤다. 지난가을까지만 해도 살아 있는 것은 그 무엇도 없는 것처럼 보이더니 그날의 풍경만은 어제 본 듯이 생생하다. 그날, 여옥이는 처음으로 자신을 사람으로 대해준 한 남자 얘기를 하면서 저도 모르게, 그렇게 혁명의 도리를 깨쳤습지, 라고 내뱉은 뒤, 금방 두 손으로 제 입을 틀어막고는 내 눈치를 봤다. 내가 못 들은 척 다른 곳을 바라보고만 있자, 왼손으로는 입을 가린 채 오른손으로는 한심하다는 듯 제 머리를 툭툭 쳤다.

북간도에서 태어나는 대부분의 조선 여자아이들이란 혀로 제 코를 핥는 당나귀보다도 못한 동물이었다. 그 아이들은 언제나 다른 남자의 소유물에 불과했으니 혀로 제 코를 핥을 수도 없는 처지였다. 아편 연기와 맞바뀌지고 마작패 몇 개 놓이는 위치에 따라 앞날이 결정되며 봄에 빌린 곡식 덕택에 낯선 곳에서 가을을 맞이하게 된다. 그게 여옥이처럼 어여쁜 여자아이라면, 잠시도 가만히 있지 못하고 다람쥐처럼 눈을 동그랗게 뜨고 노루처럼 단단한 종아리로 뛰어다녀야만 하는 여자아이라면 결국 갈 곳이라고는 남양의 지주 집 뒷방에 갇혀 사진기를 향해 수줍은 듯이 가슴을 풀어헤치는 그 첩과 같은 인생이거나 몸값을 받을 수조차 없는 처지인데도 마적들에게 끌려가 다시는 돌아오지 못하거나, 운이 아주 좋다면 용정의 술집에서 돈 많은 남자들을 농락하는 여인이 될 터였다. 혁명의 도리라는 건, 아마도 그런 처지의 자신이 누구인지 그 여자아이들이 결국 깨닫게 되는 일을 뜻하리라.

사람들이 조금씩 짐칸을 메우면서 우리는 점점 더 어깨를 맞대고 좁혀 앉아야만 했다. 여옥이는 내 귀에다 대고 말했다. 다른 사람들은 당신이 귀머거리인지 모릅지. 내 그냥 혼자 얘기해도 혼잣말인지 모릅지. 그 말에 나도 모르게 피식 웃음이 나왔다. 눈치챘나 해서 돌아보다가 그만 여옥이와 눈이 마주쳤다. 그게 도리어 눈치를 챌 만한 일이어서 나는 시선을 돌렸다. 여옥이는 계속 혼자서 중얼중얼 얘기했다. 눈매가 총명한 아이였던지라 여옥이는 부모를 졸라 야학에 나가기 시작했다. 석유등 그을음 너울거리는 어두운 방안에 여러 아이들이 둘러앉아 "새로운 계급이 낡은 통치 계급의 통치를 반대하려면 반드시 낡은 인생관의 속박에서 벗어나야 한다" "사람은 무엇 때문에 살며 어떠한 사람으로 되며 사람으로서 어떻게 해야 하는가?" 같은 말들을 들었다.

하지만 혁명의 도리는 거기에 있지 않았다. 혁명의 도리는 자신을 향해 온 관심을 쏟아붓던 야학 교사의 눈과 귀에 있었다. 청진이 고향이라던 사람. 북간도 아이들에게 늘 바다 얘기를 들려주던 사람. 그때까지 누구도 여옥이의 얘기를 그토록 귀를 기울여 들어 준 사람은 없었다. 그때까지 누구도 여옥이의 얼굴과 몸을 그토록 뚫어져라 쳐다본 사람은 없었다. 그 시선과 귀기울임 속에서 여옥이는 비로소 자신도 하나의 인간이라는 것을 깨닫게 됐다. 그렇게 혁명의 도리를 깨치게 됐다. 새로운 계급의 새로운 인생관이란, 다른 사람을 향한 시선과 귀기울임에 있다는 사실을 깨치게 됐다. 그 시선을 통해 자신의 몸이 얼마나 아름다운지 알게 되면서, 그 귀기울임을 통해 자신의 혼이 얼마나 행복한지 느끼게 되면서 여옥이는 소리 높여 얘기할 수 있게 됐다. 인간은 짐승이 아니라는 것. 제가끔 고귀하다는 것.

이윽고 짐칸은 사람들로 가득차 더이상 앉을 곳이 없었고, 마부는 출발하라고 소리를 내질렀다. 여덟 필의 말이 일제히 걸음을 걷기 시작했다. 여옥이의 어깨와 내 어깨가 서로 맞부딪치기 시작했다. 마바리가 덜컹거리면 덜컹거릴수록 자리는 점점 더 좁아졌다. 내 마음은 터질 것만 같았다. 나는 지난봄의 일들을 정신없이 떠올렸다. 여옥이의 말이 맞는 것일까? 그런 것일까? 사람은 그런 이유로 살며 그런 사람이 되며 사람으로서 그렇게 해야만 하는 것인가? 지난봄 영국더기에서 나와 나란히 앉아 그 무엇에 대해서건 이야기를 들려주던 정희도 그렇게 느꼈던 것일까?

다시 그때의 일들이 기억이 나면서 목이 메기 시작했다. 나는 겨드랑이에 끼워넣었던 두 손을 눈앞에 펼치고 바라봤다. 차가운 바람을 받은 두 손은 창백했다. 한때 절망했던 손, 또 한때 의심했던 손, 그리고 이제는 그 무엇도 믿을 수 없게 된 손. 정희는 과연 나를 사랑했던 것일까? 여옥이처럼 나를 통해 자신이 살아 있음을 느꼈던 것일까? 그런 생각에 잠겨 있는데, 여옥이가 두 손으로 내 오른손을 감싸쥐고는 자기 쪽으로 잡아당겼다. 그 사람, 죽었습지. 내게 바다 얘기 들려주던 그 사람, 죽었습지. 작년 8월 대성촌에서 죽었습지. 나도 한 계절 말이 안 나옵답데. 들어줄 사람이 없어서 그렇답데. 짐과 사람을 가득 태운 마바리는 그렇게 해가 지는 산길을 향해 달려가기 시작했다.

여옥이와 함께 용정에 다녀오고 그 며칠 뒤, 사진관으로 내가 수취인인 전신환이 도착했다. 팔도구 광산에서 일하는 동기생이 보내준 전신환이었는데, 생각보다 액수가 많았다. 그때부터 사진관 사람들은 나를 따돌리기 시작했다. 나는 오랫동안 그 전신환을 돈으로 바꿀 엄두를 내지 못했다. 사람들은 이제 내가 자신들과는 다른 종류의 인간이라는 걸 아는 것 같았다. 귀머거리에 벙어리 행세를 했지만, 내게 말을 거는 사람은 여옥이뿐이었다. 하지만 여옥이도 내게 말하는 게 아니었다. 대성촌에서 일본군에게 학살됐다는 그 야학 선생에게 말하는 것이었다. 밤에 냉기가 가득한 방으로 돌아가면 사람 냄새는 하나도 나지 않고 그저 국화 냄새뿐이었다. 그런 밤이면 나는 이불을 뒤집어쓰고 누워 손에 밴 암모니아 냄새와 빙초산 냄새를 맡았다. 하지만 좀체 잠은 찾아오지 않았다. 잠들었다고 하더라도 손만은 깨어 있었다. 가끔씩 귓전을 울리는 목소리가 있었다. 삼나무 높은 우듬지까지 올라가본 까마귀, 다시는 뜰로 내려앉지 않는 법이죠. 그런 밤이면 정 참을 수 없을 때만 조금씩 사용하라며 송영감이 내게 준 아편을 만지작거렸다. 하지만 그 세계로 다시 들어갈 염이 나지 않았다.

다시 며칠 뒤. 사진관에서 일하며 살아가는 사람은 주인인 송영감을 도우며 사진을 찍는 길송이 형과 용덕이, 이런저런 잡일을 도맡는 산이까지 모두 세 명이었다. 그중 언젠가 영국더기에서 만난 적이 있는 길송이 형은 일종의 출장사진사여서 사진관에 붙어 있는 경우가 드물었다. 찢어진 두 눈에 툭 튀어나온 광대뼈가 영락없는 조선인의 얼굴인 길송이 형은 나이가 서른다섯 살로 간도 일대의 사진관에서는 좀체 찾아보기 힘든 독일제 라이카와 삼발이를 들고 다니면서 촌부들을 상대로 사진을 찍었다. 반면에 송영감은 로쿠오사六櫻社가 만든 일제 팔레트로 사진을 찍었다. 아마도 길송이 형은 바깥으로 돌아다니기 때문에 더 작고 간편한 라이카를 쓰는 것 같았다.

그렇게 돌아다니면서 찍는 사진값은 보통 크기가 2원이었다. 하루에 한 사람 사진 찍기도 빠듯하니 종일 어디에도 돈을 쓰지 않는다고 해도 하루 두 끼 밥값 50전에 잠값 10전을 더하면 꼬박 60전이 사진값 2원에서 빠져나갔다. 그래서 시골로 돌아다니는 사진사들은 휴대할 수 있는 인화 장비를 가지고 다니면서 대개 한곳에 머물며 최대한 많은 사람의 사진을 찍은 뒤, 이불 따위를 뒤집어쓰고 한꺼번에 사진을 인화하는 게 보통이었다. 그런데 길송이 형은 좀스러워서 그 짓만은 못하겠다며 늘 필름을 사진관으로 들고 오는 일이 많았으니 왕복 차비까지 제하면 도리어 밑지는 장사가 아닐 수 없었다. 하지만 좀스럽다는 것도 이불을 뒤집어쓰는 일만을 뜻하는 것인지, 시골에서 돌아온 길송이 형은 제일 먼저 암실에 들어가 사진부터 인화했다. 고등공업학교에서 측량 공부를 했으니까 나도 사진기는 어느 정도 다룰 줄 안다. 길송이 형은 사진을 잘 찍었다. 하지만 내가 본 사진보다는 못 본 사진이 훨씬 더 많았다.

그날도 안도에 갔던 길송이 형이 필름을 들고 돌아온 날이었다. 이 주일 만에 돌아온 셈이라 길송이 형이 암실에서 나오자마자 술판이 벌어졌다. 송영감은 정주댁이 불쌍해서 못 견디겠다면서 얼른 불러오라고 해놓고서는 안주 타령을 그치지 않아 공연히 애꿎은 여옥이만 음식을 해다 나르느라 다리품을 팔고 있었다. 술에 취한 정주댁은 목소리 드높게 노래를 불렀다. 시아버님 산소를 까투리밭에 썼더니 우리집 삼동서 콩밭으로 기누나. 새벽동자를 하라면 부시땡기장단 치구요, 물 길러 가라면 엉덩이춤만 추누나. 우리집 낭군이 명태잡이를 갔는데 모진 광풍 불겠거든 석 달 열흘만 불어라.

그러자 송영감은 일어서 덩실덩실 춤을 추면서 화답했다. 물방아 빙글뱅글 물살 안고 도는데 동구 밖 내 님은 나를 못 잊어 돈다네. 조 몹쓸 목화꽃은 자주자주 피는데, 앞 남산 함박꽃은 일 년 한 번 핀다네. 앵두나무 아래에 병아리 한 쌍 놀더니 독수리 뜨자 온데간데없구나. 노래가 끝나자마자 송영감이 소리를 질렀다. 제길, 제 마누라 뺏기는 것은 걱정하지 못하고 나라 뺏긴 것만 걱정하는 놈들, 죄다 지옥 불에서 몸 좀 달궈봐야 그 사정 알 테지. 그러자 정주댁이 송영감을 향해 손사래를 치고 나더니 자기 가슴을 가리켰다. 여기가 바로 지옥 불인데, 견뎌낼 사내가 없다니까. 아이고, 천년만년 그 불에 죽고 지고. 송영감이 쉬지 않고 맞받아쳤다.

나는 그들과 어울리지 못하고 아무런 말 없이 술을 마시는 둥 마는 둥 고개를 숙이고 고추전만 뒤적이다가 슬그머니 일어났다. 쌀알 같은 눈이 바람에 휩쓸려 거리로 몰려다니고 있었다. 나는 두 손을 겨드랑이 사이에 낀 채, 처마밑에 웅크리고 앉아 몰려다니는 그 눈송이들을 바라봤다. 문득 눈송이들의 하얀 빛들 점점이 일제히 검푸른 물결 속으로 떨어지는 통영 앞바다가 생각이 났다. 그리고 태어나서 한 번도 바다를 본 적이 없었다는 여옥이의 말이 떠올랐다. 여옥이를 처음 봤을 때 나는 깊은 바다를 헤엄치는 짙은 비늘 매끄러운 물고기를 상상했다. 그런 여옥이가 바다를 한 번도 보지 못했다니 어쩐지 이상하기만 했다. 여옥이에게 바다를 보여주겠다고 말한 그 야학 교사도 나와 비슷한 느낌을 받았던 것일까? 그런데 왜 그 같은 생각이 내 마음을 언짢게 하는지 알 수 없었다. 정말 이상하기만 했다.

그때, 누군가 어깨를 툭툭 쳤다. 얼굴이 불쾌해진 용덕이가 내 뒤에 서서 이거이 당나귀처럼 진짜 말귀를 못 알아듣지, 라고 말하더니 오른손 검지를 까닥이며 따라오라고 손짓했다. 뭐라고 불렀는데도 내가 듣지 못했던 모양이었다. 아직 주기적으로 금단현상이 찾아왔기 때문에 까무러친 것처럼 넋이 나가는 일이 종종 있었지만, 그때는 분명 그게 아니었다. 그때 나는 한 가지 생각만 하고 있었다.

안으로 들어갔더니 나오기 전까지의 떠들썩한 분위기는 사라지고 다들 심각한 표정으로 말이 없었다. 좀 이상하다고 생각하며 서 있는 내게 길송이 형이 자기 맞은편에 앉아보라는 손짓을 했다. 시키는 대로 앉았더니 술잔을 내밀고 넘치도록 빼주白酒를 따랐다. 건배를 청하기에 바로 마셨더니 길송이 형이 술을 가득 채운 잔을 다시 내밀었다. 잔을 부딪친 뒤, 나는 한번 더 뜨거운 술을 목 너머로 넘겼다. 동상이 걸린 광대뼈와 손발에는 좋지 않은 짓이었으나 취하는 일이라면, 그게 단숨에 정신을 잃을 정도로 바로 취하는 일이라면 마다할 마음이 없었다.

그렇게 우리가 내리 여섯 잔을 마시는 동안, 둘러앉은 사람들 누구도 입을 열지 않았다. 평소 같으면 나를 만류하며 몸을 좀 추슬렀다가 나무에 꽃이 피면 도생圖生할 길을 찾아보라고 했을 송영감도 입을 굳게 다물고 있었다. 한곳으로 세상의 모든 바람이 불어오는, 그런 곳이 있을까? 꼭 그런 곳에 혼자 서서 세상 모든 바람을 다 맞고 있는 듯한 느낌이었다. 갑자기 취기가 치밀어올라 고개를 숙이고 젓가락으로 갓김치를 집으려고 하는데, 길송이 형이 내게 니 어째 여기 왔냐? 니 누기니? 라고 물었다. 그 소리가 귓전에서 너울대는 통에 나는 그만 집었던 갓김치를 젓가락에서 놓쳤다. 나는 손에서 미끄러진 젓가락을 두 번 상에다 툭툭 쳐 가지런히 한 뒤 다시 갓김치를 집었다. 그때 길송이 형이 소리를 버럭 지르며 중국어로 욕설을 내뱉었다. 니 누기니? 어시래 아니 말하니! 쩌거 왕바딴这个 王八蛋, 니 누기야?

내가 계속 못 들은 척 갓김치를 집어 입에 넣자, 길송이 형이 자리를 박차고 일어나 왼손으로 내 멱살을 잡더니 얼굴을 후려쳤다. 어차피 몸을 잘 가누지 못했던 터라 나는 앉은 자리에서 그대로 뒤로 넘어졌다. 그 통에 머리를 바닥에 세게 부딪혔으나 신음조차 나오지 않았다. 길송이 형은 그런 나를 잡아 일으켜 다시 후려치기 시작했다. 매서운 주먹이라 단번에 코피가 터지고 입술이 찢어졌다. 나는 차라리 길송이 형에게 되묻고 싶었다. 당신은 아느냐고. 내가 누군지 아느냐고. 내가 왜 여기에 있는지 아느냐고. 알기에 지금 나를 때리는 것이냐고. 그렇게 생각하자, 눈에 바로 핏발이 맺혔다.

내가 두 눈을 부릅뜨고 쏘아보자, 길송이 형은 나를 더 후려쳤다. 그리고 마침내 나는 피투성이가 되어 바닥에 쓰러졌다. 그건 내게 너무나 익숙한 자세였다. 지난해 12월, 나는 해란강변 가지가 부러진 버드나무 아래에서 그렇게 누워 나를 스쳐가는 모든 것을 몸으로 받아들였다. 그건 하나도 두렵지 않은 일이었다. 그때 안줏거리를 들고 안으로 들어오던 여옥이가 소리를 지르며 길송이 형 앞을 막아섰다. 이기 어찌 일이우! 영감님, 오라버니, 어찌 그렇습메? 사람들이 어찌 그렇습메? 몸도 성치 아니한 사람을 두고 다들 어찌 그렇습메? 이기 도리를 아는 사람들이 하는 짓임메!

음식 그릇을 상 위에 내려놓고 얼른 내 쪽으로 와 두 손으로 나를 잡아 일으켜세운 여옥이는 행주치마로 내 얼굴에 흘러내리는 피를 훔쳤다. 여옥이의 몸에서 계란이 상한 듯, 양파가 짓눌려진 듯 시큼한 냄새가 풍겼다. 나는 터진 입술로 배어나는 피를 혀로 핥아먹으며 실눈을 뜨고 여옥이의 얼굴을 바라봤다. 소낙비 맞은 천막처럼 마음 한쪽이 축 늘어졌다. 측은하게 바라보는 그 눈빛이 싫어 나는 여옥이를 밀쳐버린 뒤, 오른손으로 턱에 흐른 피를 닦아내고 벌떡 일어섰다. 술기운 덕택에 아프다는 생각은 하나도 들지 않았으나, 다리가 풀려서 휘청거렸다. 나는 상 앞으로 걸어갔다. 됐어, 됐어. 이제 그만하라우. 송영감이 손을 내저으며 말했다. 나는 엎질러진 술잔을 잡아 맞은편에 앉은 길송이 형에게 내밀었다. 나는 그 술을 단숨에 들이켜고 난 뒤에 다시 술잔을 내밀었다. 나는 거푸거푸 술을 들이켰다. 송영감이 잔을 뺏을 때까지 길송이 형이 따르는 빼주를 목 너머로 들이켰다.

내 몸에는 어떠한 소망도 남아 있지 않았기 때문에 죽는 건 하나도 두렵지 않았다. 내가 겁낸 건 바로 눈물이었다. 늙은 나무에 피는 꽃처럼, 내 마른 몸에서 눈물 같은 게 나올까봐. 그래서 사람들이 나를 인간으로 볼까봐. 친절을 베풀고 나를 감싸안을까봐. 그리하여 사람들이 인간의 도리를 모르는 나 같은 놈도, 사람은 무엇 때문에 살며 어떠한 사람으로 되며 사람으로서 어떻게 해야 하는지도 모르는 나 같은 놈도 마음을 열고 받아들일까봐. 송영감에게 잔을 빼앗긴 나는 휘청휘청 몸을 흔들며 길송이 형을 빤히 바라보며 서 있었다. 길송이 형이 다시 내게 물었다. 니 누기야? 그리고 그다음의 일을 나는 기억하지 못한다. 과연 그때 입을 열고 얘기를 했을까? 얘기를 했다면 무슨 얘기를 했을까? 내가 누구라고 그 사람들에게 말했을까? 뭐라고 했기에 그다음부터 그들이 나를 받아들이게 된 것일까?

꽃나무처럼 내가 입을 연 그다음날. 여옥이가 내 왼쪽 가슴을 붙잡은 그다음날. 비가 그치고 푸른 하늘로 끊임없이 봄바람이 불어오던 목요일. 송기떡처럼 부풀어오르는 봄의 대지와 함께 내 몸이 다시 세상 모두를 향해 터져나던 곡우백곡을 기름지게 만드는 봄비의 날. 호박과 고추와 열무와 감자는 땅에 풀어놓고 찻잎은 거둬들이는 날. 고양이 손마저 빌려야 할 만큼 바쁜 농사철이 돌아왔음을 알리는 날. 나는 토시를 두 팔에 끼고 오후 내내 암실에 틀어박혀 인화 작업을 했다. 양철통에 담긴 현상액에 손을 집어넣어 일일이 만져가며 현상한 필름을 확대기에 끼워넣고는 빛과 어둠의 무늬가 인화지에 스며드는 동안, 초시계만을 바라봤다. 시간의 흐름을 일일이 느껴가면서 천천히 일했고 자주 암실 한쪽에 있는 의자에 앉아 고개를 들어 가만히 암등暗燈을 바라봤다. 직시할 수 있는

빛, 볼 수 있는 어둠. 암등은 빛도, 어둠도 아니지만 동시에 빛이자 어둠이다. 영국더기 언덕에 앉아 있을 때, 나는 빛의 세계만 알고 있었다. 하지만 이제 나는 빛의 세계 속에 어둠의 세계가 존재한다는 사실을 어렴풋이 눈치채게 됐다. 인화된 양화陽畫는 필연적으로 음화陰畫를 지니고 있다. 그러므로 진실은 현상한 필름에도, 인화한 사진에도 있지 않았다. 진실은 음화와 양화, 두 세계에 동시에 걸쳐 있다. 나는 의자에서 벌떡 일어나 확대기의 불을 밝혔다. 빛이 인화지에 스며들었다. 나는 빛과 인화지 사이에 내 손을 밀어넣었다. 그 손이 빛과 어둠 사이에 놓였다.

인화지는 내 손을 반투명하게 받아들였다. 먼저 빛이, 그다음에는 어둠이 스며들었기 때문이었다. 나는 그 인화지를 빙초산 수용액에 담갔다가 정착액으로 옮겨놓았다. 나는 그날 인화한 사진들을 하나하나 집게로 건져내 줄에 매달아놓았다. 반투명한 내 손 사진이 간도 사람들의 굳은 얼굴들 사이에 걸려 있었다. 인화지에 나타난 내 손 역시 빛도, 어둠도 아니었지만 동시에 빛이자 어둠이었다. 거기까지 생각이 미치는 순간, 나는 지난가을의 고통을 완전히 치유받았다. 지금 여기 내게 없는 것들은 어딘가 다른 곳에서 나와 함께 있는 것이리라. 지금 여기가 아닌 다른 어딘가가 존재한다면, 그게 사실이라면 언젠가 우리는 다시 만날 것이다. 빛도, 어둠도 아니면서 동시에 빛과 어둠인 세계에서 우리는 다시 만날 것이다. 암등의 흐릿한 불빛 속에서 나는 처음으로 정희를 잃은 상실감에서 벗어날 수 있었다. 그제야 슬픔 없이, 두려움 없이 정희가 그리워졌다.

그렇게 반투명한 내 손을 바라보는데 문득 옆에 걸린 사진 한 장이 내 눈에 들어왔다. 가로수로 심어놓은 버드나무 아래에 검정색 두루마기를 입고 중절모를 쓴 조선 남자 하나가 굳은 표정으로 카메라를 바라보는 사진이었다. 아마도 기나긴 장마 끝에 골이 팬 산길처럼 그 남자의 얼굴은 온통 주름투성이일 것으로 짐작됐다. 사진에 찍힌 남자의 주름을 그저 짐작할 수밖에 없었던 까닭은 제대로 초점이 잡히지 않았기 때문이었다. 잘못된 것은 초점뿐만이 아니었다. 피사체의 위치도 잘못됐다. 남자의 왼쪽 어깨는 잘려나가 있었다. 그러니까 남자의 모습은 직사각형 사진 안의 오른쪽 아래 구석에 자리잡고 있었다. 그건 분명히 길송이 형의 라이카에서 나온 필름이었다. 길송이 형이 사진을 이렇게 찍었을 리가 없다는 생각에 다른 사진들도 훑어봤다. 한쪽 손으로 머리에 인 짐을 잡은 탓에 짧은 저고리 사이로 맨살의 겨드랑이가 드러난 젊은 여자도 있었고 화려한 자줏빛 무늬의 만복을 입고 물부리를 입에 문 한족 남자도 있었다. 하지만 그들 모두 사진의 중심에 있지 않았다. 그들의 모습은 초점이 맞지 않아 흐릿한 상태로 한쪽 구석에 놓여 있었다. 그 사진들의 한가운데에는 군복을 입은 사람들이 찍혀 있었다. 그중에는 내가 아는 얼굴도 있었다. 그러니까 나카지마 다쓰키 중위. 그 얼굴을 알아보고는 하마터면 나는 소리를 지를 뻔했다.

그때, 밖에서 누군가 암실의 문을 세차게 두들겼다. 나는 검은 커튼을 젖히고 문으로 걸어갔다. 문을 여니 암실에 들어갈 때보다 많이 기울어진 하오의 햇살이 내 눈동자에 와 날카롭게 박혔다. 길송이 형이었다. 전날, 길송이 형은 통행증 없이 토벌 지구에 들어갔다가 연길경찰서까지 끌려갔다고 송영감은 말했다. 송영감은 경찰들에게 뒷돈을 밀어넣어 길송이 형의 카메라부터 경찰서에서 꺼냈는데, 내가 본 사진들은 모두 그 라이카에서 나온 것이었다.

"니, 지금 내 필름 인화했누?"

"송영감님 필름 인화하느라 인화액 부은 김에……"

"말문이 트였다더니 하는 짓도 청산유수구나. 뉘 너더러 내 필름 인화하게 했누? 건방지게스리. 어딨는가?"

경찰서에서 너무 심하게 얻어맞았는지 얼굴이 온통 부풀어오른 길송이 형이 그렇게 말하며 나를 밀치고 안으로 들어가 집게에 꽂힌 사진들을 살펴봤다.

"이번 사진은 팔기 어렵겠습니다. 사람들이 중간에 있지 않고 구석에 가 있습니다. 초점도 뒤에 있는 사람에게 맞춰졌구요."

내가 말했다. 여느 때와 달리 길송이 형의 표정이 심각해졌고 시선은 엉킨 실타래처럼 복잡했다. 나도, 길송이 형도 서로의 시선을 샅샅이 살폈다. 그렇게 한참 둘이서 서로 바라보기만 하는데, 먼저 길송이 형이 말을 걸었다.

"이 사진들은 팔려고 찍은 게 아니고, 사진술 단련하려고 찍은 것이재니꾸. 일테면 내 작품이디. 사진의 구석에 있는 희미한 사람들으 간도인들이구, 중간에 있는 또렷한 사람으 왜놈이다이. 기래니꺼 그게 지금 만주의 진정한 풍경이니깐."

그 말을 듣고도 나는 길송이 형을 빤히 쳐다보기만 했다. 길송이 형은 헛헛거리며 마른 웃음을 토해냈다. 하지만 나는 그를 계속 쳐다봤다.

"긴데 이건 뭐닌?"

말을 돌리려는 듯 갑자기 내 손이 반투명한 그림자로 인화된 사진을 가리키며 길송이 형이 내게 물었다.

"그럼, 그것도 제 작품입니다."

"하하핫. 기니깐 확대기에다 손을 들이밀었단 말입메? 재주가 있다이. 작품 맞다. 이런 거를 두고 포토그라무라고 부른답데. 책에서 읽은 적이 있다이. 암튼 담부터는 절대로 그러 마라. 내 필름에 손대지 마라. 기러다 죽디. 절대로 기러디 마라. 가만히 있다 몸성해지면 그냥 가라이."

그러면서 길송이 형은 주머니에서 종이 한 장을 꺼냈다. 내게 온 전보였다. 어떻게 알았는지 고등공업학교 시절의 은사인 나카무라 선생이 보낸 것으로 속히 경성으로 돌아오라고 적혀 있었다. 아마도 팔도구의 동기생이 만철에서 해고된 저간의 사정을 선생에게 알리면서 내 주소를 전한 것 같았다. 대련에 있을 때 나카무라 선생이 보낸 편지를 받은 적이 있었다. 꼼꼼하고 엄한 성품이 그대로 드러난 편지에는 감정의 표현이 극도로 절제된 자잘한 글자들이 숨막힐 듯 빽빽하게 세로로 이어졌다. 편지에는 조선총독부 영선관에서 일하는 조선인 동기생 한 명이 폐병에 걸려 그만둘 처지에 놓였다며, 만약 그가 그만두게 되면 총독부에 나를 추천하겠으니 그 즉시 경성으로 돌아오라고 씌어 있었다. 외국생활도 외롭거니와 규정상 조선인 사원을 차별하게 돼 있는 만철보다는 총독부가 훨씬 더 좋은 직장이라는 것은 말할 나위도 없었다.

하지만 폐병에 걸렸다는 그 친구는 고공 시절부터 동급생인 나와는 꽤 친했다. 그림도 잘 그리고 농담도 잘하고 얼굴도 잘생겨 연애도 잘하던, 참으로 재주가 많았던 친구였다. 그런 이의 불행이라면 평범한 사람보다 훨씬 더 가혹하게 느껴지는 법인데, 친구의 불행을 틈타 나의 이익을 도모한다는 생각이 영 불편해 최대한 예의를 갖춰 거절의 뜻을 담아 회신한 적이 있었다. 그뒤로 선생에게서는 한 번의 편지만 왔다. 그런 불편함 따위야 모를 사람이 없을 것이고, 설사 모르는 사람이 있다면 그건 너를 아끼지 않는 사람일 테니 귀를 기울일 필요조차 없다, 준비가 되는 대로 다시 연락할 테니 바로 돌아와라. 하지만 그러다가 용정으로 파견을 나오고, 또 그뒤 여러 가지 일들에 휘말리면서 그 일을 까맣게 잊고 있었는데 뜻밖에도 그런 전보가 날아온 것이었다.

"거기 찍힌 일본 사람들은 사진값을 전혀 낼 것 같지 않던데요."

전보에서 눈을 떼며 내가 말했다.

"사진값은 나중에 내가 핏값까지 더해서 받을 꺼구마. 넌 그냥 벙어리, 귀머거리처럼 가마이 있다가 가라이. 아무것도 보지 아니한 것이다."

길송이 형이 나를 향해 싱글거리며 말했다. 나는 무표정하게 길송이 형의 얼굴을 바라봤다. 그가 내 정체를 궁금하게 여겼듯 나 역시 그의 정체가 궁금했다. 우리가 나란히 서서 같은 곳을 바라보고 있는지, 아니면 서로 정반대편에 서 있는지 알 수 없었다. 정희가 내게 보낸, 그 처음이자 마지막 편지만 아니었더라면 길송이 형이나 내가 이처럼 모호한 상태로, 이렇게 오랫동안 서로를 견디지는 못했을 것이었다.

그날 밤. 미닫이 유리로 하얀 달빛이 부서지는 내내 나는 잠을 이룰 수 없었다. 해란강변 아홉번째 나무의 가지는 결국 한 사람을 죽일 수 있을 만큼 튼튼하지 않았다. 지난 12월, 반쯤 죽어 눈에 파묻힌 채, 왜 정희는 죽었는데 나는 죽지 못했는가라는 생각만 했다. 그 의문에 대해 내가 답할 수 있는 방식이란 단 하나뿐이었다. 하지만 내가 길송이 형처럼 그들에게 핏값을 요구할 수 있을까? 과연? 생각은 꼬리에 꼬리를 물고 이어졌고, 그러거나 말거나 밤의 따뜻한 물결은 내 쪽으로 밀려왔다가 다시 멀어졌다. 그 흐름에 몸이 익숙해지면서 깜빡 잠이 들려던 찰나, 유리 바깥으로 도둑고양이처럼 뭔가가 빠르게 지나갔다. 내가 다시 눈을 떴을 때는 역시 따뜻한 달빛이 여전히 세상을 비추고 있었다. 다시 눈을 감았으나 이번에는 좀체 잠이 오지 않았다. 나는 잠시 몸을 뒤척이다가 자리에서 일어나 유리 바깥을 내다보다가 깜짝 놀랐다. 유리의 가운데에는 한 사람이 앉아 있었다.

"너, 안 자고 왜 거기 앉아 있니?"

유리 너머로 여옥이가 보였다. 앞마루에 앉아 있던 여옥이가 나를 돌아봤다.

"보임둥? 달이 내 몸에 고로쇠나무 그림자를 그렸스꼬마. 한번 봅세."

유리 바깥으로 빠르게 지나간 것은 바로 고로쇠 가지였던가보다. 하지만 아직 잎이 돋지 않은 고로쇠 가지가 바람에 흔들릴 리는 만무했다.

"아까 네가 나뭇가지를 흔들었니?"

"꼭 누가 흔들어야 나뭇가지가 흔들리는 것은 아니랍데. 나뭇가지 저 혼자서 흔들리는 밤도 더러 있답데. 한번 봅세. 내 몸에 고로쇠나무 그림자가 그려졌스꼬마."

여옥이는 오른팔을 돌려 자신의 어깻죽지를 내 쪽으로 내밀었다. 당연하게도 그녀의 오른쪽 팔뚝에 드리워졌던 고로쇠나무 그림자는 그 순간 사라졌다. 그런데도 여옥이는 천치같이 빠르게 팔을 움직이면 그 그림자가 몸에 붙어 따라오기라도 한다는 듯 몇 번 팔을 휘두르다가 깔깔거리며 웃음을 터뜨렸다. 그 웃음소리가 커지는가 싶으면 여옥이는 또 두 손으로 제 입을 틀어막았다. 까만

두 손 위로 두 눈이 보였다. 검은 밤 위에 든 하얀 달의 음화인 양, 하얀 자위 위의 검고 둥근 그림자가 장난스럽게 빛을 뿜고 있었다. 그러더니 여옥이는 오른손을 가만히 떼 내게 가까이 다가오라고 손짓했다. 홀린 듯 나는 방문을 열고 밖으로 걸어나가 여옥이의 옆에 앉았다. 여옥이의 얼굴에서 웃음기가 사라졌다.

여옥이는 왼손 검지로 자신의 오른쪽 어깻죽지를 가리켰다. 거기 달빛을 받은 고로쇠나무 그림자가 또렷하게 드리워져 있었다. 곡우가 지났으니 입춘 무렵부터 사람들이 진집을 낸 남쪽 지방 고로쇠나무의 몸은 물이 다 빠져나가 불만 댕기면 활활 타오를 것처럼 말랐을 것이다. 하지만 여기 두만강 북쪽에서 자라는 고로쇠나무의 몸속에는 아직 물이 출렁거렸다. 검은 등걸 바깥으로 축축한 물기가 배어나왔다. 그 생각을 하니 입안에서 침이 말라갔다. 내가 머뭇거리자, 나와 좀체 시선을 맞추지 못하고 울바자며 그 너머의 적송이며 금방이라도 쏟아져내릴 것처럼 반짝이는 별들을 바라보던 여옥이가 말했다.

"그거 알아사 씁네. 내사 갈 길이 바쁩데."

그 말에 나는 여옥이의 오른쪽 어깻죽지에 드리워진 고로쇠나무 그림자로 손을 뻗었다. 나는 그 윤곽을 따라 손을 움직였다. 그림자는 여옥이의 어깻죽지에서 가슴까지 이어지고 있었다. 가슴에 못미처 내가 손을 떼자, 그때까지 숨을 참았던 여옥이가 깊은 한숨을 내쉬었다.

"이러 마십쇼. 갈 길이 바쁜데."

내 쪽은 바라보지 않고 여옥이가 가쁜 목소리로 말했다. 나는 내 손을 달빛에 비춰봤다. 그래도 믿기지 않아 그 손을 입으로 가져가 혀로 핥아봤다. 고로쇠나무 그림자를 만질 때는 온통 물에 젖어 축축한 것 같았는데, 내 손은 말라 있었다. 금방 내 혀끝이 말라버렸다. 그때 여옥이가 다시 말했다.

"이러 마십쇼. 갈 길이 바쁜데. 날이 밝기 전에 어랑촌에 다녀와야 합지."

나는 더이상 참지 못하고 여옥이를 안아버렸다. 여옥이의 몸은 저 혼자 흔들리는, 물오른 고로쇠나무처럼 뒤로 젖혀졌다. 나는 여옥이의 앞섶을 풀어젖히고 말라붙은 혀로 여옥이의 몸에서 배어나는 물기를 빨아들였다. 여옥이는 그대로 마루에 쓰러졌다. 여옥이는 내 머리를 잡고 중얼거렸다. 날이 밝기 전에 어랑촌까지 다녀와야 합지.

지난가을, 느닷없는 편지를 받은 이래 가장 깊은 잠에 빠져든 금요일. 해거름으로 볕이 엷어지던 겨울에서 잔잔히 빛이 밀리는 봄으로 가는 길목. 진눈깨비 날리던 불안의 밤에서 눈자위가 붉어질 정도로 가슴이 따뜻해지는 낮으로 바뀌는 순간. 뿌리로부터 가지 끝까지 곡우의 대지에 스며든 수분을 빨아들인 나무들처럼 마음과 몸이 곧 꽃으로 터져날 것처럼 부풀어오른, 한껏 길어진 봄날. 나는 잠에서 깨어나긴 했으나 오랫동안 이불 속에서 나오지 못하고 뒹굴기만 했다. 힘을 모아서 일어나보려고 했으나 주먹이 쥐어지지 않았다. 맥없이 쓰러져 나는 천장을 바라보며 지난밤의 일들을 떠올렸다. 하지만 내리자마자 그 흔적이 가뭇해지는 복중의 여우비처럼 제대로 기억나는 건 많지 않았다. 나는 맥이 빠질 대로 빠진 오른손을 눈앞으로 끌어당겨 흔들어봤다. 역시 손은 힘없이 흔들거렸다.

내 머리는 지난밤의 일들을 기억하지 못했지만, 손만은 그 일들을 기억하고 있었다. 지난밤 나는 여옥이를 사랑했다. 아침에 주먹도 쥐지 못할 만큼. 그러고 나자 여옥이가 너무나 그리워졌으나, 여옥이의 얼굴이 전혀 기억나지 않았다. 다만 기억나는 것은 달빛 속으로 하얗게 빛났다가, 또 어느 순간에는 검게 물들면서 매끄럽게 반짝이던 그 허벅지, 등뼈를 향해 완만하게 굽어들어가던 등, 몸의 다른 부분만은 수줍음으로 인해 자꾸만 어둠 속으로 들어가는데도 보란듯이 달빛 속으로 들어가 달보다 더 밝게 빛나던 가슴, 가까이 입술을 가져가자 일제히 일어나던 귀밑 목덜미의 솜털, 어느 순간 내 위로 올라가 장난스럽게 나를 내려다보던 그 깊은 눈동자, 한 개가 아니라 두 개라는 사실로 나를 안도하게 만들었던 그 동그란 눈동자, 그리고 그 눈동자 너머의 수많은 별들과 단 하나뿐인 달.

나올 염도 내지 못한 채 이불 속에 가만히 누워 나는 천천히 그것들을 하나하나 떠올렸다. 그러자 간절하게 여옥이가 그리워졌다. 내 몸에 진집만 내면 금방이라도 수액이 터져나올 것 같았다. 나는 견디지 못하고 벌떡 일어섰다. 문을 열고 마당으로 내려선 나는 여옥이를 찾아 두리번거렸다. 집안에서는 아무런 인기척도 느껴지지 않았다. 나는 마당을 가로질러 여옥이가 기거하는 딴방 앞으로 갔다. 댓돌에는 신발이 없었다. 그럼에도 나는 그 앞에 서서 몇 번 헛기침 소리를 냈다. 안에서는 아무런 반응도 나오지 않았다. 나는 굴뚝을 끼고 돌아 장독대가 있는 뒤란으로 가봤다. 아마도 입하立夏 무렵에나 줄어들 뒤란의 그늘이 싸리나무 베어낸 자리처럼 내 마음을 불안하게 만들었다.

다시 뒤란을 돌아나오는데, 울바자 너머에서 노랫소리가 넘어왔다. 문이야 있다 한들 열쇠가 있어야지. 눈이야 있다 한들 님 얼굴 보여야지. 나는 얼른 뒤꼍으로 다시 돌아가 토담에 등을 기대고 섰다. 물레방아 있다 한들 물이야 흘러야지. 피리야 있다 한들 입술이 있어야지. 그 목소리, 서서히 잦아들 무렵 나는 다시 마당으로 걸어나와 큰방 부엌을 향해 살금살금 걸어갔다. 부엌에 들어간 여옥이는 물동이를 바닥에 내려놓은 뒤, 손을 뻗어 나무 솥뚜껑을 집어들고 있었다. 내가 부엌 안으로 들어가는 기척에 고개를 돌려 나를 바라본 여옥이는 깜짝 놀란 듯 소리나게 솥뚜껑을 내려놓았다. 나는 다가가 여옥이가 저항할 틈도 없이 안아버렸다. 그때, 안방에서 정주댁이 이게 무슨 소리냐고 여옥이에게 물었다. 여옥이는 깊은 숨을 한 번 내뱉은 뒤, 잘못해서 솥뚜껑을 떨어뜨렸다고 대답했다. 나는 여옥이의 허리를 안고 허기를 채우듯 두 입술을 벌려 목덜미를 세차게 빨았다.

"선머슴처럼 왜 그렇게 매사에 칠칠맞지 못하느냐?"

"내사 조심합지. 조심합지."

정주댁이 힐난하고, 여옥이가 중얼거렸다. 나는 오른손으로 솜

옷 속에 숨은 여옥이의 가슴을 움켜잡고는 고개를 들어 중얼거리는 여옥이의 입술에 내 입술을 맞대었다. 여옥이의 입에서는 비릿한 풀잎 냄새가 났다.

"생감 등때기 같은 놈의 조심합지 소리하고는."

정주댁이 소리쳤다. 하지만 여옥이는 두 눈을 감고 내 등을 끌어안으며 세차게 내 혀를 빨아들였다.

"왜 일언반구 대답이 없어?"

정주댁이 다시 외쳤다. 그 소리에 내가 얼른 입을 뗐다.

"알아들었재니꾸."

여옥이가 숨을 헐떡이며 대답했다. 그 소리가 이상했던지 정주댁은 잠시 말을 잇지 못했다. 나는 슬금슬금 뒷걸음질을 치면서 바깥쪽으로 걸어갔다. 여옥이가 나를 바라보며 입술을 움직여 "오늘밤에, 오늘밤에"라고 소리나지 않게 말했다. 나는 고개를 끄덕이며 부엌 바깥으로 나왔다. 그 순간, 정주댁이 정주간鼎廚間으로 난 문을 활짝 열어젖혔다. 부엌문 사이 어두운 그늘로 보이는 여옥이의 뺨이 동지 밤 화롯불만큼 빨갛게 달아올라 있었다.

그날 아침, 나는 모처럼 심하게 허기를 느꼈다. 내가 여옥이에게서 두번째 밥공기를 받아 첫술을 뜨려는 순간, 안방에서 아침 내내 단장한 몸으로 정주댁이 나왔다. 봉긋한 수수밥에 숟가락을 꽂아넣은 채, 나는 정주댁에게 할말이 있으니 좀 앉아보라고 말했다. 정주댁은 고개를 외로 돌리고 한쪽 무릎을 세워 맞은편에 앉았다.

나는 경성에 좋은 자리가 있다는 연락에 여러 날 고민한 끝에 곧 방을 빼고 경성으로 돌아가기로 결심했다고 말했다. 의외의 말이라고 생각했던지 정주댁은 나를 바라보기만 했다. 그때 부엌에서 놋그릇이 바닥에 떨어지는 둔탁한 소리가 들렸다. 정주댁이 뭔가 말하려다가 말고 소리쳤다.

"미친 중놈 풋나물 캐는 것도 아니고. 저 아이 하는 짓하고는."

하지만 아무런 대꾸도 들려오지 않자, 정주댁은 다시 부엌을 향해 소리쳤다.

"왜 또 조심합지라고 말하지 뭐하니?"

하지만 부엌에서는 여전히 아무런 말도 들려오지 않았다.

정주댁은 목소리를 가다듬더니 나를 향해 고개를 끄덕이며 그것 듣던 중 반가운 얘기라며, 내가 이 동네의 여느 사람과 다르다는 건 지난겨울 술자리에서 이미 알고 있었다고 말했다.

"술자리에서라면?"

내가 물었다.

"왜 길송이와 맞술 벌일 때 말입지."

정주댁이 카랑카랑한 목소리로 말했다.

"그때, 내가 뭐라고 말했습니까?"

"무슨 말을 하기는. 길송이가 니 누기야, 니 누기야, 자꾸 물어대니까 가슴팍을 풀어젖히더니 심장이라도 꺼내서 보여줄 듯이 가슴만 쥐어뜯다가는 그게 잘 안 되니까 꺼이꺼이 대성통곡만 했지 뭐.

어찌나 큰 소리로 울어젖히던지 원. 다들 귀머거리에 벙어리인 줄로만 알고 있다가는 그리 속이 막혔으니 목구멍도 틀어막힌 거라는 걸 그때 다 알았지. 고인 물도 밟으면 튀는 법 아니겠소? 속에 고인 것 그리 많은 사람, 애저녁에 건드리는 법이 아니었건만 길송이가 잘못했지."

그 말에 나는 고개를 숙이고 밥 한술을 떴다. 밥 안에는 삶은 계란이 들어 있었다. 나는 밥을 천천히 씹어 먹으며 정주댁이 보지 못하게 숟가락으로 밥을 뭉개 힐끔 들여다보이는 계란을 덮었다.

"이제 경성으로 돌아간다니 내 부탁이 하나 있소."

고개를 들었더니 정주댁이 내 얼굴을 뚫어져라 바라보고 있었다. 정주댁은 뜻밖에도 이렇게 말했다.

"이정희 선생 억울하게 죽었고, 당일에는 그쪽도 술이 취해서 복수하겠노라고 소리소리 질렀지만, 그런 설움 없이 사는 조선 사람 없으니, 복수 따위는 다 잊으시오. 이선생이며 안세훈 선생이며, 다 좋은 사람들이었소. 둘이서 참 보기 좋았지. 대신에 이제 둘 다 이 세상 사람 아니니, 그쪽이 경성으로 돌아간다고 해도 이정희 선생을 잊지는 말아주시오. 매일은 아니고, 적어도 계절이 바뀌고 바람이 달라지면 북간도 쪽을 한번 돌아봐달라는 말이오."

"제가 그런 말을 했습니까, 그때?"

정주댁은 고개를 끄덕였다.

"복수하겠노라고 얼마나 소리를 질렀던지."

“그래서 제가 지금까지 경성사진관에 있을 수 있었던 것이군요. 그게 다 이정희 선생 때문이군요.”

나는 고개를 끄덕였다.

“알겠습니다. 계절이 바뀌고 바람이 달라지면, 그때마다.”

나는 경성을 떠올렸다. 경성으로 돌아가면 나는 어스름 내릴 무렵의 종소리를 들으며 하이네의 시를 떠올릴 것이다. 여름의 푸른 밤 속에서 많은 사람들을 만나고 또 새로운 사랑에 마음이 밝아질지도 모른다. 경성우체국 앞 은행나무 그늘을 걸어가다가는 문득 용정에 남은 사람들에게 은행잎만큼의 사연을 엽서에 담아 보낼 것이며, 장곡천정長谷川町의 끽다점에 앉아 각설탕을 매만지며 영국더기 언덕에 앉아 그 무슨 얘기든 한없이 내게 중얼거리던 정희의 목소리가 얼마나 달콤했었는지 생각할 것이다. 바람이 달라지면, 그때마다. 설사 계절이 바뀌지 않더라도.

사진관에 나간 나는 곧바로 암실로 들어가 암등을 밝히고 흐릿한 빛이 눈에 익을 때까지 잠시 그대로 서 있었다. 암실 한쪽 구석, 정착과정까지 끝마친 인화지를 건조하는 줄 위에는 단 한 장의 사진, 그러니까 내 손 사진밖에 없었다. 두 개의 세계가 서로 겹치는 순간의 내 손. 그 순간 내 손은 빛이며 어둠이었다. 나는 전날 길송이 형이 찍어온 사진 속의 주인공을 떠올렸다. 내게 사랑이 내 인생을 완전히 바꿔놓으리라고 말했던 사람. 나 같은 녀석도 언젠가는 사람을 죽이는 날이 오리라고 말했던 사람. 그토록 죽이고 싶었던 사람. 나는 나무집게를 잡고 줄에 걸린 내 손 사진을 떼어내 주머니에 넣었다.

밖으로 나왔더니 송영감이 의자에 앉아 둥근 깡통 속에 든 담뱃잎을 얇은 종이에 말고 있었다. 종이를 둥글게 만 뒤, 조심스레 침을 발라 궐련을 만든 송영감은 문득 고개를 들어 앞에 선 나를 바라보더니 궐련을 내밀었다. 아편을 끊은 뒤로는 담배 같은 것은 입에도 대지 않았지만, 마다하지 않고 그 궐련을 받아들었다. 송영감은 궐련을 하나 더 만 뒤, 겹저고리 주머니에서 성냥을 꺼내 불을 붙여 내게 내밀었다. 나는 한껏 연기를 빨아들였다. 송영감의 침이 밴 궐련의 끝이 빠지직 소리를 내며 빨갛게 타들어갔다. 어느 봄의 일요일, 아래쪽에서 훈풍이 불어오는 언덕배기의 나른함이 순식간에 온몸으로 밀려들었다. 연기에 취해 내가 약간 휘청거렸던지 담배를 문 송영감이 내 팔뚝을 잡고 사진관 바깥으로 끌고 나갔다.

사진관 앞 버드나무가 반투명한 연초록 옷을 입은 것처럼 새뜻했다. 송영감은 벌써부터 사진관 앞에 나무 장의자를 내놓았다. 솜저고리를 벗고 겹저고리를 입는 시절이 시작되면 송영감은 그 의자에 앉아 궐련을 피우며 오가는 사람들을 바라보는 게 일이었다. 가끔 타관 사람이 멋모르고 길이라도 물었다가는 구한국이 망한 이래 평양을 떠나 서간도와 북간도와 연해주를 떠돌며 장군들과 미인들과 난봉꾼과 화냥년들을 만난 사연을 하염없이 들어야만 했다. 망한 나라라는 건 그런 것이었다. 갖은 일들을 다 겪고 이제 가게 앞 장의자 하나만 차지하게 된 노인의 입에서 하염없이 흘러나오는 옛이야기 같은 것.

나는 송영감의 옆에 앉아 어제 도착한 전보 얘기를 꺼내며 이제 그만 경성으로 돌아가기로 결심했다고 말했다. 그간 여러모로 정이 든 송영감에게 떠난다는 말을 하는 게 아쉽기도 하고 미안하기도 해 겨울 내내 생각한 끝에 내린 결정이라고 덧붙였다. 송영감은 귀가 들리지 않는다는 듯이 잠자코 있다가 쏘듯이 말했다.

"젠장, 그런 결심을 하는 데 온 겨울을 다 보내야 하누? 겨우내 이번 봄에는 꼭 피어야 하겠다고 생각해서 꽃이 피는 것이던가, 어디?"

진심으로 못마땅하다는 듯이 담배를 비벼 끈 송영감은 가게에 들어가 궐련을 두 개 더 말아와 한 개비를 내게 건넸다. 머뭇거리는 꼴을 보이기 싫어 나는 다시 궐련을 입에 물었다. 다시 빠지직 소리를 내며 궐련 끝이 타들어갔다.

"자네가 몇 년생이던가?"

"경술년생입니다."

"영락없이 망한 나라 소생이구먼. 그렇지. 우리 때야 울화통이 터져서 젊은 사내라면 응당히 다들 총을 둘러메고 산으로 들로 다니는 게 옳은 일이라고 생각했지. 왜 안 그렇겠나? 왜놈들 밑에서 종살이를 하느니 들을 요 삼고 밤하늘을 이불 삼더라도 활개치면서 사는 게 당연하지. 하지만 이제는 그런 세월이 아니라는 걸 나도 알게 됐어. 내 나이가 올해로 벌써 쉰아홉이야. 정말 넘기 힘든 육십 고개를 올라가고 있는 중이라고. 이 정도 살아보니까 혈기로 되는 일이 있고 안 되는 일이 있어. 9·18 사변 나고 세상 돌아가는 사정을 보니 이제는 영 어렵다는 생각이 자꾸 드는 걸 어떡해? 자식놈들은 우리처럼 살지 말고 좀 행복하게 살았으면 좋겠다는 생각도 들고 말이야."

"영감님에게도 자식들이 있습니까?"

내 말에 송영감은 발끈 소리를 내질렀다.

"만주에 불쌍한 여편네들이 얼마나 많았는데. 만주 땅에서 자란 어린것들이 죄다 내 자식들이지. 그렇고말고."

송영감은 착잡한 눈빛으로 고무신만 바라보다가 손가락이 타들어가기 직전까지 궐련을 빨아들였다.

"그러니 경성에 가서 잘살 수 있는 길이 있으면 얼른 가라는 게 내가 하고 싶은 말이야. 뭘, 그런 걸 두고 겨우내 생각하고 그러느냐 말이야. 자네는 어느 여편네가 죽자고 사랑하는데도 겨우내 생각해본 뒤에야 그 엉덩짝이라도 한번 만져볼 텐가?"

송영감의 말에 나는 소리내어 웃음을 터뜨렸다. 송영감은 내게 줄 게 있다며 다시 가게로 들어갔다 나와서는 엉뚱한 얘기를 꺼냈다.

"내가 러시아 처녀 사랑한 얘기 해줄까? 해삼위블라디보스토크에 있을 무렵이니까 그게 언제 적 일일까 몰라. 훈춘한민회에 접선할 일이 있어서 훈춘하를 건너 간도 땅으로 들어오던 참이었는데, 나를 환영하려는 것인지 양쪽 강변에 붉은 깃발이 즐비하게 꽂혀 있는 게 아닌가. 그 깃발을 보니까 가슴이 벌렁거려서 견딜 수가 없는 거야. 그건 바로 골골마다 황금이 수두룩하다는 뜻이니까. 금전꾼들이 금전판을 꾸릴 때는 제일 먼저 붉은 깃발을 꽂아놓으니까. 그래서 훈춘하를 지금도 홍기하紅旗河라고 하잖아. 홍기하, 말만 들어도 가슴이 다 설레지 않아?"

무슨 말을 하려는 것인지 짐작이 가지 않아 나는 물끄러미 송영감을 쳐다봤다.

"어쨌든 그걸 보고는 송영감 또 넋이 나갔지. 그래서 접선이고 뭣이고 간에 다 팽개쳐버리고 금 캐겠다고 나선 거야. 삶은 달걀이 익힌 계란이지 뭐. 전쟁을 해서 새로운 세상을 만드는 것이나 금덩어리를 캐내서 새 인생을 개척하는 것이나. 그래서 한 사흘 신나게 물곬을 파고 키질을 했는데, 어느 날은 그만 금전판으로 가는 길에 연해주에서 피란 와 훈춘에 머물던 백계 러시아인 일가족을 만나 더듬더듬 러시아어로 해삼위 사정을 들려준 일이 있었어. 어깨너머로 배운 러시아 말이니까 그게 좀 우스웠던지 몸이 호리호리한 그 집 딸이 멀찌감치 듣고 있다가는 내가 입만 열면 까르르까르르 웃음을 터뜨리더라고. 그 웃는 모습을 보니 황금이고 뭣이고 또 흥취를 잃어버렸지. 그때부터 맥이 풀려 땅을 파기도 싫고 키를 잡기도 싫어진 거야. 어깨가 축 늘어져서 걸어가다가보면 그만 그 백계 러시아 사람들 마차 앞이고. 그러던 어느 날 저녁인가, 그 앞을 지나가다가 그 딸하고 딱 눈이 마주쳤어. 눈에 입이라도 달렸다면 보이는 것을 몽땅 집어삼키겠다는 듯이 달려드는 그런 눈이 아니었겠나?"

"그래서 또 앞뒤 재볼 것 없이 달려들었다는 말씀이군요."

"당연하지. 그 사람들 하얼빈으로 떠날 때까지 한 사흘 밤마다 엉겨붙어 살았지. 내 눈에서 빛이 사라질 때까지 딱 붙어 있기만 했어. 헤어지는 날, 내가 러시아어로 말했다구. 스바시바. 스바시바. 그러니까 그 말에 그 여자가 또 꺄르르꺄르르 웃어대더군. 헤어지는 마당인데도 꺄르르꺄르르. 그 웃음소리가 얼마나 좋았던지, 저절로 어깨춤이 나오더라구. 여자와는 그렇게 헤어지는 거야. 아마도 이정희 선생도 저승에서 꺄르르꺄르르 웃고 있을 것이네. 그만하면 자네도 할 만큼 했으니까."

그 말과 함께 송영감은 주머니에서 사진들을 꺼냈다.

"자네가 찾아달라던 사진이네. 어제 우연히 서랍을 정리하다가 발견했어."

그건 일 년 전 봄, 정희와 내가 영국더기에서 찍은 사진이었다. 사진 속에는 한때 우리가 함께 보낸 시절들이 고스란히 담겨 있었다. 그러니까 멀리서 몸을 뒤척이며 흘러가던 강물들. 눈송이들처럼 떨어져내리던 봄의 하얀 꽃잎들. 십자가를 향해 구불구불 이어지던 영국더기 언덕길 같은 것들. 그러니까 정희의 보물들. 우리가 함께, 지치지 않고 함께, 바라보던 보물들. 정희와 내가. 함께. 나는 그 사진 속의 정희에게 말했다. 고맙다고. 눈물을 흘리면서, 또 웃으며.

짧게, 그리고 길게 모두 세 번의 비가 내린 금요일과 일요일 사이. 길게 드리운 구름장 뒤에서 종이로 만든 것처럼 투명할 정도로 창백한 만월이 다시 이지러지기 시작한 열엿새의 낮과 밤. 세상의 모든 버드나무 가지들이 내게 말을 걸었던 사십팔 시간. 심장에 돋아난 귓바퀴가 어둠의 가장 깊은 곳에서 울려퍼지는 말들에 귀를 기울이던 마지막 토요일 저녁. 끝으로 세차게 소나기가 내렸고, 그 비를 온몸에 고스란히 맞은 여옥이가 지난가을 해란강변 버드나무의 사연과 내게 여자를 사랑하게 되면 모든 게 달라질 것이라고 말했던 한 사내의 일들과 자신이 변절한 게 아닐까고 의심하다가 결국 변절하게 된 또다른 사내의 운명이 어지럽게 씌어진 내 방문을 열고 들어왔다. 어둠이 짙게 깔려 문을 여는 기척만 들릴 뿐, 누가 들어오는 것인지 알 방법이 없었으나 서늘한 밤바람과 함께 밀어닥친 비린 냄새만으로도 나는 그게 여옥이라는 걸 알 수 있었다. 봄나무의 몸에다 대고 입을 비비며 하나하나 봉오리를 틔우는 봄비를 맞은 여옥이의 보이지 않는 몸에서 하얀 김이 모락모락 피어나는 게 눈에 보였다. 나는 봄비를 흉내내어 그 김이 피어나는 자리마다 입을 맞췄다. 여옥이의 몸이 완전히 열릴 때까지. 여옥이의 어두운 몸이 깨어나 노래를 부를 때까지. 그리고 내 몸의 밤이 다시 환해질 때까지.

모로 돌아누운 여옥이의 뒤에서 등뼈를 하나하나 혀로 핥아가자, 여옥이는 내 오른손을 자신의 가슴으로 끌어당겼다. 내가 자기 등뼈의 생김새를 확인할 때마다 여옥이는 낮은 탄성을 내뱉었다. 낚시에 붙잡힌 물고기처럼, 여옥이는 가슴살이 빨갛게 홍조를 띨 정도로 가쁘게 숨을 몰아쉬다가 바다가 어떻게 생겼는지 보여줄 수 있느냐고 내게 물었다. 나는 물기로 축축한 여옥이의 검은 몸을 어루만지며 여름 땡볕을 받아 마른 돌들이 하얗게 타오르는 광경을 떠올려보라고 말했다. 바다란 그 마른 돌들이 흐느껴 잠들면서 꾸는 꿈이라고 말했다. 내 말에 여옥이는 몸을 뒤척이면서 우리는 서로 다른 지방에서 자랐기 때문에 서로의 말을 이해하기는 어렵다고, 그런 말로는 바다를 떠올릴 수 없으니 물결 하나만 보여달라고 말했다. 한줌의 달빛이면 보름의 밤을, 한 닢 꽃잎이면 봄날의 바람을 볼 수 있으니 어서어서 이랑이 긴 물결 하나는 보여달라고. 나는 어둠 속에서 미끈거리는 여옥이의 몸안으로 남해 푸르른 물결 하나를 밀어넣었다. 우리는 둘이서 함께 모든 맨몸의 물고기들을 따뜻하게 덮어주는, 세상에서 가장 큰 푸른색 이불이 됐다. 우리는 지치지 않고 서로 밀려왔다가 또 밀려갔으며, 우리는 쉬지 않고 아래위로 출렁거렸다. 내 안의 작은 물결로부터 파도 소리가 들려오더니 온 방안으로 남해가 밀어닥쳤다.

공중으로 떠가는 하얀 돛의 젖은 배들, 한데 모여 시퍼렇게 휘어지는 물방울들, 별자리의 길만을 조심스럽게 밟고 가는 여러 마리 새들, 바라볼 때마다 환하게 열리고 또 환하게 닫히는 수천의 작은 창문들, 가닿을 수 있는 가장 먼 해변으로 밀려와 슬픔의 경계만을 간신히 표시하고 물러서는 파도들, 막 울음을 터뜨리려는 아이의 눈망울 너머로 내다보이는 세상과 같은 풍경들. 바다라는 것. 그날, 여옥이에게 내가 보여준 바다라는 것. 바다의 풍경이 우리의 검은 눈썹을 스쳐지나간 뒤, 여옥이는 내 가슴에 뺨을 비비며 말했다. 혁명의 도리를 깨치고 연락원 일을 한 뒤로는 그게 내가 아는 세계의 전부였습지. 이슬을 맞으면서도 신이 나서 밤새 노루처럼 산을 타고 다녔습둥. 엉겅퀴나 산국山菊 날카로운 이파리들이 종아리에다 내가 어떤 사람인지 적어놓았습지. 여옥이는 잠시 말을 멈추고 가만히 내 심장에 얼굴을 붙이더니 귀를 기울였다. 마치 내가 그대로 숨을 멈추고 죽어버리기라도 한 것처럼. 그리고 다시 길게 숨을 내쉬더니 여옥이는 내 왼쪽 가슴에 오래도록 입을 맞췄다. 나를 데려가우. 이번에는 진짜 바다를 내게 보여줍소. 사람은 무엇 때문에 살며 어떠한 사람으로 되며 사람으로 어떻게 해야 하는가, 나는 잘 압지. 그러니 내게 진짜 바다를 보여줍소. 그럼 나는 숨이 다하는 그날까지 당신의 바다로 들어가는 작은 오솔길이 되겠습둥.

그리하여 어둠 속에서 나는 고개를 끄덕였다. 어둠 속에서 내 얼굴이 몇 번 환해졌다가 어두워졌다. 몇 번의 계절이 찾아왔다가는 또 물러갔다. 나는 여옥이의 손을 움켜잡았다. 그제야 나는 여옥이가 없으면 나 역시 이제 다시는 바다를 볼 수 없게 됐다는 사실을 깨달았다. 여옥이는 보름 넘긴 달처럼 조금씩 수척해지는 얼굴로 하얀 궤도를 그리며 내 가슴 위에서 잠들었다. 나는 어두워질수록 빛이 나는 여옥이의 몸을 어루만지며 여옥이와 함께 경성으로 돌아가기로 결심했다. 출렁이는 물결처럼 밤새 여옥이는 내 가슴 위에서 뒤척였다. 그러므로 사흘째, 길송이 형이 찍은 사진들이 어랑촌 소비에트에 전해지지 못한 까닭은 모두 바다 때문이라고 해도 좋으리라.

내가 용정으로 파견 와 우연인지 계획인지 정희를 만나고 영국더기 언덕에 앉아 중얼중얼 끝도 없는 얘기를 나누고 또 사랑하게 되는 동안, 9·18 사변으로 만주 일원을 장악한 일본군은 북간도 지역에 산재한 비적들, 즉 항일 무장세력을 소탕하는 데 전력을 다했다. 일본군의 제1차 대토벌은 내가 용정에 도착하던 1932년 봄에 시작해 내가 정희의 죽음으로 받은 상처를 모두 치유한 1933년 3월에 끝났다. 이 토벌을 위해 1932년 4월 3일, 나남 주둔 조선군 제19사단 병력으로 구성된 간도파견대가 용정과 연길 등지로 들어왔고 같은 달 17일에는 관동군 히라카平賀부대가 장춘에서 들어와 간도파견대와 합세했으며 관동군 쓰루미鶴見부대도 영안에서 간도로 들어왔다. 이 세 부대를 주축으로 이미 북간도 땅에 주둔하고 있던 군경과 자위단이 더해진 토벌대는 훈춘, 연길, 화룡, 왕청 등지의 항일지구를 집중적으로 공격하기 시작했다. 1932년 가을까지 계속된 토벌로 일본의 만주 침략에 저항하고 나선 중국군, 독립군, 공산유격대 등이 심각한 타격을 입었다. 나카지마의 부대가 화련리 대성촌을 토벌한 것도 이때의 일이었다.

1932년 11월부터 일본군은 동기 대토벌을 시작해 화룡현 어랑촌, 연길현 의란구, 석인구, 삼도만, 훈춘현 대황구, 연통라즈 등지를 포위 토벌했다. 일본군의 공세에 맞서 산발적인 저항은 있었지만, 국민당 계열의 구국군, 공산당 계열의 유격대, 토비 계열의 산림대, 조선인 독립군 부대 등 여러 갈래로 저항 세력의 축이 갈라져 있었기 때문에 비행기까지 동원해 조직적으로 압박해오는 일본군의 토벌에 저항세력은 맥없이 무너질 수밖에 없었다. 1933년 3월, 공산유격대측에서 발표한 '반일 사병에게 고하는 글'에 나오는 '최근에 당신들이 당한 실패는 최후의 실패가 아닙니다. 전 만주 반일전쟁의 실패는 더구나 아닙니다. 만주 노농병의 반일전쟁과 모든 중외착취자를 반대하는 투쟁은 필연코 최후의 승리를 거둘 것입니다. 동지들! 당신들은 마땅히 혁명정신으로 실패의 교훈을 살려 떨쳐 일어나야 합니다'라는 문장은 역설적으로 북간도 내 반일세력의 처지를 극명하게 보여주는 게 아닐 수 없었다.

1933년 1월 26일, 국제공산당 주재 중국공산당 대표단이 중공중앙의 명의로 만주 공산당원들에게 보낸 '1·26 지시서한'은 바로 일본군에 의해 점령당한 만주의 특수성을 인정하고 지난해 북방회의의 좌경적 오류를 시정하는 내용을 담고 있었다. 1·26 지시서한은 일본군의 토벌에 의해 심각한 위기 상황으로 치닫고 있던 만주 내 항일투쟁의 급박한 상황을 고려해 만주의 정세를 일본과 각 민족 간의 모순이 기본 모순이라고 판단하고 가능한 한 통일전선을 결성할 것을 요구했다. 이에 따라 도시에서의 노동자 파업, 농촌에서의 지주 토지 몰수, 구국대 내의 홍군 조직, 소비에트 건립 등의 극좌적 방침이 철회되고 광범위한 항일민족통일전선 수립이 가장 중요한 과제로 설정됐다. 항일민족통일전선의 수립. 이는 항일이라는 한 가지 목표를 위해 각 파벌과 정파와 민족을 모두 아우른다는 뜻이었다. 하지만 이는 또한 항일민족통일전선 안으로 들어온 여러 정파와 파벌과 민족이 언제라도 우경, 파쟁, 민족주의의 감투를 쓰고 숙청될 수 있다는 사실을 뜻했다.

1·26 지시서한은 1930년대 만주 내 항일운동의 환희와 비극을 모두 내포한 채, 1933년 4월 중공 만주성위에 전달됐고 이 지시에 따라 만주성위는 그해 5월 성위 확대회의를 소집해 5월 15일 '반제통일전선방침을 집행하고 무산계급의 영도권을 쟁취할 데 관한 결의'를 채택했다. 1933년 5월 하순, 중공 만주성위는 양파와 반경우를 공작조로 파견해 이 두 가지 지시사항을 중공 동만특위에 전달했다. 성위 공작조와 동만특위 서기 동세영은 왕청현 대리수구에서 왕청현위 확대회의를 소집한 뒤, 그 1·26 지시서한의 정신을 다른 현위에 알리기 위해 6월 10일 '민중에게 알리는 중공 동만특

위의 글'을 발표해 '광범한 대중의 전 민족적 통일전선'을 결성하여야 하며 '중한中韓 민중은 반드시 연합하여 공동의 적 일본 강도를 반대해야 한다'고 지적했다. 그리고 9월 14일, 중공 동만특위는 왕청현 유격근거지에서 제1차 확대회의를 열어 지난 삼 개월 동안의 사업을 살펴보고 이후의 과제를 점검했다. 이 제1차 확대회의에서 나온 결의에 '화력을 집중하여 파벌주의와 민생단 간첩에 대해 타협적 태도를 취하는 것을 반대해야 하며' '파벌주의와 민생단은 각 현의 지도부를 차지하고 있을 뿐만 아니라 특위의 영도를 포위하고 있다'는 구절이 나와 1932년부터 문제가 되어온 민생단 문제가 중공측의 공식 문서에 언급되기에 이르렀다. 1933년 3월에 끝난 일본군의 토벌이 재개된 것은 1933년 11월 17일. 이 기간에 1·26 지시서한의 정신은 만주 전역에 광범위하게 유포돼 다양한 파벌이 항일민족통일전선의 우산 안으로 들어왔다. 관내로 철수하지 않은 조선인 무장부대들도 그 우산 밑으로 들어간 것은, 그러므로 당연했다.

그처럼 겉으로 보기에는 만주국이라는 새로운 국가가 수립되고 비적들에 대한 토벌도 다 끝나 모든 게 평온해 보이던, 그러나 눈에 보이지 않는 지하에서는 1·26 지시서한의 정신이 만주의 각 현위로 전달되느라 분주하던 1933년 4월의 어느 화창한 일요일, 우리는 송영감이 빌려온 마바리에 쌀과 소금과 무명 등을 싣고 여옥이 언니의 혼례식이 열린다는 화룡현 이도구 근처의 작은 촌락인 유정촌을 향해 출발했다. 사진을 찍어오겠다고 의란구 쪽으로 간 길송이 형을 제외한 송영감, 용덕이, 산이, 나, 정주댁, 정주댁의 아이들, 여옥이 등이 모두 그 마바리에 올라탔다. 어김없이 또 자신이 한때는 마부로 일했음을 주장하며 고삐를 잡은 송영감의 너스레가 말발굽 소리보다도 더 우렁차게 약간 서늘한 듯 느껴지는 아침 공기를 갈랐다. 그 너스레를 받아치는 정주댁의 대꾸도 만만치 않아 다들 환하게 웃음을 터뜨렸다. 소리내어 웃다가 때로 나는 남몰래 손을 뻗어 탈 때부터 미리 옆에 앉은 여옥이의 손을 움켜잡았다. 여옥이의 까무잡잡한 손이 내 손아귀 속으로 쏙 들어왔다가는 이내 수줍은 듯 사라졌다. 나는 송영감의 이야기를 들으며 연신 오른손을 코에다 대고 냄새를 맡았다. 그럴 때면 양볼이 빨개진 여옥이가 내 팔소매를 은근히 잡아당겼다. 만주국 들어서 새로 닦은 길을 마바리는 아주 천천히 지나갔다. 어깨에 짐을 짊어지고 걸어가는 중국인 쿨리와 지게에 나뭇단을 잔뜩 짊어진 채 팔가자로 팔러 나가는 나무꾼과 멀리서 요령을 울리며 다가오는 소달구지 등이 휘청휘청 늘어진 전신주와 막 새순이 돋아나 푸릇푸릇해진 버드나무와 멀리 가까이 서로 겹쳐져 황톳빛으로 보이는 봉우리를 배경으로 스쳐갔다. 그러다가 요란스런 엔진 소리와 함께 뒤쪽에서 일본군 트럭이 쏜살같이 지나가고 나면 그 풍경들은 모두 먼지를 한 바가지씩 뒤집어썼다. 그런 트럭이 몇 대 더 지나가게 되자, 마바리 짐칸에서는 웃음이 사라지고 절로 욕설이 튀어나왔다.

용정 쪽으로 가다가 이도구 방향의 산길로 접어들어 얼마 지나치지 않았을 무렵, 길목을 지키고 섰던 만주국 병사들이 길을 가로막았다. 송영감이 고삐를 잡아당겨 마바리를 세운 뒤, 병사들에게 다가갔다. 이따금 들리던 영각 소리도 들리지 않는 것으로 봐 인근에는 집이 없는 듯 보였다. 힘든 길을 올라오느라 숨이 찬 말들이 꼬리를 치면서 콧방귀를 뀌었다. 병사들은 송영감을 밀어붙이고 짐칸까지 와 우리더러 모두 내리라고 한 뒤, 짐칸에 실린 물건들을 하나하나 살폈다. 송영감은 오늘 유정촌에서 혼례식이 열려서 부조 물품과 함께 다들 축하해주러 가는 길이라고 중국어로 말했다. 하지만 불과 이 년 전까지만 하더라도 중국 육군이었을 만주국 병사들은 연신 "부씽不行! 부씽"이라고 소리치며 송영감을 떠다밀었다. 내 중국어로는 병사들이 말하는 통행금지 사유를 알아들을 수 없었으므로 용덕이에게 무슨 일이냐고 물었다. 용덕이는 심드렁한 표정으로 말이야 유정촌이 적색 지구라 민간인의 출입을 통제한다는 얘기지만, 그 속뜻은 돈을 바치라는 것이라고 빠르게 뇌까렸다. 아니나 다를까, 송영감은 도무지 말이 안 통한다고 여겼던지 병사들 중의 우두머리를 찾았다. 병사 중 하나가 뭐라고 소리를 지르자, 숲속 어딘가에서 고함소리가 들렸다. 송영감은 괴춤을 어루만지며 수풀을 젖히고 고함소리가 난 쪽을 향해 걸어갔다.

잠시 뒤, 다시 아까 그 고함소리와 함께 송영감이 빨갛게 상기된 얼굴로 숲속에서 나왔다. 가도 좋다는 얘기였다. 짐칸에 앉아 있던 사람들 모두 환호성을 질렀다. 송영감은 늦겠다며 빨리 가자고 말하며 검문소를 통과했다. 하지만 우리가 탄 마바리는 그런 검문소를 두 번이나 더 지나가야만 했고 그때마다 뇌물을 바쳐야 했다. 그나마 다행인 것은 일본군들이 없었다는 점이라고 용덕이가 말했다. 이상한 일입지, 어째 일본군이 한 명도 아니 보임둥. 나로서는 그게 왜 그렇게 이상한 일인지 알 수 없었다. 세번째 검문소를 통과한 뒤부터는 길은 좋지 않았으나 오가는 사람도 없어 더없이 한가했다. 쭉쭉 뻗은 원시림과 시원한 산바람을 한껏 누리다가 문득 나는 여옥이가 그리워져 옆에 앉은 여옥이의 손을 다시 한번 움켜잡았다. 이번에도 얼른 손을 빼내려고 드는 것을 더 세게 움켜잡았다. 여옥이가 나지막하게 아아, 라고 중얼거렸다. 여옥이는 살아 있다. 내 곁에 살아 있다. 이런 생각에 새삼 감동하다가 나는 용덕이와 눈이 마주쳤다. 용덕이는 얼른 내 시선을 피했다. 그제야 나는 짐칸에 앉은 모든 사람들에게 여옥이도 나와 함께 경성으로 돌아가기로 했다고 소리쳐 말하고 싶었다.

유정촌은 마바리를 타고 신작로에서 한 시간 정도 들어가는 골짜기에 자리잡고 있었다. 집이라고 해봐야 겨우 스무 채가 안 되는 작은 동리로 주민들은 모두 조선 사람이었다. 유정촌 뒤로는 험한 봉우리들이 잇따라 가로막고 있었다. 하지만 그 봉우리들은 하나같이 험준했기 때문에 유정촌 사람들은 앞쪽으로 트인 산길을 따라 이도구를 오가며 생필품도 구하고 농산물도 내다팔았다. 우리가 도착한다는 소식을 미리 알고 있었던 마을 사람들이 동구 밖까지 나와서 우리를 기다리고 있었다. 여옥이는 내 손을 뿌리치고 벌떡 일어서 쌀부대 위로 올라서더니 손을 흔들며 큰 목소리로 어머니라고 외쳤다. 솔개 한 마리 떠다닐 뿐, 한가롭기만 한 봄날 오후의 산골 풍경으로 여옥이의 목소리가 울려퍼졌다. 그 목소리에 사람들 사이에서 초록색 저고리에 분홍색 치마, 그리고 저고리 위에 화려한 색깔의 배자를 걸친 한 여인이 손을 흔들었다. 여옥이의 어머니로 보였다. 여옥이는 짐칸에서 풀쩍 뛰어 산길을 따라 달려갔다. 송영감 역시 고삐를 바짝 죄며 말들을 다그쳤다. 말들은 콧김을 내뿜으면서 힘차게 가파른 산길을 따라 올라갔다. 갑작스럽게 속도를 높이는 바람에 마바리가 금방이라도 뒤집힐 듯 흔들렸다. 짐칸에 탄 사람들은 저마다 비명을 질렀다. 나는 짐칸의 한쪽 난간을 잡고 고개를 뒤로 젖혀 하늘을 바라봤다. 덜컹덜컹. 마바리가 흔들릴 때마다 내 고개가 까딱거렸다. 태양은 붉고 하늘은 푸르렀다. 그리고 그날, 세상이 한번 더 바뀌었다. 붉은 태양과 푸른 하늘만 그대로 두고. 나만 그대로 두고.

태양은 붉고 하늘은 푸르다. 바람은 서늘하고 땅은 뜨겁다. 버들잎은 흔들리고 구름은 흘러간다. 그리고 가느다란 한줄기 검은 연기, 피리 소리처럼 허공으로 스며든다. 다시 처음처럼 나는 하늘을 바라보며 여기 누워 있다. 지금 여기 혼자만 남아. 나만 놔두고 붉은 태양과 푸른 하늘과 서늘한 바람과 뜨거운 땅과 흔들리는 버들잎과 흘러가는 구름과…… 그리고 모든 것은 소용돌이친다. 나만 놔두고 저희들끼리. 그걸 견딜 수 없어 나는 눈을 감는다. 오래전에 모두 말라버렸다고 생각했는데 두 눈동자에서 예기치 않은 물이 흘러내리다가는 이내 말라버린다. 나는 그게 눈물이라고는 생각하지 않는다. 그건 액화된 형태의 분노일 뿐이다. 내 몸에서 뭔가가 흘러나온다면 그건 모두 분노일 뿐이다. 지금 내게 필요한 것은 눈물도, 아편도 아니다. 다만 내 몸안에서 고동치는 심장만큼의 분노다. 나는 질끈 감은 두 눈을 뜨지 못한다. 그런 나를 내려다보며 송영감이 말한다.

사내란 동물이 천당에 들어가기 위해서는 어떻게 해야만 하느냐? 우선 이렇게 혼자 누워 있어서는 절대로 바라지 못할 일이지. 살기도 오래 살았거니와 한 네댓 번 저승 구경을 다녀올 기회가 이 송영감에게도 있었단 말씀이야. 저승이라고 가보니 비실비실한 남정네들이 한 줄로 쭉 서 있는데, 술 처마시고 모르핀 맞아 즉사한 아편쟁이가 하나면 회령에서 사염私鹽 밀수하다가 해관海關 놈들에게 맞아죽은 가난뱅이가 또하나요, 경비대에 붙잡혀 사람들 보는 앞에서 목 잘린 공산당원이 하나면 기생 배 위에서 한가롭게 노 젓다가 그만 황천 넘어온 지주가 또하나였느니라. 그 인간들을 쭉 세워놓고 염라대왕님께서 말씀하시기를, 아이구, 저승이 무슨 오랑캐 고개라도 되는 줄 알고 이리들 몰려든단 말이냐? 굶주릴 기飢 죽을 사死자 기사년 지낸 뒤로는 조선 사내들 등쌀에 눈 붙일 틈도 없으니 내 팔자가 너희 놈들과 매일반이다. 듣거라, 왼쪽 문으로 천당에 통하고 오른쪽 문으로는 지옥에 들어갈 수 있노라. 너희 놈들 살아온 내력 읊조리기도 입술이 다 부르틀 지경이니 다들 가고 싶은 곳으로 들어가든지 말든지 마음대로 해라. 그럼, 용덕이 자네 같으면 어느 문으로 들어갈 텐가?

옥으로 장식된 문玉門이라면 그게 지옥문이라도 들어가지 않겠습니까? 용덕이의 말이 끝나기가 무섭게 정주댁이 카랑카랑한 목소리로 받아친다. 그저 사내들이란 목 위에 저승사자 칼이 달린 것은 보지 못해도 제 사타구니에 달린 물건에서는 잠시도 눈을 떼지 못한다니까. 예끼, 이 녀석아. 돼지 목에 진주목걸이를 걸어도 유분수지, 어디 너 같은 녀석 바라고 옥을 장식할 계집이 어디 있기는 있다더냐? 내 목이 돼지 목인지, 기린 목인지 재보지도 않은 할망구가 알 턱이 있는가? 용덕이가 능청스레 받아친다. 아직 할망구를 가릴 겨를이 있으니 식소사번食少事煩이 죄 자네 몫이 아니겠는가? 그만하고 영감 얘기나 계속 들어보자구. 언제나 점잖은 길송이 형이 송영감에게 귀를 기울인다. 송영감, 대단하기도 하지. 꼭 남의 얘기를 하듯이 송영감이 입을 연다.

염라대왕 말이 끝나자마자 줄지어 선 사내들이 우르르 왼쪽 문으로 들어가는데도 송영감은 딱 버티고 서서 어느 문으로도 들어가지 않는 거야. 용을 돋을새김해놓은 옥좌에 비스듬히 앉아 있던 염라대왕이 한쪽 눈을 지그시 감으며 고개를 갸우뚱거렸지. 네 녀석은 천국도 마다할 참이냐? 그러자 송영감 가로되, 왼쪽 문으로는 사내놈들만 들어가는 걸 이 두 눈으로 죄다 봤는데, 거기가 무슨 천당이라고 따라붙겠습니까? 그 말에 대왕님 골이 아프다는 듯 눈을 질끈 감더군. 수즉다욕壽則多辱이라더니 늙은것이 우심하도다. 아이구 골치야, 죄다 귀찮아죽겠노라. 네 녀석 마음대로 하거라. 네 녀석에게는 어디가 천당인지 모르겠으나 거기로 얼른 가거라. 그 말에 나는 다시 두 눈을 번쩍 뜨게 된 거지.

그러니까 송영감, 두 눈을 번쩍 떴더니 정주댁 젖가슴 앞이었다는 얘기를 하자는 것 아니오. 용덕이가 낄낄거리며 말한다. 예끼 놈아, 이 골짜기로 108 호걸이 놀다 갔으니 네 놈이 기린처럼 목을 빼고 찾아보거라, 어디에 수박양산水泊梁山이 있는지. 정주댁이 발끈하며 가슴을 내밀자, 함께 춤이라도 출 것처럼 용덕이는 두 팔을 쫙 펼친다. 시대를 잘못 만나 영웅호걸은 되지 못했으나 어디 나도 수박양산, 그 물길이 얼마나 깊은지 한번 재어나봅시다. 돼지 목으로 여물통에 코라도 박을 수 있을라나 모르지. 정주댁이 깔깔거린다. 그 말에 다들 웃음을 터뜨린다. 그 웃음소리가 드높게 하늘로 울려퍼진다. 일어나라, 이제 그만 일어나라. 웃음을 그치며 송영감이 내게 말한다. 나는 다시 눈을 뜬다. 웃음소리와 함께 내가 사랑했던 사람들, 점점 지워진다.

이번에는 손가락이 잘린 사내 하나가 내 얼굴을 골똘히 내려다보고 서 있다. 몇 달 동안 방안에 틀어박혀서 자신은 변절하지 않았다고 소리치다가는, 또 얼마간은 자신이 정말 변절하지 않은 것인가고 의심하다가는, 또 얼마간은 자신은 이미 변절한 것이라고 생각하다가는, 또 얼마간은 자신이 변절했는지 변절하지 않았는지 확신하지 못하다가는 결국 일본 경찰의 앞잡이가 된 사람. 최도식. 그가 내 얼굴을 빤히 쳐다보면서 말한다. 너, 아직도 안 죽었니? 너는 살려주꼬마. 너만은 살려주꼬마. 나는 최도식의 얼굴을 뚫어져라 쳐다본다. 두려움이 일었다가 이내 분노로 바뀐다. 최도식과 나를 둘러싼 자위단원들의 얼굴이 투명해지는가 싶더니 서서히 사라지고……

다시, 태양은 붉고 하늘은 푸르다. 나는 흘러가는 구름을 오랫동안 바라본다. 그 구름을 가리며 하나둘 사람들의 얼굴이 눈에 들어온다. 깊은 밤처럼 검은 얼굴에 검은 눈동자. 그들은 밤의 군대이자 어둠의 병사들이다. 나는 고랑을 깊게 판 옥토처럼 탐스러운 그들의 검은 얼굴을 바라보고 누워 그 뒤로 숨은 구름을 그리워한다. 나는 오래간만에 중얼중얼 하이네의 시를 읊조린다. 한밤중은 차고 침묵에 잠겨 있었다. 나는 슬픔에 잠겨 숲을 헤매고 있었다. 잠든 나무들을 흔들어 깨웠다. 그러자 모두들 동정하는 듯 고개를 끄덕였다. 밤의 군대이자 어둠의 병사들은 나를 향해 묻는다. 살아 있는가? 나는 그들을 빤히 바라본다. 살아 있는가? 그들이 다시 묻는다. 나는 그들의 말을 따라 한다. 살아 있는가? 과연 나는 살아 있는가?

1933년 7월 어랑촌

오, 너 이렇듯 짐승처럼
증오에 불타 상대를 물어뜯고 있는 영혼이여,
내게 그 사연을 말해다오.
만일 네게 그럴 만한 곡절이 있다면,
너희들은 누구이며, 상대의 죄는 무엇이냐?

_단테

그리고 나는 또 무엇을 봤을까? 그날, 유정촌에 도착한 경성사진관 사람들이 마바리에 싣고 가져온 쌀과 소금과 무명 등 결혼식 부조 물품을 유격대에 전하기 위해 숲으로 옮겨놓는 것을 봤다. 벌써 결혼식만 세번째라던 여옥이의 언니와 형부가 마치 신혼이라도 된다는 듯이 환한 표정으로 혼례를 올리는 모습을 봤다. 여옥이네 마당에 앉은 사람들이 소풍이라도 나온 것처럼 환한 햇살 아래에서 신혼부부 아닌 신혼부부를 보면서 웃음을 터뜨리는 걸 봤다. 그들을 보면서 저마다 한마디씩 하면서. 술을 마시고 음식을 먹으면서. 송영감도, 용덕이도, 정주댁도, 정주댁의 아이들도, 산이도, 여옥이도. 순박한 낯빛으로 춤추던 마을 노인들도, 밥을 짓느라 분주했던 아낙네들도, 모처럼 입맛 나는 음식 냄새를 따라 날파리처럼 꼬이던 아이들도. 나도. 모두. 그리고 잔인함을, 총구를, 공포를,

총성을, 피를, 분노를 봤다. 하얀 옷을 적시던 핏물을, 찢어진 살갗으로 삐져나오던 내장을, 귀를 찢을 듯 하늘을 가로지르던 사람들의 비명을 봤다. 멀리 하늘에서 맴을 돌고 돌고 또 도는 솔개를, 초가지붕에서 비현실적으로 타오르던 불꽃을, 나의 뜨거운 숨결을 무참히 앗아가는 바람을 봤다.

나는 박도만이 이끄는 별동대가 올 때까지 그렇게 누워서 아무런 의미도, 소용도, 힘도 없는 눈물만 흘리고 있었다. 처음에는 두려움이 일었고 그다음에는 분노가 찾아왔으며, 그 분노가 채 사라지기도 전에 이미 죽은 것과 같은 상태인 한없는 무기력이 몸을 감쌌다. 그건 언제나 순서가 같았다. 두려움, 분노, 무기력. 정희가 죽었다는 말을 들었을 때도 그랬다. 영국더기에서 내려오다가 당장이라도 심장이 터져버릴 것만 같은 고통 때문에 실신한 적도 있었는데, 제창병원의 캐나다인 의사는 내 몸에는 아무런 이상이 없다고 말했다. 그럼 이 고통은 어디에서 오는 것입니까? 내 물음에 캐나다인 의사는 오른손 검지로 가슴을 가리키며 외국인 특유의 음성으로 그 고통은 마음에서 오는 것입니다, 라고 말했다.

나 외에 다른 생존자를 찾던 별동대원들은 내 왼쪽 십여 미터 정도 떨어진 곳에서 반듯하게 엎어져 있던 여옥이를 발견했다고 했다. 여옥이는 죽을힘을 다해 기어온 듯 온통 상처투성이 몸으로 내 쪽을 향해 오른손을 뻗은 채 쓰러져 있었다고 했다. 여옥이의 오른쪽 다리는 총상을 입어 뼈가 하얗게 바깥으로 드러나 있었다고 했다. 이미 죽었는가고 생각한 대원들이 그 곁을 스쳐갈 때, 여옥이는 귀신처럼 몸을 뒤집으며 눈을 떴다고 했다. 그리고 온 가슴을 찢어놓는 듯한 그 비명은 나도 들었다. 그대로 죽어버리지나 않을까 겁이 날 정도로 무서운 비명이었다.

깜짝 놀란 대원들이 엉거주춤 뒤로 물러서자, 여옥이는 일어서려다가는 이내 다시 뒤로 넘어지고 일어서려다가는 다시 뒤로 넘어지고, 그렇게 몇 번 반복하다가는 두 팔꿈치로 땅을 치며 등을 바닥에서 튕겼다고 했다. 그 바람에 일어난 먼지가 여옥이의 몸 위로 번져올랐다고 했다. 마음에서 비롯한 고통이 온몸을 꽉 움켜쥐듯이. 대원들이 여옥이의 두 어깨를 잡고 진정시킬 때까지 여옥이는 그렇게 버둥거렸다고 했다. 버둥거릴 때마다 먼지가 일었다고 했다. 마음에서, 여옥이의 마음에서 고통이 그렇게 솟구쳤다고 했다.

그런데도 나는 아무것도 할 수 없었다. 그저 누워서 그 비명을 들었다. 내 눈은 허약하기 짝이 없었다. 고통에 휩싸인 여옥이를 바라볼 용기가 없었다. 그저 누워서 위만 바라봤다. 태양은 붉고 하늘은 푸르다. 바람은 서늘하고 땅은 뜨겁다. 나는 누워서 울부짖는 여옥이의 목소리를 들었다. 어찌 이제사 오우! 어찌 그리 늦기 왔슴네? 인민의 군대래므 어찌 우리르 아니 살렸슴메? 내려오우, 어머니. 그 어찐 꽃마차요? 그 마차는 저승길 댕기다나니…… 겡기서 미실 하겠소? 우즈마, 언니. 가거던 사람처리 살기꼬마. 어찌 이제사 오우! 횡설수설하는 여옥이의 절규가 먼지를 실어나르는 동안 뜨거운 소용돌이 바람처럼 온 하늘을 감싸는 것을 나는 누워서 바라보기만 했다. 그렇게 나는 누워 있었다.

아픈 얘기를 먼저 해야겠다. 마음에서 고통이 일기 전에. 여옥이는 결국 오른쪽 다리를 잘라내는 수술을 받았다. 수술은 6호 마을에 있는 후방 병원의, 대머리라는 별명의 광둥 출신 의사가 담당했다. 태중에서부터 천주교인이었던 사람으로 별 탈 없이 명월구에서 개인 병원을 꾸려나가다가 사변이 일어난 뒤, 무슨 마음을 먹었는지 자발적으로 유격구에 들어와 부상병과 근거지 인민들을 위한 병원을 차렸다. 그가 공산주의자가 아닌 것만은 분명했다. 하지만 그렇다고 전도를 위해 들어온 것 같지도 않았다. 물론 근거지에서도 종교를 버리지 않아 일요일에는 어떤 경우에도 일을 보지 않고 성경책만 읽긴 했다. 만주국 건국 이후, 부상당한 유격대원이 치료받을 수 있는 병원은 거의 없었으므로 의사가 있다면 그가 예수를 믿든 부처를 믿든 따질 겨를이 없었다. 그가 한간漢奸이라고 하더라도 부상병을 치료할 수 있는 한에는 그의 도움을 받아야만 했다. 그래도 그 사실이 믿기지 않은 구위에서 몇 달간 엄중 감시하기도 했으나 쉬는 시간에는 성경책만 들여다보며 기도만 할 뿐, 별다른 특이사항이 없어 유격구에 들어온 지 일 년이 지난 뒤부터는 유격대원들이며 근거지 인민들과도 무람없이 지내기 시작했다. 처음 그 얘기를 들었을 때, 시베리아에서 출병한 군대에서 탈영해 한동안 유격대를 따라 북만 일대를 누비다가 상해로 떠났다는 체코 병사나 마적이 되고 싶어서 열여덟에 만주로 들어와 지금은 산림대에서 참모 역할을 하고 있다는 일본인의 얘기가 떠올랐다. 만주란 그런 곳이었다.

머리 까진 중년의 의사는 콧노래를 부르며 병기창에서 통조림통을 잘라서 만든 수술용 톱으로 여옥이의 오른쪽 다리를 잘라냈다. 애당초 마취제 같은 것은 있을 리 만무했고 사실 또 필요도 없었다. 톱이 오른쪽 무릎 아래 고름투성이 썩은 살 속으로 파고들자마자 여옥이는 기절해버렸으니까. 나중에 여옥이는 아픔 때문에 기절한 게 아니라 이제 다시는 연락원으로도, 소선대원으로도 일할 수 없게 됐다는 사실 때문에, 그리하여 복수를 할 수 없다는 사실 때문에 기절했다고 말했다. 여옥이에게 다리는 모든 것이었다. 그 다리로 밤길을 달렸고 그 다리로 내 허리를 감싸안았다. 지금도 여옥이를 생각하면 노루처럼 뛰어다니는 기억만 떠오른다. 엉겅퀴와 산국 날카로운 이파리들이 그녀가 어떤 사람인지 적어놓던 그 종아리만. 새벽의 푸른빛이 마치 바다라도 되는 양, 물뱀처럼 미끈거리던 그 종아리만. 이제 다시는 노루처럼 뛰어다니는 여옥이의 모습을 볼 수가 없다. 그 소식을 전해 듣고 거기까지 생각이 미치자, 나는 이제 내 눈동자가 아무런 의미도 없어졌다는 사실을 깨닫게 됐다. 잘려나간 다리는 통나무로 지은 두 칸짜리 병원 뒤에 묻혔다고 한다. 달빛도 미치지 않는 어두운 곳이었다.

여옥이가 후방 병원에서 치료받는 동안, 나는 왕우구에 있는 동만특위로 압송돼 심문을 받았다. 대단히 적대적인 분위기 속에서 나는 내 경력을 몇 차례나 반복해서 말했다. 1910년 통영에서 태어났다. 1929년 경성고등공업학교 건축과를 졸업했다. 1931년 남만주철도 회사 대련 본사 영선과에서 측량기수로 근무하기 시작했다. 1932년 돈도선 부설지 측량 관계로 만철 용정 지사에 파견됐다. 같은 해, 만철에서 사직하고 용정으로 돌아와 팔가자 경성사진관에서 일했다. 그들은 내게 돈도선 부설지 측량과정과 관련한 질문을 집중적으로 던졌다. 내가 알고 접촉한 일본인에 대한 질문도 이어졌다. 나는 내가 아는 모든 정보를 그들에게 제공했다. 다만 내가 경호대와 함께 움직이기는 했지만, 그 경호대를 이끄는 사람만은 나카지마 다쓰키가 아닌 다른 사람으로 둘러댔다. 경성사진관에서 일하던 인물들이 유격구에 사진 정보를 제공하던 자들이었다는 걸, 그리고 그 사진 중에 나카지마 다쓰키가 있었다는 걸 알게 된 이상에는 밝히지 않는 게 좋을 것 같았다.

그들은 내가 만철에서 나와 용정으로 돌아오게 된 사실을 가장 의아하게 생각했다. 나는 말했다. 유격대를 찾아가기 위해서라고. 그 말에 그들은 웃음을 터뜨렸다. 나는 다시 말했다. 유격대를 찾아가기 위해서라고. 그들도 다시 웃음을 터뜨렸다. 나는 또 말했다. 유격대를 찾아가기 위해서라고. 시간이 조금 지나서야 나는 누군가 내 뺨을 세게 쳤다는 사실을 알았다. 얼굴의 살갗이 찢어져 피가 흐른다는 사실을 알았다. 그래도 나는 유격대를 찾아가기 위해서라고 말했다. 그때는 그랬다. 누군가를 죽일 수만 있다면, 내가 살아온 과거를 송두리째 바꿀 수 있었다. 내 인생을 모두 바꿀 수 있었다. 나는 고문받았고, 그때마다 내가 살아 있다는 사실을 확인할 수 있었다. 그 끔찍한 광경들을 모두 목격한 후에 살아남은 자에게 고통은 그다지 고통스럽지 않다. 다만 그 고통을 통해 자신이 아직은 살아 있다고 자각하는 일이 좀더 우리가 아는 고통에 가깝다. 결국 그들은 내가 특무 임무를 띠고 유격구에 잠입한 것은 아니라고 결론지었다. 하지만 그렇다고 나를 유격대에 받아들일 마음은 없는 듯 보였다. 그들에게는, 밤의 군대들에게는 살아남은 존재가 시체보다 더 성가신 존재였을 테니까. 살아남은 존재는 질문을 만들어내니까. 그날, 유정촌에 있던 사람들은 다 죽었으며, 여옥이마저도 큰 부상을 입었는데, 어찌하여 너만 멀쩡하게 살아남을 수 있었느냐? 살아남았기 때문에 던져지는 그 질문. 나는 그 질문에는 대답하지 못했다. 결국 나는 처형될 것이라고 생각했다.

다시 들어온 사람은 나를 심문하던 자들이 아니라 중국인이었다. 말쑥한 군복에 붉은 별이 달린 모자까지 갖춰 입은 그는 얼굴이 길고 풍채가 좋아 보였다. 웃는 얼굴이었지만, 눈만은 웃지 않고 있었다. 그는 궐련을 꺼내 내게 내밀었다. 어디서 났는지 싸구려 마코도 아니고 은하였다. 나는 손도 내밀지 않고 그의 얼굴만 바라봤다. 약간 머쓱해진 표정으로 혼자서 담배에 불을 붙인 그 중국인은 큰 소리로 바깥에 있던 한 사람을 불렀다. 내 머리에 권총을 겨눴던 자가 들어왔다. 그가 중국인과 나 사이에서 통역을 맡았다. 중국인이 뭐라고 말했다. 허튼수작 부리지 말고 옳게 얘기하라우. 살아보겠다고 여기서 얕은 수를 부리다가는 당장 때려죽여버리겠어. 다시 중국인이 뭐라고 말했다. 그제야 그는 내게 니시무라 히데하치를 어떻게 알게 됐느냐고 물었다. 나는 대련 만철 본사에 있을 때, 그와 친분을 맺었노라고 얘기했다.

1930년 만철 내부의 일본인 공산주의자들은 대부분 검거됐는데, 그 과정에서 그는 대단히 괴로워했고 일본인이 아닌 내게 그 괴로움을 토로했었다. 술만 취하면, 조선인인 너는 그처럼 평온한 얼굴인데, 나는 왜 이다지도 괴로운 것인가, 라며 소리치곤 했다. 하지만 나는 니시무라 히데하치가 그 당시에도 공산주의자였다고는 믿지 않았다. 그는 여전히 변절의 고통에서 벗어나지 못하는 사람이었을 뿐이고 그 수치심을 조선인인 나와 가깝게 지내는 식으로 해소한 것일 뿐이라고 생각했다. 자신은 신생 만주국에다 공산주의 사상을 불어넣겠노라고 말했다. 나는 어쨌든 좋다고 생각했다. 당시 만철에는 그런 인물들이 많았다. 심지어 나중에 관동군은 유일당을 만들지 못했을 뿐이지, 만주 곳곳에 '협화회'라는 세포조직을 결성하고 계획경제를 실시했는데, 그건 공산주의적인 정책과 대단히 흡사했다. 어쨌든 오랫동안 내가 얘기했음에도 통역은 몇 마디로 그 말을 요약했다. 중국인의 표정이 약간 굳어졌다. 그 사이에 통역은 내게 살려줄 테니 용정으로 돌아가라고 말했다. 나는 고개를 흔들었다. 나만 살려주는 것은 이제 충분하다고 얘기했다. 그게 싫다면 그냥 죽이는 수밖에 없다는 대답이 돌아왔다.

그때, 중국인이 뭐라고 소리를 질렀고 통역은 비굴한 태도로 그에게 뭔가 설명했다. 중국인은 빠른 목소리로 소리치고는 자리에서 일어섰다. 함께 일어나던 통역은 뇌까리듯 내게 중국인의 말을 전했다. 나는 네가 일공日本共産黨의 니시무라 히데하치를 아는 줄 알았다. 그제야 나는 통역이 내 말을 제대로 전하는지 의심스러워지기 시작했다. 중국인은 담배를 바닥에 집어던져 끄고는 문고리를 잡았다. 대충 돌아가는 사정을 눈치챈 내가 중국인을 향해 소리쳤다. 니시무라 히데하치는 지금 만철 조사부에 있습니다. 일본어로. 중국인은 나를 돌아봤다. 만주국에 공산주의 사상을 불어넣으려고 발버둥치고 있습니다. 중국인은 다시 자리로 와서 앉았고 통역은 약간 얼이 빠진 표정으로 나와 중국인을 번갈아가면서 쳐다봤다.

우리는 통역 없이 일본어로 대화했다. 하하핫, 천하의 니시무라 히데하치가 고작 만철 조사부에 가 있단 말인가? 일본 열도를 시뻘겋게 물들일 기세더니. 하하핫. 동만특위 서기인 그의 이름은 동세영. 안휘성 호동현 출신으로 학생운동을 지도하다가 1924년 중공당에 가입했다. 이듬해 중국 정부의 자금을 받아 일본으로 건너가 동경제국대학 예과 제1고등학교에서 수학했으며 곧 동경제국대학에 입학했다. 일본에 체류하는 동안 그는 중공 동경특별지부

서기를 담임한 엘리트 당원이었다. 혁명에 사로잡힌 불행한 사생아, 니시무라 히데하치를 만난 건 그 시절의 일이었다.

대련에는 1931년에 왔다고 했는가? 동세영이 내게 물었다. 정확하게 1931년 8월 25일이라고 내가 대답했다. 우리 사이에 선 조선인 통역은 우리의 대화 내용을 알지 못해 초조한 기색이었다. 내가 대련시위 서기를 막 그만뒀을 때의 일이군. 그때 니시무라 히데하치가 대련에 있는 줄 알았더라면 술이라도 함께 마실 것을. 니시무라는 1927년 옥중에서 전향했습니다. 하하핫. 일본인이라면 차라리 배를 가를 일이지, 전향이 다 뭐야? 그런데도 만주국에 공산주의 사상을 불어넣는 게 소원이라고? 그렇습니다. 마적의 노래를 부르면서 그렇게 말했습니다. 마적의 노래? 예. 나도 가겠으니 그대도 가게. 좁은 일본살이 싫증났다네. 나는 나지막하게 노래를 불렀다. 입이 말랐다.

그 순간 동세영은 그 노래를 따라 불렀다. 바다 건너 저편에 중국이 있네. 중국 사억 백성이 기다린다네. 빌어먹을 녀석. 섬나라가 좁아서 못 견디겠으니 중국혁명을 하겠노라고 난리를 치더니 결국 소원을 이뤘군. 나는 니시무라 히데하치도 잘 알고 대련과 만철도 잘 알지. 그건 자네도 마찬가지군. 그렇다면 자네에겐 아직 할 일이 남아 있어. 동세영은 나를 쳐다봤다. 조선인 통역은 그런 우리를 의심에 가득찬 눈으로 바라봤다. 그날 각자 지녔던 의심들. 그러니까 조선인 통역과 조선어로 대화하면 동세영이 그 내용을 의심하고, 조선인 통역이 동세영과 중국어로 대화하면 내가 이를 의심하고, 나와 동세영이 일본어로 대화하면 조선인 통역이 이를 의심하던 일이 어쩌면 앞으로 내가 보게 될, 도무지 납득할 수 없는 일들의 가장 큰 배경일지도 모르겠다.

어쨌든 대련에서 우연히 알게 된 니시무라 히데하치 덕분에 나는 유격구에서 사살되지도, 쫓겨나지도 않았다. 유격대에 들어가고 싶다고 말하자, 동세영은 우선 어랑촌 근거지로 가서 유격구로 들어온 다른 사람들과 함께 정치학습에 들어갈 것을 명령했다. 지금 여건이 좋지 않아. 조선인들이 자기들끼리 수립한 소비에트마다 좌경적 오류가 심하게 나타나고 있소. 구국군을 쟁취해야만 하는 정세인데도 조선인들은 구국군이 중국 군대라는 이유로 합작하지 않으오. 게다가 민족적 편견이 심해 중국인 지주에 대한 증오로 중간계급까지도 타도의 대상으로 삼으며 반半유격구에 대해서도 적개심을 표시하고 있기 때문에 반만항일통일전선 사업에 심각한 장애를 초래하고 있지. 당에서는 이런 오류를 시정하기 위해 1·26 지시서한을 내리는 등 갖은 노력을 다하고 있지만, 조선인들은 말을 잘 알아먹지 않으오. 지금 상황에서 자네 같은 지식분자는 무슨 일이 있어도 총을 잡을 수 없는 몸이야. 총을 잡은 지식분자들도 지금은 모두 떨궈내고 있는 형편이니까. 하지만 그나마 다행인 것은 자네가 지금부터 정치학습에 들어간다는 점이지. 적어도 전 조선공산당 분파와는 무관할 테니. 어쨌든 조선인인 이자들은 지금 당신을 죽일 마음을 먹고 있소. 좌경 바람을 시정하려고 무던히 애쓰고 있지만, 워낙 백구白區에서 험한 꼴을 당한 사람들이라 그건 어쩔 수 없는 측면도 있긴 하오. 원래 좌경 바람은 안에서 불어오는 게 아니라 밖에서 불어오는 것이니까. 정 총을 잡고 싶다면 구국군을 찾아가시오. 거기에는 조선인 민족주의자 분파세력들이 많이 똬리를 틀고 있으니까. 하지만 구국군들도 자네를 믿지 않기는 마찬가지일 거야. 적어도 적구에서 자네를 완전히 신뢰할 사람은 아무도 없소.

하지만 그건 그들이 말하는 백구에서도 마찬가지였다. 나는 고개를 숙이고 두 손을 바라봤다. 무기력한 손이었다. 간도 땅에서 내가 할 수 있는 일은 다시 용정으로 돌아가 일본을 위해 일하거나 아편쟁이가 되는 일뿐이었다. 제아무리 복수심에 불타오른다고 하더라도 내게는 복수할 방법이 없었다. 사실 근거지에만 해도 수백 명의 사람들이 총을 달라고 아우성이었다. 그들은 나보다 더 절절한 고통을 안고 사는 사람들이었다. 인간이 느끼는 고통에도 등급이 있다면, 내 고통은 그들에게 밀려날 수밖에 없었다. 나는 나 자신이 한없이 하찮게 여겨졌다. 어떻게 해야 하나? 무엇을 해야 하나? 하지만 내가 할 수 있는 일이라고는 하나도 없었다. 그런 마음을 알아챘는지 동세영이 내게 말했다. 당신에게는 할 수 있는 다른 일이 있으니 일단 정치학습을 받은 뒤, 공청共産主義青年團에 가입하시오. 학습 성과에 따라 당에서는 당신에게 적당한 과업을 내릴 것이오. 총을 가진 사람은 총으로, 지식을 가진 사람은 지식으로, 돈을 가진 사람은 돈으로, 모두 혁명의 길에 나서는 것이니까. 그 말과 함께 동세영은 통역을 맡았던 조선인에게 뭐라고 중국어로 설명하면서 밖으로 나갔다. 그때까지도 나는 내 두 손만 바라보고 있었다.

동만특위에서 어랑촌으로 돌아온 뒤, 나는 단합호에서 적위대 청년들과 함께 생활했다. 춘기 토벌이 끝난 뒤부터는 토벌대의 공세도 잠잠해졌기 때문에 근거지에서는 적 통치 구역에서 구해온 보리, 감자, 강냉이 같은 조숙 작물을 심고 조를 파종했다. 의회 주권이 왔다. 붉은 주권이 왔다. 무산대중의 핏값에 의회 주권이 왔다. 어떤 판단도, 어떤 생각도 없이 그런 노랫소리가 들려오는 들판에서 일할 때면 마음이 푸근해졌다. 다들 백구에서 공청단원으로, 적위대원으로 활동하다가 토벌에 가족이나 집을 잃고 유격구로 들어온 사람들이라 서로 의지하는 마음이 많았다. 마음이 굳게 닫혀 있는가 하면 한마디 말에도 쉽게 마음이 열리기도 했다. 소비에트 정권이 세워지고 혁명적 낙관론이 유격구 전반을 감싸돌면서 사람들은 조금씩 닫힌 마음을 열기 시작했다.

그러나 삶의 물결은 언제라도 굽이치면서 가만히 있고자 하는 사람을 그냥 내버려두지 않는다. 파종을 하다가도 유격구 경계 임무를 맡은 초소에서 신호총 소리가 들리면 그 자리에서 모든 것을 버려두고 산으로 도망가야만 했다. 산 정상에서 내려다보면 장마 끝의 황토물처럼 누런 복장의 토벌대가 유격구를 향해 밀려드는 모습을 지켜볼 수 있었다. 전방에서 유격대가 그들에 맞서 싸우지만, 기병에 박격포를 앞세운 토벌대를 당해내기란 중과부적이었다. 하지만 토벌대는 어랑촌 소비에트의 전력만을 탐색하려는 듯 번번이 소비에트까지는 들어오지 않고 몇 번의 교전만 벌이고는 되돌아갔다. 그러면 사람들은 다시 근거지로 내려가 포탄에 불타버린 집을 고치고 밭을 돌봤다. 그럴 때면 조금 열리려던 마음도 다시 문을 닫았다. 인민정부는 만주에서는 전에 보지 못한 완전히 새로운 형태의 정권이었으나 아직 어린 그 정부의 힘은 제국주의 앞에 너무나 약했다.

공동경작을 하며, 때로 먹을 것이 하나도 없을 때는 근처 시가지로 식량 공작에 나서며 저녁마다 단합호에 모여 정치학습을 받았다. 정치학습은 대개 하나의 질문과 하나의 대답을 가르쳐주고 난 뒤, 그 질문과 대답에 따라 자신의 견해를 밝히는 것으로 이뤄졌다. 공산주의란 무엇인가? 공산주의란 프롤레타리아 해방의 제 조건에 관한 학설이다. 프롤레타리아란 무엇인가? 프롤레타리아란 하나의 사회계급으로서, 오직 자기의 노동을 판매함으로써 생계를 유지하며 어떠한 자본이든 간에 자본에서 나오는 이윤으로 생활하지 않는 계급을 말한다. 질문과 대답은 반복적으로 계속됐다. 나는 프롤레타리아독재라는 개념에 대해 명확하게 이해하지 못했다. 그럴 때면 같은 단합호에서 생활하는 강정숙이 나를 앉혀두고 몇 번이고 설명했다.

그건 차별과 착취가 없는, 근로인민들만의 정부를 세운다는 뜻입니다. 일찌감치 남편을 혁명사업에 잃어버리고 용암동에서 지하활동을 하던 강정숙은 토벌대에 의해 부모마저도 여읜 뒤, 유격구로 들어오라는 당의 명령을 받았다. 강정숙은 아이들을 아주 좋아해서 시간만 나면 아동구락부로 찾아가 아이들에게 노래와 춤을 가르쳐주던 다정다감한 여성이었다. 그녀에게 여섯 살배기 딸이 있었으나 집이 쑥대밭이 된 뒤, 얼마간 거지꼴로 동네를 전전하면서 밥을 빌어먹다가 어디로 갔는지 사라졌다는 얘기는 그 얼마 뒤에 들었다. 나는 이성적으로는 프롤레타리아독재라는 것에 대해 여전히 이해하지 못했지만, 감성적으로는 그 개념을 이해할 수 있었다. 인민정부는 잔인한 피의 보복 위에 세워질 수밖에 없었다. 너무 많은 사람들이 죽었고 고통받았기 때문에 그들에게 관용을 요구할 사람은 지상에도, 그리고 하늘에도 없었다.

정치학습에 비하면 군사교육은 좀더 편안한 심리 상태에서 받을 수 있었다. 난가리를 세워두고 적위대 대원들과 함께 날창으로 찔러대거나 남부 14형 권총, 38식 보총, 다이쇼 11형 경기관총 등 적화기에 대한 설명과 다루는 법 등을 배웠다. 비록 날창과 몽둥이를 들고 가는 것이긴 해도 밤을 도와 유격대와 함께 식량 공작을 나가서는 좀더 실전에 가까운 작전을 경험하기도 했다. 이론교육도 병행했는데, 우리가 공부한 교재는 『동만 유격대 공작 요강』이라는 등사본으로 여러 사람이 돌려보는 통에 석유등에 비춰보면 긁어 쓴 글자가 거의 보이지 않았다. 하지만 군사교육을 담당한 적위대장은 그 책을 모두 외워버린 듯 보이지 않는 글자도 척척 읽어냈다.

그 책에 담긴 내용 중 '지난날에 동만의 유격대 공작은 무엇 때문에 발전하지 못하였는가?'라는 항목이 아직도 기억난다. 그 교재를 작성한 익명의 조선인 저자는 붉은 5월 투쟁의 결과, 동만 지역에서 유격대가 최초로 조직되기는 했으나 도목구 전투에서 모두 소멸되면서 일반 동지들이 그릇된 관념의 지배를 받게 됐다고 지적했다. 익명의 저자는 '만약 광범한 중국인 대중이 조직되어 일떠나지 않고 소수의 조선인 대중만 동원된다면 유격 전쟁은 불가능한 일이다'와 같은 회의론을 대표적인 그릇된 관념으로 꼽았다. 그 익명의 저자는 아마도 붉은 5월 투쟁에서 살아남은 조선인 공산주의자였을 것이다. 문장 하나하나마다 결정론에 대해 분노하며 당장 무장할 것을 요구하고 있었다. 박도만처럼 그 사람은 그 교재를 다 쓰고 나서 곧바로 무장투쟁에 나섰을지도 모른다. 그리고 어디선가 죽었을지도 모른다.

단합호에서 생활하던 그 이 개월 남짓, 나는 조금씩 다른 유형의 인간으로 바뀌어갔다. 눈은 어둠에 익숙해져 아주 미세한 빛에도 감응했고 코는 어디에 먹을 것이 있는지 금방 알아차렸으며 입은 쉴 틈 없이 혁명가를 불렀다. 어떨 때는 몸이 내 몸 같지가 않고 다른 누군가의 몸을 빌려 들어온 것 같은 느낌도 들었다. 하지만 그 몸에 여전히 내 계급적 한계는 남아 있었다. 지금 생각하면 아무리 노력한다고 해도 출신 성분이 다른 내가 빈농들의 계급적 정의를 완전히 이해할 수는 없었던 것 같다. 물론 머리로는 그 계급적 정의가 무엇인지 나도 잘 알고 있었다. 그러나 그 정의가 실현되는 것을 두 눈으로 지켜보는 일은 여전히 고통스러웠다. 나 역시 이 세계가 톨스토이와 마르크스의 세계로 나누어진다면 톨스토이의 곁에 설 사람이기 때문이었다. 말하자면 빈농들의 계급적 정의가 실현되는 것을 두 눈으로 바라볼 수 없다는 게 바로 통영에서 태어나 일제의 공업학교를 졸업한 내 계급적 한계였다.

언젠가 이도구 시가지로 식량 공작을 나갔을 때의 일이었다. 소선대가 통신선을 끊은 뒤, 곧바로 유격대가 분주소를 습격해 이도구 시가지를 두 시간 정도 해방시킨 일이 있었다. 적위대원으로 나 역시 그 전투에 참가해 지주, 자본가들의 상점이나 창고 문을 부수고 쌀, 소금, 성냥, 천, 옷 등을 확보하는 전투에 나섰다. 계속되는 토벌대의 공격으로 근거지에는 아무런 물자가 없었기 때문에 그건 부득이한 자위 조치였다. 하지만 그때, 요릿집에 있던 한 중국인 청년이 붙잡혀왔다. 지주의 아들이라는 설명이었다. 그렇다면 몸값을 받을 수 있는 좋은 인질이었기 때문에 그 청년은 유격구까지 끌려왔다. 그뒤 연락원을 통해 그 청년의 아버지에게 몸값을 내놓으라고 다그쳤다. 제아무리 돈을 좋아하는 지주라고 하더라도 자기 아들의 생명보다 돈을 좋아하는 사람은 없을 것이라고 나는 생각한다. 하지만 어찌된 셈인지 그 지주는 돈 대신에 토벌대를 유격구에 보냈고 그 과정에서 노인들 몇몇이 죽었으며 그 밖의 몇몇 사람들은 모두 끌려 내려갔다. 토벌대는 이틀 동안 근거지에 진을 치고 앉아서는 남아 있는 모든 것을 불지르고 파괴했다.

근거지로 돌아온 사람들은 그 청년의 살갗을 벗겨 그대로 기름에 튀겨 먹을 태세였다. 유격대는 그런 사람들에게 청년을 그대로 넘겨줬다. 농민들은 청년의 손을 가장 저주했다. 하얀 손. 농민들은 그를 끌고 다니며 마구 구타했고 완전히 숨이 끊어지기 전까지 날창으로 몇 번이나 찔러댔다. 나는 고통으로 떨어대다가 결국에는 힘없이 떨어지는 청년의 그 하얀 손을 바라봤다. 누군가에게는 한 번쯤 잡아보고 싶었던 손이었을 수도 있으리라. 어쩌면 그 손으로 아버지에게 계급적 관용을 호소하는 편지를 썼을 수도 있을 것이다. 그게 아편이나 마작패를 잡았던 손이든, 누군가에게는 더없이 소중했던 손이든 결국에는 하얀 손, 그 이상도 그 이하도 아니었다는 것. 그가 어떤 종류의 인간이었던 간에 상황이 아주 나빠지면 손이 하얗다는 이유로 죽어야만 한다는 것. 그 사실을 나는 도저히 납득할 수 없었다. 토벌대의 공격에 대한 보복이라면 충분히 이해할 수 있지만, 하얀 손 때문에 그 청년을 죽이는 것이라면 이해할 수 없었다.

내가 저건 옳지 않다고 말하자, 강정숙은 이렇게 받아쳤다.

"저 중국 청년의 아버지만큼이나 어리석은 말입니다. 동무는 도대체 무엇을 봤기에 여기까지 들어오게 된 것이오? 여기에 들어올 때까지 이 두 눈으로 본 것들을 동무도 봤다면 그런 얘기는 절대 하지 아니할 것이오. 지주들의 잔인한 정의는 지난 몇백 년 동안이나 지켜졌단 말입니다. 얼마간 농민들의 정의가 지켜진다고 해서 그걸 보복이라고 부를 수 있소? 지주에게 정의가 있다면 농민이라고 왜 정의가 없겠소? 옳지 않다는 것은 지주들의 정의에서 바라볼 때 그렇다는 얘기요. 지금은 아주 간고한 상황이고 여기는 공농工農 소비에트요. 이곳에서만은 농민들의 정의를 지켜줘야만 하오. 그 청년이 어떤 인간이었건 간에 소비에트의 주인인 농민들이 하얀 손이 유죄라고 말한다면 그건 유죄입니다. 동무에게 특별한 배려를 아끼지 않은 특위 서기 동무도 공밥이나 먹고 텅 빈 소리나 하는 망명자가 되어서는 안 된다고 말한 적이 있소. 지주들의 정의도, 농민들의 정의도 모두 존중해야만 한다는 말은 대단히 그럴듯해 보이지만, 그건 어디에도 속하지 않으면서도 자기 잇속을 챙기려는 망명자들이나 할 수 있는 말입니다. 동무는 아직도 보지 못한 게 많습니다. 저게 맹목적 보복인지 아닌지는 더 많은 것을 보고 난 뒤에 판단해도 늦지 않을 것이오."

하지만 나는 여전히 유격대가 분노에 사로잡힌 농민들에게 그 청년을 넘겨준 것은 정치적인 이점 때문에 보복 행위를 방조한 것이었다고 생각한다. 그렇게 서로 논쟁하는 과정에서 나는 강정숙이 일종의 보호자인 동시에 감시자로 내게 붙어 있다는 것을 알게 됐다. 강정숙은 내가 대련으로 돌아가 지하공작을 하게 되리라는 것을 여러 차례 암시했다. 나는 점점 말라가면서 핏줄이 분명해지고 검게 그을려가는 두 손을 바라봤다. 어쨌든 그때만은 다시는 무기력하게 빈손을 바라보는 일은 없어야만 한다고 스스로 맹세했다. 망명자가 되어서는 안 된다. 망명자가 되어서는 안 된다. 그다음부터 나는 강정숙이든 그 누구든 유격구 내에서 만나는 사람들에게 그 어떤 이의나 의문을 제기하지 않았다. 군중대회가 있을 때면 예전과 달리 누구보다도 큰 목소리로 '악패지주와 한간주구를 타도하자!' '소작제를 3.7, 4.6으로 하자!' 등의 구호를 외치기 시작했다. 목소리가 잘 나오지 않을 때는 몰랐는데, 일단 구호를 외치게 되자 아주 오래전부터 내가 그 구호의 내용을 믿어 의심치 않았던 것처럼 여겨졌다. 빈농의 계급적 정의가 실현되는 것을 두려워하는 것은 오직 그걸 지켜봐야만 하는 내 두 눈동자뿐이었다.

아마도 그즈음의 일일 것이다. 정치학습 시간에 다음과 같은 질문과 대답을 배우게 됐다. 공산주의적 사회질서는 가족에게 어떤 영향을 미칠 것인가? 남녀의 관계는 사회의 간섭이 필요 없는 당사자들 간의 관계, 즉 순전히 사적인 관계가 될 것이다. '순전히 사적인 관계'라고 하니 비가 내리던 지난 봄밤이 떠올랐다. 그때 내게는 '순전히 사적인 관계'가 있었다. 그리고 문득 여옥이가 몹시도 그리워졌다. 유정촌에서 헤어진 뒤, 나는 벌써 석 달이나 여옥이를 보지 못했던 것이다. 하루라도 여옥이 생각을 하지 않은 적은 없었다. 유격구 병원에서 오른쪽 다리를 잘라낸 여옥이가 약수동에 있는 재봉대에 들어가 군복을 만들고 있다는 얘기는 전해 들은 바 있었다. 하지만 아무리 머릿속에 떠올리려고 해도 오른쪽 무릎 아래가 잘려나간 여옥이의 모습을 나는 상상할 수 없었다.

그리움을 견디다못한 나는 여옥이에게 편지를 보내기로 했지만, 어떻게 해야지 약수동에 편지를 보낼 수 있는지 그 방법을 알 수 없었다. 강정숙에게 넌지시 물어봤더니 대뜸 무슨 편지를 보낼 작정이냐고 내게 되물었다. 나는 그냥 거기에 사는 누군가에게 안부 편지를 보내려고 한다고 대답했다. 강정숙은 각각 소비에트 정권이 수립된 어랑촌과 약수동 사이에 지하 통신망은 설치돼 있으나 개인적인 용도로 그걸 사용할 수는 없다고 못박았다. 그 말에 나는 그럼 어떻게 하느냐, 연락하지 않으면 도저히 못 견딜 것 같은데, 우전국까지 나가서 부치는 수밖에 없다는 말이냐고 따져 물었다. 강정숙은 내 얼굴을 빤히 쳐다보더니 동무, 꽤 귀엽소라고 말했다. 하지만 그 가슴이 뜨겁다는 것만은 내사 알아주겠소. 그런 뜨거운 가슴이라면 제아무리 수천 리 떨어져 있다고 해도 모를 여성이 없을 것 같소. 걱정 마시오. 좋은 날이 올 테니. 강정숙의 말에 내가 어디 가슴만 뜨겁겠소, 라고 받아치자, 강정숙은 내 몸 여기저기에다 대고 손가락질을 하면서 어데, 어데가, 라고 짓궂게 물었다. 살아오면서 참 많은 고난을 겪었지만, 강정숙은 그 고난을 통해 튼튼한 여성으로 성장했다. 나는 강정숙을 통해 인간의 힘에 대해, 무산계급의 힘에 대해 조금씩 깨닫게 됐다. 좋은 사람이었다.

내가 생각해도 당의 문헌과 정보 자료들이 오가는 지하 통신망을 통해 여옥이의 안부를 묻는 편지를 보낼 수 있을 것 같지는 않았다. 설사 그걸 이용해서 편지를 부친다고 하더라도 당장 내게 비판이 떨어질 게 분명했다. 그래서 나는 숯을 잘 갈아서 만든 연필로 결코 부치지 못할 편지들을 틈나는 대로 수첩에 적어내렸다. 늘 같은 얘기들. 그날의 날씨, 그날 내가 본 것들, 그날 내가 배운 것들, 그날 내가 한 말들. 그리고 내 주변의 자연에 관한 얘기들, 예컨대 떨어지는 빗방울이라든가 바람이 불어오는 것에 따라 일제히 고개를 흔들던 분홍색 들꽃들, 혹은 온 하늘을 가득 메운 뭉게구름 같은 것에 관한 얘기들. 간절히 그리워하면서도 사랑한다는 말은 쓰지 못한 채, 편지는 늘 고향 통영의 바다에 관한 이야기로 끝냈다. 좋은 세상이 오면 우리가 나란히 서서 함께 바라볼 그 바다에 대한 이야기. 수첩에 남은 페이지가 많지 않았기 때문에 글자는 갈수록 작아지더니 결국에는 깨알과도 같아져 서로 엉겨버리기 시작했다. 강정숙은 그런 나를 두고 연애시인이라고 놀려대곤 했다. 차츰 다른 사람들도 언제라도 짬이 나면 뭔가를 적어가는 나를 시인이라고 부르기 시작했다.

실제로 나는 사람들의 성화에 못 이겨 시를 읊기도 했다. 경계임무를 맡은 적위대원들이 운이 상당히 없었던 들개 한 마리를 잡아왔을 때였다. 그날 밤, 우리는 솥을 걸어놓고 빙 둘러서서 저마다 노래를 한 곡씩 불렀다. 강정숙은 혁명시인까지는 되지 못하는 그릇이지만, 그럭저럭 연애시인쯤은 되는 김해연 동무의 시를 한 편 들어보겠습니다라며 나를 소개했다. 나는 혁명과 연애하는 사람이라고 너스레를 떤 뒤에 즉석에서 시를 만들어 읊었다.

나는 가느다란 실개천,
내겐 잔잔한 물놀이와
자그마한 소용돌이뿐.

그러나 나 이제 용용한 강물 되어
타고난 습성 그대로
세차게 굽이치리!
앞 막는 높은 둑 삼켜버리고
길 막는 산맥을 밀어버리리!
내 결코 고통에 질식당하지 않으리니

나 바라노라, 바다를, 바다를, 바다를……

나 어찌 가느다란 실개천에 그치랴.
내게 어찌 잔잔한 물놀이와
자그마한 소용돌이뿐이랴.

오, 나는 강물!
나는 강물이라네!

흐릿한 반달이 떠오른 그날 밤, 강정숙이 부른 〈엄마 없는 새〉란 노래는 지금도 조용한 밤이면 은은하게 귓가에 울리는 듯하다.

엄마 없는 새 헤매이는 새 눈 오는 날에
발가벗은 나무에 혼자 앉아서
적은 고개 숙이고 눈물 흘리며
엄마 엄마 보고파 슬피 웁니다.

백옥 같은 흰 눈은 자꾸만 내려와
어린 새의 적은 몸 적셔주고요
바람 바람 찬바람 몰려와서는
엄마 없는 어린 새 데려다준다.

가느다란 그 목소리는 바람을 잡아타고 구름 사이로 반짝이는 별들의 물결 속으로 숨어들었다. 나는 고개를 뒤로 젖히고 반짝이는 별들을 바라봤다. 그 먼 별빛들이 내 눈동자까지 와 닿은 뒤에도 오랫동안 나는 고개를 숙일 수 없었다.

여옥이에게 편지를 전할 수 있는 길이 생긴 건 그 며칠 뒤의 일이었다. 근거지에 식량난이 극심해 남녀노소 할 것 없이 산에 올라가 숨위나물, 삽지, 고사리, 기름고비, 더덕, 도라지, 참나물 등등 먹을 수 있는 풀이란 풀은 다 캐들이고 있는데 아래쪽에서 누군가 내 이름을 부르는 소리가 들렸다. 고개를 돌리고 내려다봤더니 만면에 환한 웃음을 띠고 박도만이 서서 내게 손짓하고 있었다. 박도만은 별다른 설명 없이 지금 약수동 방면으로 갈 작정이니 전할 편지 같은 게 있다면 달라고 했다. 어리둥절한 표정으로 그를 쳐다보노라니 강정숙 동무에게서 얘기를 전해 들었다며 눈을 찡긋거렸다. 나는 허겁지겁 상의를 벗어둔 곳까지 달려갔다. 땀방울이 바람에 흩날렸다. 느티나무 그늘에 서서 어떤 편지를 보낼 것인가 한참 허둥지둥 뒤져보고 있는데, 박도만이 내 옆에까지 다가왔다. 막상 보내려고 보니까 어느 하나 마음에 드는 편지가 없었다. 온통 딴소리만 늘어놓았지, 정작 사랑한다는 말을 써놓은 편지가 없었던 것이다. 땀방울이라도 떨어져 글자가 지워질까봐 연신 땀을 닦으면서 얼른 새로 쓸 테니 잠시만 기다려줄 수 있겠느냐고 물었더니 박도만은 낄낄거리며 웃었다. 기회가 닿을 때마다 편지를 전해주겠으니 지금은 그냥 써놓은 편지를 달라고 박도만이 말했다. 그러고도 한참 망설이다가 나는 다른 내용이 적힌 앞부분을 찢어내고 수첩을 통째로 박도만에게 건넸다. 하지만 박도만이 왜 내게 이런 호의를 베푸는지 알 수 없어 그 점을 물었다.

수첩을 받은 박도만은 느티나무 그늘에 주저앉아 내게도 옆에 앉을 것을 권했다. 박도만은 입을 열었다.

"대성중학에 다닐 때, 멋쟁이 선배가 하나 있었소. 공도 잘 차고 나팔도 잘 불고 웅변도 굉장히 잘하는 선배였소. 왜, 가을이면 학교 대항 웅변대회를 펼치지 않소? 용정에서도 미션스쿨인 은진은 기독교인들이 많아 학생들이 좀 얌전한 편이었고 동흥과 대성은 서로 우리가 잘났네, 다투기 일쑤여서 동흥 쪽에서 연단에 올라가면 대성 학생들이 시끄럽게 굴었고 대성 쪽에서 올라가면 또 동흥 쪽에서 난리를 쳤다오. 하지만 그 선배가 연단에 올라 성난 황소 영각 치듯이 "제군들!"이라고 한마디 일갈하면 동흥을 비롯한 다른 학교 아이들은 모두 벙어리 심부름하는 모양으로 그 혀 굴리는 데로 마음이 줄곧 따라다녔다오. 동무 따라 강남 간다고, 그 선배가 어찌나 좋던지 그 사람이 권하는 대로 평우동맹이라는 곳에 가입하기까지 했소. 그런데 가보니 동만청년총동맹의 영도 아래 용정 내 학생운동 골간들을 무어, 마르크스주의를 가르치던 곳이었소. 사람이 좋아서 혁명까지 하게 된 셈이오. 거기서 활동하면서 삐라도 살포하고 시위도 조직하고 영국더기 조계지에서 성토대회도 열고 하다보니까 조금씩 혁명에 눈뜨게 됐소. 붉은 5월 투쟁 때, 동흥 쪽은 발전소로, 대성 쪽은 동양척식회사 간도출장소로 달려갔댔소. 무조건 동흥보다는 잘해야만 하니까 우리는 폭탄을 던지기로 했는데, 내가 그 일을 맡겠노라고 자임해서 나섰소. 연설이야 그 선배가 잘하겠지만, 뭘 까부수고 마사버리는 일이라면 내가 제일 잘할 수 있는 일이 아니겠소? 철모르기는 지금도 매한가지지만, 그때는 정말 청맹과니였다오. 그리고 일 년, 팔자에도 없는 서대문감옥까지 구경하면서 잘 지냈더랬소."

서늘한 바람이 불어오는 나무 그늘에 앉아 박도만의 학창 시절 얘기를 들으니 여름이면 공을 차고 겨울이면 스케이트를 지치던 세상은 이제 산너머 저멀리, 아주 멀리 있는 듯한 느낌이 들었다. 산나물을 뜯고 다닐 때까지만 해도 허기가 져서 견딜 수가 없었는데, 그런 생각에 허기마저도 잠시 잊을 정도였다.

"출옥한 뒤, 용정으로 돌아오자마자 조직에 선을 대 검거 선풍이 불 때 지하로 잠적한 그 선배를 찾아내기 위해 무던히 애썼소. 도대체 뭘 어떻게 해야만 할지 몰랐었기 때문이오. 그 선배는 그때 변성명하고 화룡 지역에서 반제동맹과 소선대 등을 조직하는 사업에 골몰하고 있었소. 몰라볼 정도로 초췌해진 그 선배는 나를 보더니 이렇게 말했소. '도만아, 나는 벌써 오래전에 폭력을 수반하지 않은 그 어떤 역사적 변혁도 믿지 않게 됐다. 너도 기억할 것이다. 너희를 이끌고 문예선전을 떠났던 홍경현에서 벌어졌던 일들 말이다. 내 청년기는 아마도 그날 끝났을 것이다. 이제 나는 유토피아를 믿지 않는다. 나는 인민정부만을 믿을 뿐이다. 바로 지금이 소비에트 정권을 수립할 시기다. 인민들의 피를 바탕으로 세워진 소비에트 정권이 우리의 새로운 유토피아가 될 것이다. 청춘이 거기서 다시 시작될 것이다. 무장해라.' 나는 그 즉시 적위대원들을 규합해 소동구에서 지주 집을 털어 무장했소."

유격구는 더없이 평화롭고 서로 의지하는 곳이지만, 그만큼 잔인한 곳이기도 하다. 유격구에서는 마음을 쉽게 주지 않는 편이 좋다. 왜냐하면 언제 누가 죽을지 모르는 곳이기 때문이었다. 인간은 다른 인간에게 마음을 주지 않고 살아갈 수 없는 일이지만, 마음을 준 그 인간이 소멸되는 것을 지켜보는 것만큼 힘든 일은 없었다. 그러나 역설적으로 유격구에서 살아가는 사람들이 서로에게 육친보다 더한 사랑을 퍼붓는 까닭은 그 때문이다. 곧 소멸될지도 모른다는 사실을 알기 때문에 본능적으로 그들은 그렇게 행동하는 것이다. 새로운 사람이 나타나면 곧 그 사람이 죽지 않을까 걱정하게 되는 곳, 그래서 살아 있는 동안에는 미친듯이 남은 정을 쏟아붓는 곳. 그런 곳이 바로 유격구다. 박도만이 선배 얘기를 꺼낼 때부터 나는 그 선배가 이미 이 세상 사람이 아닐 것이라고 짐작했는데, 아니나 다를까 박도만이 입을 열었다.

"그 선배는 작년에 화련리 대성촌에 남아 있다가 다른 주민들과 함께 학살당했소. 선배가 죽고 난 뒤, 이제 무엇을, 어떻게 해야만 할지 알 수 없었소. 그럴 때, 내게 당이 있었소. 내게 당이란 어떤 의미에서는 그 선배를 뜻하는 것이오."

내가 박도만에게 물었다.

"그 선배라는 분은 혹시 유정촌에서 야학을 꾸리던 사람 아닙니까? 고향은 청진이고."

"맞소. 그때 나도 여옥이를 처음 만났소. 여옥이네도 그 선배 때문에 거점 연락소가 됐던 곳이오. 동무만큼이나 나도 여옥이 일을 괴로워하고 있소. 그러니까 내가 왜 당신의 편지를 여옥이에게 전해주는지 이제야 이해할 것이오."

그리고 믿을 수 없는 일이 벌어졌다. 그 끔찍한 사건에 대한 소식이 전해진 것은 내가 여옥이의 답장을 간절하게 기다리던 1933년 7월의 일이었다. 아동구락부에서 강정숙을 도와 유탄에 부서진 처마를 손질하고 있는데, 현위에서 내려온 연락원이 단 한 사람의 예외도 없이 모두 무장을 갖추고 아동단학교 마당으로 모이라는 지시가 떨어졌다고 전했다. 강정숙은 고개를 들어 어딘가를 바라봤다. 강정숙의 시선이 향하는 곳을 바라봤더니 남산 꼭대기가 보였다. 또 토벌대가 들어온다고 생각했던 모양이었다. 하지만 경계병이 배치된 남산에서는 연기도 보이지 않았고 신호 총성도 울리지 않았다. 나뭇잎을 햇살에 반짝이게 만드는 바람이나 하늘에 몇 점 떠 있는 구름마저도 그 평화를 즐기는 듯, 이상한 조짐이라고는 하나도 보이지 않던 한가로운 여름날이었다.

무장을 갖추라는 지시가 전해졌지만 유격대가 아닌 다음에야 원거리 통신 업무에 나서는 대원들이나 자위적 차원으로 병기창에서 만든 사제 권총과 두어 발 정도의 38식 보총 탄알을 지녔을 뿐, 그 밖의 사람들이 무장할 수 있는 방법은 날창이나 농기구뿐이었다. 어쨌거나 그런 식으로라도 대충 무기를 챙겨들고 학교 마당으로 나갔더니 경기관총 분대까지 빠지지 않고 모든 유격중대가 도열해 있었다. 토벌에 못 이겨 근거지를 옮기는 것이 아닌가 해서 여기저기서 쑥덕거리느라 분위기가 여간 어수선하지 않았다. 하지만 토벌대의 동향에 대해서는 누구보다도 잘 아는 유격대원들도 영문을 알 수 없다는 듯한 표정으로 서 있는 걸로 봐서는 근거지를 옮길 만큼 심각한 정세 변화가 있는 것 같지는 않았다. 통신 업무를 주로 담당하는 소선대 쪽에서 아마도 그날 현위원회로 전달된 긴급 통지문과 관련해 뭔가 중대한 결정 사항이 발표되는 게 아닌가는 추측이 나돌기 시작했다.

이윽고 현위원회와 유격중대 간부들이 밖으로 나왔다. 가장 먼저 눈에 띄는 변화는 현위 서기의 모습이 보이지 않는다는 점이었다. 그 대신에 숙반부 부장 하송산이 막 끝난 현위원회 제1차 확대회의에서 결정된 사항들을 통고한다고 입을 열었다. 통역을 거쳐 알게 된 그 내용은 다음과 같았다. 현위원회가 지난날 좌경 기회주의 노선 밑에서 혁명적 현재 단계를 뛰어넘어 소비에트를 건립하고 토지혁명을 실행하려 했으며 우경 기회주의적 실질을 감추고 만주의 위대한 반일 민족혁명 운동을 보지 못했다. 그 착오의 내용은 한국 민족주의자의 관점과 무정부주의적 행동과 군사 투기와 파쟁주의 잔여와 이립삼李立三 노선의 간여를 포괄하고 있다. 이런 착오는 당 내외에 깊숙하고도 광범위하게 침입한 민생단의 작용과 밀접한 관련이 있다고 여겨진다. 이에 따라 현위 서기였던 이국형과 군사부장 김태식 등의 직위를 해제한다. 현위 조직을 건전하게 만들기 위해서는 노동자와 중국인 간부를 뽑아올려 당의 영도를 보장받아야만 한다. 무엇보다도 중국인이 영도의 중심이 되어야만 한다는 사실을 재확인한다. 당외와 당내에 있어서 용감한 투쟁을 진행하여 민족주의자를 반대하며 민생단을 반대하며 파쟁주의를 반대하고 그들과 일절 사상상, 조직상 관계를 단절한다.

소비에트 정권이 착오란 말이겠스꼬마. 그런데 3월에 다 끝난 민생단은 또 왜 기어나오는 거이가? 양도생이가 내려온다더니 또 이 일 때문이 아님둥? 하송산이 말하는 동안, 사람들이 서로 수군거렸다. 그 목소리에 내가 뒤를 돌아보자, 사람들은 내 눈치를 살피며 얼른 입을 굳게 다물었다. 여름 들어 토벌이 잠잠해지고 먹을 것이 지천에 널리게 되면서 서로에게 조금씩 마음을 열던 분위기가 순식간에 사라져버렸다. 옆에서 멍하니 서 있던 강정숙의 소매를 끌어당겨 낮은 목소리로 양도생이 누구냐고 물었다. 하지만 강정숙은 그 어디도, 그 무엇도 바라보지 않는 듯, 텅 빈 눈으로 나를 한 번 쳐다봤다. 그 눈빛에 나도 그만 입을 다물 수밖에 없었다. 강정숙은 다시 눈을 돌려 앞쪽을 바라봤다. 하송산은 더 강력한 심사를 받기 위해 감옥에 갇힌 이국형과 김태식의 자리를 대신할 새 영도자를 뽑는 선거를 실시하되 조건이 미비해 거수로 결정하겠다고 말했다.

먼저 후보를 거명하라는 말에 사람들의 신망을 받는 노간부 한 명이 추천됐다. 그러나 하송산은 그 간부에게는 조선공산당에서 활동하던 시기에 해명되지 않은 몇 가지 문제가 남아 있는데다가 당의 재심을 받아야만 하는 사람으로 지목돼 있다고 말했다. 그 말에 몇몇이 나지막하게 탄식을 내뱉었다. 또다른 사람은 재심 대상은 아니지만, 은진중학까지 마친 지식분자이기 때문에 노동자와 중국인 간부를 영도로 삼아야 한다는 당의 지시에 반한다고 하송산은 말했다. 그다음부터는 누구도 선뜻 후보를 추천하지 못하고 다들 병든 솔개처럼 눈동자만 분주하게 돌릴 뿐이었다. 중국인을 추천하면 제일 좋겠으나 조직을 영도할 만한 중국인이라고는 하송산뿐이었는데, 어쩐지 그를 추천하겠다는 말은 누구의 입에서도 떨어지지 않는 모양이었다.

누구도 선뜻 후보를 추천하지 못하자, 하송산은 자신이 후보를 지명하겠다며 6호촌 출신의 빈농인 손영수의 이름을 불렀다. 손영수가 앞쪽으로 나가 섰고 하송산은 현위 서기로 손영수를 지지하는 인민들은 손을 치켜들라고 말했다. 누구도 손을 들지 않았다. 하송산은 통역에게 손짓을 하면서 뭐라고 중얼거렸다. 통역은 “방법 없소. 다들 손을 드시오"라고 말했다. 그 말에 한두 명씩 손을 들었다. 하지만 노간부 중에서는 손을 들지 않는 사람도 있었다. 하송산은 그런 노간부들을 노려봤다. 손을 들어야만 하는가 말아야 하는가 망설이다가 옆에 선 강정숙의 눈치를 보니 그녀도 주뼛주뼛 손을 치켜들고 있었다. 그녀를 따라 나도 슬그머니 손을 들었다. 이로써 새 현위 서기에 임명된 손영수는 하송산을 군사부장에 임명했다.

"이 유격구에는 중국인의 숫자가 극히 적은데, 조선인 간부들의 직위를 모두 해제하면 그 자리는 무엇으로 채울 것이오?"

유격대 중대장이 소리쳤다. 그가 중국어를 할 수 있는 사람이라는 것을 알고 있던 하송산은 중국어로 말할 것을 요구했다. 중대장은 그 자리에 모인 조선인들에게 하려고 했던 말인 듯 중국어로는 말하지 않았다. 노동자와 중국인 간부를 영도로 삼아야 한다는 당의 지시사항을 그대로 준수한 하송산은 다음과 같이 말하며 유격구 내에 잠입한 민생단 영수와 그 세포들을 색출해내는 군중대회를 열 것을 지시했다.

"민생단은 민중의 원한을 받고 있는바, 그 고기를 먹고 그 가죽을 입을 정도로 미움을 받고 있소. 민생단의 인도가 없었다면 어찌 괴뢰군이 유격구를 감히 넘볼 수 있었겠소? 민생단은 유격구 내의 군중들 간에 어느 사람이 주구고 어느 사람이 주구가 아닌지 판별하기 매우 어렵게 만들어 최고의 영도기관 및 유격대의 지휘원도 모두 영향을 받고 있소. 민생단은 일제의 간세姦細 조직이며 파쟁분자들은 민생단의 조수로서 반혁명의 조직이오. 파쟁분자들은 그 무슨 엠엘파니 화요파니 상해파니 서상파니 고려공산청년단파니 나불대는 자들이오. 이 민족주의 파벌과 파쟁의 영수들은 모두 일제의 주구 및 간세들로서 사람의 옷을 입고 모자를 쓰고 중국공산당, 반일유격대, 반일회 등 군중단체 속에 섞여들어와 일제의 간세작용을 일으키고 중한中韓민중 연합반일의 민족혁명을 파괴하고자 하고 있소. 민생단에 대해 전반적으로 철저하게 투쟁할 것을 요구하오."

그날부터 가혹하기 짝이 없는 반민생단 투쟁이 시작됐다. 반민생단 투쟁은 그간 기층에서 활동하던 빈농과 노동자 계층이 소비에트 정권을 이끌었던 간부 세력을 공격하는 것으로 이뤄졌다. 반민생단 투쟁은 먼저 갓 수립된 소비에트 정권에 대한 공격에서 시작했다. 모든 사람들이 그토록 환영해 마지않았던 소비에트가 질타의 대상으로 변했다. 무산계급의 낙원이라고 믿었던 곳이 사실은 일제의 동북정책에 부화뇌동하는 한국 민족주의자들이 세운 한인자치구로 전락했다. 용정에서 결성될 당시, 민생단 결성을 주도한 박석윤, 조병상 등은 간도를 한인특별자치구로 설정해달라는 구호를 앞세웠는데, 이 구호와 한인이 대부분을 차지하던 소비에트가 직접 연결된 것이다.

소비에트가 부정된 뒤에는 만주국 건립 이후 계속되던 일본군의 토벌마저도 민생단의 작용으로 여겨졌다. 유격구 내부에 일본군과 내통하는 민생단 간첩이 남아 있는 한, 유격구가 제아무리 완벽하게 무장한다고 하더라도 일본군에게 토벌당할 수밖에 없다는 공포가 유격구를 휩쓸었다. 보통의 인간으로서는 계속되는 일본군의 토벌을 견뎌내기가 어려웠다. 토벌이 시작되면 식량은 물론 잠을 잘 수 있는 곳마저도 찾을 수 없었다. 그래서 유격구 내부에 민생단이 존재하기 때문에 토벌이 계속될 수밖에 없다는 논리는 비이성적이나마 강한 설득력을 지녔다. 자신들의 생명을 직접적으로 위협하는 토벌을 막는 데 있어서 일본군과 정면으로 맞서 싸우는 것보다는 내부의 적을 처단하는 게 더 손쉬운 방법이었다. 1933년 5월 일본과 중국이 당고정전협정塘沽停戰協定을 맺고 그해 6월 관동군을 주축으로 일만 관계기관이 총망라한 치안유지회가 조직되면서 여유가 생긴 관동군 세력이 동만 일대의 치안 숙정에 들어가기 시작했다는 객관적인 조건은 모두 무시됐다.

사람들은 매일 아동단학교 마당에서 민생단 분자들의 색출을 요구하는 군중대회를 열었다. 유격구 내부에 분명히 간첩은 존재했다고 나는 생각한다. 왜냐하면 반민생단 투쟁의 광풍이 몰아치던 그즈음, 토벌이 뜸해진 까닭은 유격구에서 모종의 정치 투쟁이 벌어지고 있다는 것을 일본군도 알아차렸기 때문이었을 것이니까. 역설적이게도 그러기에 소비에트 인민들은 귀틀집을 건설하고 곡식을 파종하면서 의회주권가를 드높이 부를 수 있었던 것이다. 그렇다면 소비에트 건설 시기에 부르던 의회주권가에는 좌경 맹동주의만 있을 뿐, 아무런 진실도 없는 것일까? 토벌이 뜸해지면 불탄 자리에 다시 집을 짓는 게 인민들이 하는 일이 아닌가? 과연 그건 한국 민족주의자들의 손에 놀아난 것일까? 아니면 일본군의 지하 공작에 놀아난 잠시 동안의 행복이었을 뿐일까?

매일 열리는 군중대회에서 사람들은 보이지 않는 민생단 분자들을 향해 자복할 것을 쉼없이 요구했다. 그건 어떤 의미에서는 간첩임을 자복할 것을 자신에게 요구한 것이나 마찬가지였다. 소비에트를 만든 것도 그들이었고 계속되는 토벌에 시달리는 것도 그들이었다. 하지만 그들 중에 민생단이 있느냐면 그것도 아니었다. 정황은 소비에트 안에 있는 모든 사람들이 민생단임을 가리키고 있는데, 정작 그들은 누구도 민생단이 아니었다. 군중대회가 되풀이되면 되풀이될수록 사람들은 점점 더 민생단을 찾아내지 않으면 자신이 미쳐갈 것이라는 사실을 깨닫게 됐다. 그리하여 이국형과 김태식을 심문, 하지만 실질적으로 말하면 자복을 강요하는 고문 과정에서 또다른 민생단 혐의자들의 이름이 줄줄이 거론됐다. 전 조선공산당 출신의 노간부들을 중심으로 민생단 혐의자들이 속출했다.

얼마 뒤에야 사람들은 그 모든 일이 훈춘현 대왕구 유격근거지에서 일어난 끔찍한 사건에서 비롯했다는 것을 알게 됐다. 1933년 6월부터 중공 만주성위의 대표단으로 조선인인 반경우와 양파가 중공 중앙의 1·26 지시서한과 이 지시서한을 만주성위에서 접수한 결의를 지니고 동만을 순시하기 시작했다. 1·26 지시서한은 동만에 팽배했던 좌경 노선 착오의 시정에 대한 내용을 담고 있어 당이 이립삼의 좌경 노선에서 벗어나 정책을 옳게 잡았다는 사실을 보여줬다. 그런데 소비에트 정권 수립, 지주 토지 몰수, 구국군 내 홍군 조직 등의 좌경 노선이 잘못됐다면 그건 한때 이립삼 노선으로 경도된 중공당 중앙이 짊어져야만 할 책임이었는데, 왕청현위에 도착한 이들은 좌경 노선 착오의 책임을 조선인 영도자들에게 물었다. 당연히 반발이 있었다. 홍범도를 따라 이르쿠르츠까지 갔다가 나중에는 고려공산청년회와 조선공산당 엠엘파를 거쳐 중국공산당에 가입한 바 있는 왕청현위 군사부장 김명균은 이에 불복해 유격구를 탈출했다. 이 사건으로, 왕청현위의 간부들은 모두 체포되거나 처형되는 결과가 빚어졌다. 거기서 훈춘현위로 간 반경우는 그해 5월 일본군과의 싸움에서 전사한 훈춘현위 서기 서광을 비판하고 현위를 새로 조직했으며 영북유격대 정치위원 박두남을 파쟁주의자로 지목, 그의 중공당 당적과 정치위원 직무를 취소한다고 선포했다.

그리고 운명의 7월 20일, 어느 집 뜨락에서 한 개 분대의 유격대원들이 한창 식사 준비를 하면서 새로 노획한 일제 38식 보총을 돌려가며 구경하고 있을 때였다. 그 당시 반경우는 그 집에서 점심 식사를 하고 밖에 나와 유격대를 둘러보고 있었다. 박두남은 자기도 한번 구경해보자며 총을 받아들고는 총알은 어떻게 재워넣느냐는 둥, 사정거리는 얼마나 되느냐는 둥 직접 시범을 보이며 설명하는가 싶더니 장전한 총을 들고 문간에 서 있던 반경우에게 달려가 "죄 없는 박두남을 죽이려 하는 네놈이 먼저 죽어야 한다"고 소리치며 그 자리에서 사살해버렸다. 반경우의 허리춤에서 권총을 빼든 박두남은 며칠 전까지만 해도 생사의 고비를 함께 넘나들었던 유격대원들을 향해 "누구든 자신에게 덤벼들면 다 죽여버리겠다" 고 소리친 뒤, 그길로 도주했다. 김명균의 도주도 충격적이었지만, 순시원을 사살한 이 사건은 만주성위 전체에 심각한 충격을 던졌다. 중국군과의 휴전협정, 관동군의 증파 등으로 더욱 강해진 일본군의 토벌 작전에 시달리던 동만 전역의 유격구에 반민생단 투쟁의 바람이 불어닥친 것은 바로 이 사건 때문이었다. 김명균과 박두남 사건은 동만특위 중국인 수뇌부에게 민생단은 분명히 실재하는 간첩 조직이라는 확신을 심어줬다.

훈춘현의 조선인 공산주의 조직이 어떻게 해서 완전히 파괴됐는지는 나중에 전해 들었다. 박두남 사건이 벌어진 뒤, 동만특위는 선전부장 이상묵을 훈춘현에 보내 반혁명 숙청운동을 이끌게 했다. 이상묵은 지주, 부농 가정 출신인 자, 문장이나 쓸 줄 아는 지식인, 노간부, 과거 조선독립군과 조선공산당 당파에 참가했던 자, 공작중에 실수가 있었던 자, 유격구의 생활 곤란에 불평이 있는 자, 심지어는 식사중에 밥알을 흘린 사람까지도 모두 민생단으로 몰아붙였다. 기실 이상묵이 민생단으로 지목한 것은 바로 자기 자신이었다. 왜냐하면 그 역시 조선공산당 화요파 출신이었기 때문이었다. 사실 이상묵의 기준으로 보자면 거기에 해당하지 않을 사람이 없었다. 그런 자신의 기준을 지키려는 듯 이상묵은 자의적으로 훈춘당 조직, 혁명정부, 유격대, 군중단체의 칠십 퍼센트가 민생단원이라고 선포했다고 한다. 그 결과 육 개월에 걸쳐 육십여 명의 간부 중 단 한 사람만 살아남고 모두 처형되는 피의 숙청이 계속됐다. 이상묵은 일반 당원과 군중 사이에서도 민생단원을 일백여 명이나 색출해내는 성과 아닌 성과를 거둔 뒤 이들을 학살했다.

반민생단 투쟁이 한창이던 어느 날, 군중대회에 참가해 반민생단 구호를 외치고 있는데 어느 틈엔가 박도만이 내 쪽으로 다가오더니 슬그머니 뭔가를 손에 쥐여줬다. 뭐냐고 물었더니 여옥이가 보낸 편지라고 했다. 나는 얼른 편지를 낚아채 누가 볼세라 그 편지를 왼쪽 가슴주머니에 넣었다. 심장이 미친듯이 두근거렸다. 당의 지시에 따라 이도하자二道河子 깊은 산골에 틀어박힌 구국군 상층부와 연합하는 사업을 펼치고 돌아온 박도만은 유격구의 분위기가 바뀌었다는 사실을 눈치챘는지 심각한 표정으로 군중대회를 지켜보고 있었다. 나는 몇 번 구호를 따라 외치는 둥 마는 둥 지금 당장 편지를 읽을까 해서 주머니로 손을 올렸다가 내렸다가 안절부절못했다.

그러다가 당장이라도 편지를 읽지 않으면 심장이 터질 것만 같아 주머니에 손을 넣는데, 박도만이 내 손을 잡았다. 나중에 혼자서 읽으라는 뜻인 것 같았다. 나는 주머니에서 손을 떼고 구호를 외쳤다. 일본 제국주의와 만주국을 타도하자! 일본 제국주의 주구 민생단을 타도하자! 한인을 기편하는 만주한인자치운동을 반대하자! 연변특별행정구를 반대하자! 하지만 정신이 다른 곳에 가 있어 내가 도대체 무슨 구호를 외치는 것인지 알 수도 없었다. 박도만은 그런 내 모습을 물끄러미 쳐다봤다. 한국 민족주의자와 조선파쟁분자들을 견결히 반대하자고까지 외치면서도 내 입은 반쯤 웃고 있었으니 박도만이 보기에는 좀 이상했을 것이다.

군중대회가 끝나고 나서도 조발에 두벌김을 뽑고 적 통치구에서 가져온 식량, 천, 소금 등의 물자를 산속의 창고로 옮겨놓느라 분주했기 때문에 저녁 작식作食을 할 때야 겨우 편지를 읽을 짬이 났다. 나는 강냉이가 익어가는 가마 옆에서 약간 홍조를 띤 얼굴로 가슴에 손을 대고 잠시 숨을 내쉰 뒤, 주머니에서 편지를 꺼내 읽었다.

안녕합신둥.

당의 배려하에 재봉대에 들어 인차 잘 지내게 됐으니 저는 일없스꼬마. 가찹지도 아니한데 공연한 염려 맙소.

별이 따갑스꼬이. 여름도 싫어졌습둥. 내사 몰골이 전만 못하여 보기 아니 좋소.

딴건 전수이 잊었고 손만 약간씨 떠올라 찬물으루다 얼골을 씻는 일이 많수꾸리. 그리도 자꾸 생각납도구만. 그 일루 번마다 재봉대 대장에게서 싫은 소리 듣습지. 메꾸라지 한 마리 돼서 온 개울을 흐린답데. 내사 별명이 마구다지가 됐스꼬마. 군복 짓는다고 앉았을라므 비비닥거리는 게 하도 분해서 빰으르 흘기는 눈물을 삼킵지. 비위 사나워 재봉기계며 염색통일랑으 다 마사 먹고 싶데.

재봉대 동은 언니들, 아프명 맥이 없으이, 아프명 맥이 없으이, 그러믄사 큽지, 그럽데. 데일 나쁘기로는 대장이꾸마. 번마다 내리가, 내리가 과따칩지. 그라니, 가꾸마. 내사 디팽이를 짊고 나섰꼬마. 대장 동무가 길을 막습데. 어드메루 가자우, 물으사 어랑촌이우, 말하다나니 빰으 디리받아 치명서 빙신 육갑한다고 그럽데. 열 대 넘게 맞았스꼬마.

여름이 이리 가는갑소. 남산 보자구드니 맘은 벌써 뎌길 넘어가 있는겐데. 내사 어찌 영게 있습둥. 경게르 그리 좋습둥? 얼골은 전만 못합데. 배우더라도 그거 알아사 씁네. 어시레 오우. 해지기 전에 오우. 바다 보여줍서. 어시레 보여줍서.

처음부터 끝까지 완전히 외울 정도로 몇 번이고 되풀이해서 편지를 읽었다. 나는 시간이 얼마나 됐는가 해서 하늘을 올려다봤다. 하루종일 맑았던 하늘로 한두 점 뭉게구름이 몰려드는가 싶더니 그 아래쪽이 노을에 붉게 물들었고 붉은 구름을 배경으로 제비들이 두 날개를 펼쳐 미끄러지듯 날아가고 있었다. 익어가는 강냉이 냄새를 맡으며 나는 지금 당장 가야겠다고, 무슨 일이 있어도 지금 당장 여옥이에게 가야겠다고 마음먹었다.

그때 누군가 내 어깨를 툭툭 쳤다. 고개를 돌렸더니 강정숙이 내 뒤에 서 있었다. 나는 허겁지겁 편지를 접는 둥 마는 둥 주머니에 밀어넣었다. 강정숙은 수상하다는 듯이 나를 빤히 쳐다봤다. 나는 시선을 돌렸다.

"동무, 그거 이리 바치오."

나는 아무것도 모른다는 듯이 가만히 있었다. 강정숙은 요것 보라는 듯한 표정으로 내 쪽으로 바투 다가섰다.

"동무, 내 말이 아니 들리오? 그거 빨리 바치오."

아랫입술을 깨물며 침을 삼키고 잠자코 있다가 결국 주머니에서 편지를 꺼내 강정숙에게 건넸다. 강정숙은 나를 흘깃 노려보더니 심각한 표정으로 편지를 읽어내려갔다. 편지를 읽어가는 강정숙의 표정이 점점 어두워졌다.

"이기 무슨 짓이오? 지금 이래도 되는 것이오, 동무?"

"그, 그, 그게……"

뭐라고 변명하려는데 구차한 마음이 들어 말이 잘 나오지 않았다. 나는 공연히 옆에 떨어진 돌멩이를 집어 앞쪽 빈터로 던졌다.

"나는 잘못한 것 없소. 그건 내 편지요. 다시 돌려주시오."

조금 떨리기는 했으나 죽는 한이 있더라도 그 편지만은 빼앗아야만 한다는 생각에 단호한 목소리로 내가 말했다. 내 말에 강정숙은 편지를 자기 주머니에 집어넣었다.

"그럼 동무가 잘못한 게 없단 말이오? 잘못을 인정할 때까지 이 편지는 내가 압수하겠소."

내가 얼른 대답했다.

"잘못했습니다. 잘못했습니다."

그러자 비웃음인지 뭔지 강정숙의 입꼬리가 슬며시 치솟았다.

"내가 아니 돌려준다면 어떻게 하겠소?"

"안 돌려주면……"

"아니 돌려주면?"

나는 자리에서 벌떡 일어섰다. 눈에 핏발이 서는 것 같았다.

"동무!"

내가 일어서자 강정숙은 몇 발짝 뒤로 물러서면서 소리를 질렀다.

"동무! 이래도 되는 것이오? 동무, 요전 날에는 내가 좋다고 해놓고서리 오늘은 다른 여성 동무 연애편지 읽느라 이렇게 강냉이가 타들어가는 것도 모르고 넋을 빼놓고 있어도 되는 것이오? 입이 있으면 말을 해보시오! 장부 한 입으로 두말하기요? 말해보시오."

그러더니 강정숙은 깔깔거리며 웃음을 터뜨렸다. 그제야 강정숙이 나를 놀린다는 사실을 알아챈 나는 빨리 편지를 내놓으라며 손을 뻗었다. 강정숙은 누님이라고 세 번만 부르면 편지를 주겠노라고 뻗댔다. 나는 속사포처럼 빨리 누님, 누님, 누님, 세 번을 외쳤다. 그래도 강정숙은 깔깔거리며 웃을 뿐, 편지를 내놓지 않았다. 약간 화가 난 나는 편지를 안 주면 솥에 넣어서 삶아버리겠다며 강정숙을 안아서 번쩍 들어버렸다. 강정숙을 안아올린 뒤에야 나는 처음 간도에 올 때만 해도 소년이었던 내 몸이 유격구에 들어와 너무나 건강한 사내의 몸으로 바뀌었다는 사실을 알게 됐다. 강정숙은 간지럽다며 온몸을 비틀고는 주머니에서 편지를 꺼내 내밀었다. 나는 강정숙을 내려놓은 뒤, 편지를 낚아챘다.

얼마나 깔깔거렸던지 눈에 눈물까지 맺힌 강정숙은 할말이 있다며 편지를 들고 멀찌감치 뒤로 물러선 내게 손짓했다. 또 무슨 장난을 치는가 해서 슬금슬금 다가갔더니 놀라운 사실을 내게 말했다. 강정숙은 사흘 뒤 영광스럽게도 내가 중국공산당에 가입하게 될 것이며 그뒤 새로운 공작 내용에 대해 교육받기 위해 특위로 올라가게 될 것이라고 말했다. 나는 편지를 들고 멍하니 강정숙의 얼굴만 쳐다봤다.

"기쁘지 않으오?"

나는 천천히 고개를 끄덕였다.

"기쁩니다. 무척 기쁩니다."

"동무는 아마도 백구로 들어가 지하에서 사업하게 될 것 같소. 일본어도 능통하고 만철에도 있었으니 역시 대련으로 가지 않겠소? 동무, 그간 정들었는데 퍽 아쉽소. 당부할 것은, 장부, 다음부터는 절대로 한 입으로 두말하기 없기요."

나는 강정숙이 내미는 손을 맥없이 움켜잡았다.

사흘 뒤, 나는 현위원회 사무실에서 강정숙의 소개로 붉은 깃발 앞에서 중국공산당에 가입했다. 외부에서는 관동군의 제2기 치안 숙정 작업이 본격화되고 내부에서는 반민생단 투쟁이 심화되면서 유격구에서는 밤을 도와 백구로, 혹은 백구도 적구도 아닌 심산유곡으로 도망가는 사람들이 속출했다. 토벌대의 봉쇄로 식량을 구할 방법이 갈수록 어려워진데다가 연일 계속되는 군중대회와 정치학습에 지치기도 했으며, 한편으로는 자신들도 언제 민생단으로 몰릴지 불안했기 때문이었다. 만주사변이라는 격변기에 일본인과 중국인 사이에서 도저히 살길이 없어서 유격구로 들어온 사람들이니 다시 먹고살기 위해 유격구를 빠져나가는 것을 이해하지 못할 바는 아니었다. 어랑촌 인민정권은 그렇게 소멸되는 듯했다.

그런데 문제는 그중에는 일가붙이를 모두 데리고 도망가는 공산당원들도 있었다는 점이었다. 유격구 인민은 대부분 조선인이니 그렇게 도망가는 사람들은 백이면 백 모두 조선인들뿐이었다. 간고한 상황에서 유격구를 빠져나가는 자들은 당연하게도 모두 민생단으로 여겨졌다. 도망가다가 잡히는 자들은 예외 없이 감옥에 갇혀 심사를 받았다. 민생단이란 혐의만 있을 뿐, 아무런 증거도 없었기 때문에 심사라는 것은 고문에 불과했다. 고문에 못 이겨 자복하면 당연히 민생단으로 판정받는 것이고 자복하지 않으면 그만큼

교육을 철저하게 받은 민생단 영수로 여겨졌다. 그런 상황에서 나는 중국공산당에 가입한 것이다.

특위로 올라가기 며칠 전, 나는 박도만을 찾아가 얼마 뒤면 간도를 떠날 것인데, 그전에 여옥이를 한 번만 만났으면 좋겠으니 같이 다녀올 수 없겠느냐고 부탁했다. 그즈음, 박도만의 안색은 그다지 좋지 않았다. 오래전부터 자신과 함께 사업해온 전 조선공산당원들이 모두 민생단 혐의를 받고 직무에서 물러나고 있었기 때문이었다.

그런 박도만에게 한가한 소리를 하는 게 미안하긴 했지만, 반드시 나는 여옥이를 보러 가야만 했다. 길을 안내해달라고 달리 부탁할 사람도 없었다.

내 말에 박도만은 가타부타 말도 없이 딴소리만 했다. 그러니까 그해 5월, 일본과 중국이 당고정전협정을 맺고 휴전했다는 사실도, 그래서 6월부터 병력에 여유가 생긴 관동군을 주축으로 일만 관계기관이 총망라된 치안유지회가 조직돼 동만으로 관동군이 밀려들었다는 사실도, 그 때문에 소비에트가 위협받고 유격구의 상황이 갈수록 간고해진다는 사실도 그때 처음 듣게 됐다. 박도만은 동만특위에 팽배한 주관주의가 문제라고 말했다. 박도만은 그 주관주의가 민족적 편견에 사로잡힌 것은 아닌가 의심하는 눈치였다. 어쨌든 박도만에게 그런 얘기를 듣고자 했던 것은 아니었으니까 나는 같이 움직일 만한 처지가 아니라면 여옥이에게 가는 길이라도 가르쳐달라고 말했다. 박도만은 그런 내 얼굴을 빤히 쳐다보더니 한숨을 내쉬었다.

그 시절의 진실에 대해서 나는 아는 바가 하나도 없다. 지금은 과연 이 세계에 객관주의라는 게 존재할 수 있겠는가라는 의문도 든다. 예컨대 해가 떨어지기 전에 여옥이를 보고 와야만 한다는 내 주장에 나와 함께 길을 나섰던 그날, 박도만의 마음속에 어떤 생각이 움트고 있었는지 지금의 나로서는 알 도리가 없다. 혹시 그때 박도만은 자신이 철직당해 민생단으로 몰리게 되리라는 사실을 예감하고 유격구에서 빠져나가려고 한 게 아닌가는 생각도 든다. 그날, 박도만이 느꼈을 인간적 고뇌에 대해서는 충분히 이해할 수 있다. 그건 1933년 유격구에 남아 있던 조선인 공산주의자들이라면 모두 느꼈을 인간적 고뇌이자, 더 나아가서는 간도 지역에서 살아가던 조선인이라면 한 번쯤 느껴봤을 고민이었으니까.

이런 질문을 던질 수 있다. 1933년 여름, 유격구에 있던 조선인 공산주의자들은 누구인가? 하지만 이 물음의 정답은 없다. 그들은 조선혁명을 이루기 위해 중국혁명에 나선 이중 임무의 소유자들이었다. 그들은 중국 구국군이 일본군에 패퇴한 뒤에도 끝까지 투쟁한 가장 견결하고 용맹스런 공산주의자이자 국제주의자였던 동시에, 한편으로 일단 민생단으로 몰리게 되면 제아무리 고문해도 절대로 자신의 정체를 밝히지 않던 일제의 앞잡이들이었다. 누구도, 심지어는 그들 자신도 자신의 정체를 알지 못했다. 그러므로 그날,

박도만이 유격구에서 빠져나갈 작정이었다고 해도, 혹은 유격구를 생명으로 보위할 마음이었다고 해도, 나는 그 두 가지 모두를, 혹은 그 어느 쪽도 믿거나 믿지 않을 도리밖에 없었다. 1933년 간도의 유격구에서 죽어간 조선인 공산주의자들, 그리고 간도의 조선인들은 그런 사람들이었다. 그들에게 객관주의란 없었다. 있는 것이라고는 오직 주관으로 결정되는 가혹한 세계뿐이었다.

그날, 나는 해 지기 전에 여옥이에게 가지 못했다. 대신에 산을 타고 유격구를 벗어나 세 시간쯤 걸어가다가 우리는 어랑촌으로 향하던 소선대원과 마주쳤다. 박도만의 얼굴을 알고 있던 소선대원은 지금 토벌대가 어랑촌 유격구를 공격하기 위해 두도구 일본 영사분관에 집결해 있다는 소식을 전했다. 병력의 규모 등을 확인한 박도만은 그 즉시 지원을 요청하기 위해 동행했던 부하를 구국군에게 보낸 뒤, 내게는 여옥이가 있는 약수동이 거기서 멀지 않으니 혼자서 가라고 말했다. 하지만 나는 박도만의 호의에도 불구하고 그를 따라 어랑촌 유격구로 돌아갔다.

처음에 현위원회는 박도만의 보고를 신뢰하지 않았다. 토벌대가 몰려들고 있다는 정찰대의 보고가 접수된 뒤에야 현위원회는 박도만의 보고를 인정했다. 보고를 접수한 현위원회가 가장 먼저 한 일은 박도만과 나, 그리고 별동대원들을 민생단원으로 체포한 일이었다. 우리가 토벌대의 길 안내를 했다는 것이었다. 박도만은 그 자리에서 직무가 정지됐고, 별동대원들은 무장해제를 당했다. 현위원회를 지키고 선 적위대원들에게 결박을 당한 뒤에야 박도만은 소리쳤다.

“구국군이 곧 올 테니 몇 시간만 버티시오. 포탄 공격이 오더라도 섣불리 발포하지 말고 매복 작전을 펼치시오. 적의 척후병이 골짜기 깊숙이 들어올 때까지 기다렸다가 기병대와 토벌대 사이의 허리를 끊으시오.”

현위 서기 손영수는 적위대원들에게 그만 데려가라는 손짓을 한 뒤, 노약자를 제외한 모든 주민을 동원해 마을에 남은 모든 물자를 산으로 올려보낼 것을 지시했다. 현위원회를 나오자마자 박도만은 우리를 데려가던 적위대원들에게 결박을 풀어달라고 말했다. 어차피 지금 처형할 게 아니라면 자신도 주민들과 함께 산으로 물자를 옮기겠다는 것이었다. 적위대원들은 적이 난감한 표정을 지었다. 피란에 익숙한 조선인들은 벌써 짐 등속을 챙겨 산길을 올라가고 있었다.

그때 남산 쪽에서 신호 총성이 울렸다. 다들 고개를 들어 남산 쪽을 바라봤다. 멀리서 휘파람새 소리 같은 게 들리는가 싶더니 포탄이 터졌고 산너머에서 경기관총 발포음이 들렸다. 박도만은 어서 결박을 풀라고 소리쳤다. 적위대원 중 한 명이 박도만과 나의 결박을 풀었다. 물자를 옮기겠다던 박도만은 말과 다르게 남산 쪽으로 달려갔다. 적위대원 중 한 명이 그에게 총을 겨눴고 나는 그 대원을 향해 몸을 던졌다. 나는 다시 결박당했다.

그때, 내가 여옥이가 있는 약수동으로 가지 않고 어랑촌 소비에트로 돌아가게 된 까닭은 어떤 문건 때문이었다. 그날 우리가 만난 소선대원에게는 동만특위에서 현위원회로 전달하는 문건이 하나 있었다. 중국어로 된 그 문건에 어떤 내용이 씌어져 있는지 나로서는 알 수 없었다. 다만 그 문건을 읽은 박도만이 내뱉은 말은 아직도 귀에 쟁쟁하다. 양도생이. 이 악귀 같은 놈. 결국 생사 판가리를 해야만 하겠군. 군중대회에서 들어본 이름이었으므로 누구냐고 내가 박도만에게 물었다. 박도만은 나를 바라보며 이렇게 말했다. 박길룡이란 놈이지. 박길룡. 그건 거의 일 년 만에 들어보는 이름이었다.

눈동자. 내 눈동자. 두 개의 검은 눈동자. 서로 연결돼 있으되 귀와 코와 입과는 전혀 다른 기관. 듣고 맡고 맛보는 것만으로는 결코 이를 수 없는 단 하나의 감각. 바라볼 수 있다는 것, 그건 믿는다는 것. 그러기에 귀와 코와 입을 의심할 수는 있지만, 눈을 의심할 수는 없다는 것. 의심할 수 없기에 충분히 인간을 미치게 만들 수 있다는 것. 물론 내게도 그런 눈동자라는 게 있었다. 하지만 캄캄했다. 그 무엇도 내 망막에는 맺히지 않았다. 검정이 검정을 직시할 수 없듯이 이 모든 암흑을 검은 눈동자는 바라볼 수 없기에 나는 어둠을 믿지 않았다. 그런 눈동자. 내 눈동자. 당신의 눈동자. 그리고 그들의 눈동자. 어둠을 믿을 수 없는 눈동자. 자신과 다른 것만을 알아볼 수 있는 눈동자. 바라보는 바를 믿어 의심치 않는 눈동자.

그 눈동자가 어둠을 바라보는 동안, 균질한 어둠의 한쪽이 어디선가 들려오는 울부짖음에 흔들리기 시작했다. 짐승이 아니라 사람으로 죽고 싶다는 소망을 담은, 조금 틀어막힌 울부짖음. 내 눈동자도 덩달아 흔들리며 그 안에 고인 검은 물들이 곧 투명하게 넘쳐흐를 것만 같아 나는 온 신경을 귀에만 집중했다. 성대를 울리는 게 아니라 온몸을 땅에 비비며 만들어내는 듯한 소리. 어디에서도 들려오지 않는, 또한 어디에서나 들려오는 그 소리를 향해 나는 온몸을 기울였다. 호소도, 아우성도, 외침도 아닌, 그저 거기에 자신의 일생을 담아내고자 하는 듯한 갈구. 혁명 만세. 단 한 번 그 말을 하려고 한평생 살아온 듯 절규하는 그 소리. 혁명 만세.

그러나 총성. 그리고 공포. 감각이 받아들일 수 있는 한계를 훌쩍 뛰어넘을 때 일어나는 공포. 바로 옆에서 총성이 울리자, 내 귀는 잠시 그 기능을 상실했다. 그리하여 나는 피부의 세포 하나하나를 움찔하게 만드는 음의 파도와 코끝에 불이라도 붙은 것처럼 훅 끼치는 뜨거운 화약 냄새와 당장이라도 내장의 모든 것을 비워내려는 입안의 역겨움으로 그 총성을 들었다. 처음 하나의 감각이 무너지면서 차례로 다른 감각들이 그 기능을 잃어버렸다. 가장 먼저 눈이, 그다음에는 귀가, 그리고 코와 입이. 감각이 무너지고 나면 내가 아는 현실이란 그 순간 의미를 잃어버렸다. 대련 봉판정 냄새나고 더러운 아편굴에 누워 있을 때부터 나는 그 사실을 잘 알고 있었다. 현실이란 내 몸의 여러 감각들이 만들어내는 환각에 불과한 것인지도 모른다. 활동사진을 보면서 눈물을 흘리는 촌부들처럼. 환등기를 바라보며 탄성을 지르는 소학교 학동들처럼.

하지만 첫번째 총성이 귀를 마비시킨 그 순간부터 내 의사와 무관하게 두려움으로 온몸이 심하게 떨려왔다. 나는 몸이 내게 말하는 바를 믿지 않으려고 이를 악물었다. 그러다가 사레가 들려 심하게 기침을 했다. 고문을 당한 뒤로 나는 쉽게 사레가 들렸다. 침 한 방울에도. 두 손은 등뒤로 결박당한 채, 허리를 꺾어가면서 기침을 내뱉었다. 머리카락 끝에서 쉬지 않고 땀방울이 흘러내렸다. 기침의 끝, 가려진 두 눈에서 물방울이 맺혀들었다. 참고 참았던 눈물이 고작 사레 때문에 흘러나왔다는 사실이 치욕스러워 나는 허리를 숙이고 있었다. 그 쓰라린 상태가 오히려 나는 좋았다.

다시 두번째 소리. 역시 온몸으로 바닥을 긁어대는 듯한 소리. 혁명 만세. 그저 앞사람을 따라 하는 것인지, 아니면 죽음 앞에서 그들이 내뱉을 수 있는 소리는 그것뿐인지, 그저 혁명 만세. 조선혁명 만세도, 중국혁명 만세도, 세계혁명 만세도 아니고, 그저 혁명 만세. 그 어느 쪽도 받아들이지 않아 변경에서만 살아갈 수밖에 없었던 자들의 모호한 아우성, 그저 혁명 만세. 두번째 총성부터는 화약 냄새에 피비린내가 섞여서 풍겨왔다. 나는 얼른 바람이 불어가는 쪽으로 얼굴을 돌렸지만, 구역질이 치미는 것만은 어쩔 수가 없었다. 악다문 잇새로 시큼한 냄새가 치밀었다. 점점 더 뜨거워지는 숨결이 허공으로 번져났다. 나는 눈살을 찡그리면서도 아예 감지는 않고 눈으로 밀려드는 코끝의 땀방울을 받아들였다. 당장이라도 눈이 튀어나올 듯 아팠다. 하지만 나는 두 눈을 부릅떴다. 믿을 수 없는 그 어둠이 보일 때까지 직시했다.

바로 그때 일주일 전, 토벌대의 공격에 맞서 유격구를 지켜내면서 왼팔에 총상을 당한 박도만이 노래를 불렀다. 산중에서 오락회라도 벌이는 양, 그 목소리 드높게.

"가슴 쥐고 나무 밑에 쓰러진다. 혁명군 가슴에서 흘으는 피 푸른 풀에 즐벅해. 산에 나는 까마귀야, 신체 보고 울지 마라. 몸은 비록 죽었으나, 혁명 정신 살아 있다."

무엇을 위해 자신이 죽어가는가 말하는 노래. 어떤 부끄럼도 없는 백골만이 부를 수 있는 노래. 빨치산 추도가. 내 옆에 앉아 처형을 기다리던 다른 사람들도 하나둘 그 노래를 따라 부르기 시작했다. 노래가 울려퍼지자, 내 머리칼을 쥐고 있던 손이 느슨해졌고 내 입에서는 한숨이 나왔다. 내가 두 눈을 부릅뜨고 있는 동안, 노래는 계속됐다. 누구도 그 노래를 제지하지 않았다.

"만리천정 우주공헌 부모형제 다 버리고, 홀로 선 나무 밑에 웨맥 없이 쓰러졌다."

두 눈이 가려진 채 무릎을 꿇고 앉은 자들이 그 노래를 부르자, 우리를 지켜보고 섰던 사람들은 물론 한때의 동지들을 차례로 처형해나가던 적위대원들도 주춤하는 기색이 느껴졌다.

"나의 사랑 공산주의 피를 많이 먹었으나, 만약 먹고 싶으거든 나의 피도 먹으라."

그 마지막 구절이 울음으로 젖어드는가 싶더니 박도만이 낄낄거리며 갈라진 목소리로 드높게 외쳤다.

"영광이오."

내게 그 소리는 마비된 청신경을 흔드는 환청처럼 들렸다. 영광이라니? 자기 몸처럼 사랑하는 인민들이 보는 앞에서 혁명의 배신자로 낙인찍힌 채, 그것도 어제까지만 해도 생사를 같이했던 동지들의 손에 죽어가고 있는데 영광이라니? 혁명의 제단에 자신의 피를 바치고야 말겠다고 맹세했던 가장 용맹스런 전사들이 어처구니없는 누명을 쓰고 죽어가고 있는데 영광이라니? 미치지 않고서야, 어떻게, 영광이라니? 하지만 박도만은 심실의 가장 깊은 어둠 속에서 끌어낸 듯한 핏빛 목소리로 말을 이었다.

"왜놈들이 아니라 동무들의 손에 죽게 돼 영광이오. 다만 이 역사 단계에서 큰 기여를 하지 못하고 소멸되는 것만이 안타까울 따름이나, 내가 미처 끝내지 못한 혁명 과업은 동무들이 완성할 것이라 믿소. 나를 대신하여 동무들은 당의 영도 아래 반드시 혁명을 결속시켜주기 바라오."

그리고 말을 잇지 못하는 동안, 눈물에 젖어드는 목소리로 박도만이 외쳤다.

"위대한 무산계급 만세. 위대한 세계혁명 만세. 위대한 공산주의 만세."

그의 목소리를 따라서 눈이 가려진 채, 죽기만을 기다리던 다른 사람들도 하나둘 박도만의 그 말을 따라 소리쳤다.

"위대한 무산계급 만세. 위대한 세계혁명 만세. 위대한 공산주의 만세."

나만이 입을 다물지 못하고 눈가리개 저편의 어둠, 도무지 믿을 수 없는 그 어둠만을 바라보고 있었다.

"그 사람은 우리보다 더 항일하는 사람이오. 이번에도 당신들은 그 사람 덕택에 살아남은 거요. 그 사람이 일제의 주구라면 여기에 일제의 주구가 아닌 사람이 없소. 게다가 지금 당신네들에게는 그 사람이 반드시 필요하오. 죽이지 마시오."

바로 그때, 군중대회에 모인 사람들 중 누군가가 중국어로 소리쳤다. 한쪽에 포탄을 맞아 허물어진 근거지 감옥에서 군중대회가 열리는 아동단학교 마당으로 끌려나올 때부터 두 눈이 가려진 상태였기 때문에 우리는 군중대회에 어떤 사람들이 모였는지 알 수 없었다. 하지만 그 목소리가 일주일 전, 근거지로 합류한 구국군 사이에서 흘러나온다는 사실만은 짐작할 수 있었다. 원래 길림성 변방군에 소속됐던 그들은 만주사변 뒤 반만항일의 기치를 내걸고 봉기한 왕덕림 부대에 들어갔다가 1933년 1월 5일, 동녕에 있던 구국군 지휘부가 일본군에게 함락당한 뒤, 동만 일대로 흩어진 소부대 중 하나였다. 한때 육만에 가까운 병력으로 만주 지방을 휩쓸던 구국군은 그 패퇴 이후 상층부가 시베리아로 도피하면서 기세가 완전히 꺾여버렸다.

조선 항일 세력들은 전 중국 육군 패잔병이 주축이 된 구국군의 전반적인 소멸을 내심 양가적인 시선으로 바라볼 수밖에 없었다. 만주사변 직후, 만주 내 조선인들을 약탈, 겁탈, 방화한 자들은 일본군이 아니라 구국군이었기 때문이었다. 그들은 조선인 이주민들이 일본 대륙 침략의 앞잡이라고 믿고 있었다. 이건 국민당 계열이든 중공당 계열이든 만주 내 중국인들이 조선인을 바라보는 일반적인 시각이었다. 그런 점에서 만주사변 뒤, 간도 공산주의운동의 영도가 조선인의 손에서 중국인의 손으로 넘어간 것은 당연한 일이었다. 중공 중앙으로서는 구국군 내의 유생 역량을 포기할 수가 없었기 때문에 1월 26일, 반만항일통일전선을 형성하라는 내용의 소위 1·26 지시서한을 간도 지역 각 현의 유격대에 전달했다. 조선인만으로 구성된 박도만 유격대가 중국 육군 패잔병들인 구국군과 긴밀한 관계를 유지하게 된 까닭은 그 때문이었다. 박도만은 구국군을 끌어들이는 일에 총력을 기울였는데, 일주일 전 일본군 1개 중대를 주축으로 한 토벌대가 소비에트를 공격해 들어왔을 때, 연락을 받은 구국군이 합동 방어 작전을 펼쳤다는 사실에서 알 수 있다시피 박도만의 노력은 꽤 좋은 성과를 거둔 셈이었다. 그건 그 자신의 삶에 있어서도 마찬가지였다.

하지만 군중대회를 이끌던 현위 서기 손영수는 구국군의 이의를 인정하지 않았다. 빈농 출신인 손영수는 중국어를 몰랐기 때문에 옆에서 중국어를 아는 다른 조선인이 더듬거리며 그의 말을 옮겼다.

"당신들보다도 더 열심히 항일한다는 그 자체가 바로 이자가 민생단임을 알려주는 가장 확실한 증거요. 민생단들은 자신이 민생단이 아니라는 걸 보이기 위해 누구보다도 더 열심히 항일하는 자들이오. 게다가 조선인이 중국인보다 더 열심히 항일한다는 자체가 민족주의자란 반증이오. 여지없이 민생단 분자이며 민족주의자인 이자는 우리의 영도를 받으니 처분도 우리에게 달렸소. 당은 이미 파벌주의와 민생단 간첩에 대해서는 화력을 집중하여 타협적 태도를 반대해야만 한다고 주문하였소."

구국군들 중 몇몇은 웃음을 터뜨렸다.

"우리도 일제의 앞잡이인 조선인은 뼛속까지 증오하오. 조선인이 동만에 들어온 뒤, 일본 군대가 따라 들어왔소. 하지만 중국인도 가지가지, 조선인도 가지가지. 그렇게 초관인명草菅人命, 사람 죽이기를 풀 베듯이 하는 것은 당신들보다는 공산당의 잘못인 것 같소. 게다가 지금은 토벌대가 언제 다시 이곳으로 밀려올지도 모르는 상황인데, 그런 정치적인 놀음을 놀고 있을 때가 아니오. 그는 유능한 전사요. 그 사람이 일제의 앞잡이가 아니라는 건 우리 중국인들이 보증하겠소. 그러니 그 사람을 죽이지 마시오. 그렇지 않으면 우리도 가만있지 않겠소."

그 말에 손영수가 웅웅대는 목소리로 게두덜거렸다.

"토벌대가 언제 다시 이곳으로 밀려들지 모르는 상황이기 때문에 더구나 이자를 처단해야만 하오. 이자는 토벌대와 내통한 흔적이 있소. 조선인만이 조선인을 알아보오. 당신들은 조선인들이 어떤 자들인지 모르오. 이 일은 우리의 일이니 가만히 있으시오."

그리고 총성이 울렸다. 삽시간에 혁명소학교 마당이 소리를 잃은 듯 적막해졌다. 나는 가슴이 덜컥 내려앉아 그만 눈을 감고 말았다. 하지만 눈을 떠도, 눈을 감아도 그저 어둠뿐이었다. 검정은 검정을 알아보지 못하므로 검은 어둠 앞에 검은 눈동자는 무력했다. 어둠. 그런 어둠. 볼 수도 없고, 그리하여 믿을 수도 없는 어둠. 그러나 그 총성은 박도만을 처형하는 총성이 아니었다. 왜냐하면 마당에 심어진 백양나무 우듬지로 불어오는 바람 소리가 조금씩 귓가로 들리는가 싶더니 느닷없이 통곡하는 소리가 들렸기 때문이었다. 손영수가 말을 듣지 않자 구국군은 허공에다 위협 사격을 했고, 잠시 뒤 그런 정황을 눈치챈 박도만이 통곡하기 시작했던 것이다. 중국인 구국군 덕분에 같은 조선인에게 살해될 위험에서 벗어나게 된 조선인 공산주의자 박도만이 왜 통곡하는지 그 자리에 모인 조선인이라면 그 이유를 모를 리 없었다. 박도만은 울부짖는 목소리로 외쳤다.

"동무들, 나는 민생단이 아니오. 나는 주구가 아니오. 개가 되라면 동무들의 개가 되겠소. 똥을 핥아먹으라면 동무들의 똥을 핥아먹겠소. 하지만 나를 비롯해 여기 모인 사람들은 절대로 민생단이 아니오. 주구가 아니오. 지금은 적들과 맞서 싸워야만 할 시간이오. 단 한 명의 사람이라도 필요한 시점이오. 나는 민생단이 아니오. 위대한 무산계급 만세. 위대한 세계혁명 만세. 위대한 공산주의 만세. 위대한 중국혁명 만세. 위대한 중국혁명 만세."

박도만의 목소리를 따라 민생단으로 지목된 다른 공산주의자들도 덩달아 울부짖으며 위대한 중국혁명 만세를 외쳤다.

"그자들의 눈가리개를 모두 푸시오!"

구국군이 소리쳤다. 그러는 동안에도 울부짖는 목소리는 계속됐다.

"위대한 중국혁명 만세. 위대한 중국혁명 만세."

그리고 내 눈을 가리던 눈가리개가 풀어졌다. 나는 고개를 숙이고 머리를 흔들었다. 땀인지 눈물인지 모를 물기 때문에 두 눈이 아프도록 시렸다. 조심스레 눈을 떠봤더니 하오의 햇살이 찢어진 내 군복 바지 위에 드리워져 있었다.

나는 천천히 고개를 들었다. 내 옆으로 무릎을 꿇고 앉아 있던, 박도만을 포함한 민생단 혐의자들은 모두 고개를 숙이고 있었다. 왼쪽 앞으로는 이미 처형된 전 현위 서기 이국형과 군사부장 김태식의 머리에서 터져나온 골수와 핏줄기가 흩어져 있었다. 나는 잠시 눈을 감았다가 다시 눈을 떴다. 구국군과 적위대는 서로에게 총을 겨누고 있었다. 그 모습을 본 박도만은 결박당한 몸을 앞으로 던졌다. 그리고 손영수가 있는 쪽을 향해 기어갔다.

"서기 동무, 안 되오. 안 되오. 그래서는 안 되오. 지시서한의 정신을 받드시오. 구국군과 투쟁해서는 안 되오. 총알을 아껴야만 하오. 왜놈과 싸워야만 하오."

기어가면서도 박도만은 끊임없이 외쳤다. 나는 다시 눈을 감았다.

"안 되오. 그래서는 안 되오."

박도만의 목소리는 계속됐다. 이윽고 손영수가 입을 열었다.

"좋소. 구국군 동무들의 이의를 접수해 이자들을 재심하겠소."

그 말에 나는 눈을 떴다. 산등성이만 바라봐도 눈이 푸르게 물들 것 같은 7월의 화창한 날이었다. 남산 보자구드니 맘은 벌써 더길 넘어가 있는겐데. 문득 여옥이가 보낸 편지의 한 구절이 떠올랐다. 먼저 적위대 쪽에서 총구를 내렸고 이에 호응해 구국군이 총구를 돌렸다. 산을 올려다보던 시선을 돌리다가 나를 바라보는 한 눈동자와 내 눈이 마주쳤다. 마당에 모인 사람들 사이에 섞여 서 있던 어린 학생이었다. 우리에게 토벌대의 공격이 있을 것이라는 사실을 알려준 소선대원이었다. 그 학생의 눈에서는 눈물이 주르르 흘러내리고 있었는데, 누가 볼세라 얼른 양쪽 소매로 그 눈물을 닦고 있었다. 나는 눈을 감았다. 눈동자. 내 눈동자. 두 개의 검은 눈동자. 어둠을 보지 못하고, 또 믿지 못하는 두 개의 검은 눈동자.

잔뜩 내려앉았던 방안 공기가 가벼워지는가 싶더니 소나기 내리는 맑진 소리가 들려오기 시작했다. 긴장이 풀린 마음속이 조금씩 누기 지더니 이내 물빛이 번져 번들거렸다. 슬그머니 자리에서 일어나 문을 열고 나가보니 흙마당이 뒤집어진 세상의 지주 등짝처럼 빗줄기에 온통 패었다. 세상 숨탄것들은 모두 빗줄기를 구경하고 있는 듯, 사위가 고즈넉했다. 밤에 동만특위에서 당 간부가 내려와 재심사를 할 예정이었으나 중인환시리衆人環視裡에 구국군에 의해 구위 서기의 위세가 꺾이게 되면서 우리를 지키고 선 경비도 한결 느슨해졌다. 아침까지만 해도 문간에 서서 삼엄하게 감시하던 소년선봉대원들도 비를 피하러 갔는지 보이지 않았다.

감옥은 화룡과 명월구 사이의 근거지에 자리잡고 있었다. 3월부터 시작된 대토벌의 와중에도 몇 번씩 산으로 도망갔다가 다시 돌아와 불타버린 집을 새로 짓는 등 그 근거지만은 보위하긴 했지만, 언제 다시 파괴될지 알 수 없었다. 구국군의 합세로 겨우 막아내긴 했지만, 토벌대가 산너머까지 밀려온 게 일주일 전의 일이었다. 그런 정황이었으므로 감옥이라고는 했지만, 소선대원들이 날창을 들고 지키고 섰다는 것일 뿐, 그저 초가지붕을 올린 토담집에 불과했다. 역시 초가를 올린 함경도식 가옥인 현위원회는 감옥 옆에 자리잡고 있었고 현위원회 마당 건너편에는 야장간을 개조해 만든 병기창이 들어앉아 있었다. 공장 안에는 모루, 풀무, 망치, 집게, 정 따위의 도구가 있어 비수나 날창, 심지어는 38식 보총 탄알을 사용할 수 있는 권총도 만들어냈다. 또한 큰 통조림통에다 임업장이나 탄광에서 빼돌린 폭약과 목탄 가루를 넣은 뒤, 그 주위에 가마나 보습을 잘게 깨뜨린 조각을 넣어서 작탄을 만들기도 했다.

사람보다는 총이 필요한 시기였으므로 하나의 총을 서너 명이 번갈아서 사용하며 근거지를 방어했다거나 토벌대에 쫓겨 죽는 순간에도 권총만은 넘겨주고 숨을 거뒀다는 식의 무용담을 어디에서나 들을 수 있었다. 맨몸으로 소동구 악질 지주의 집을 습격해 총을 확보하면서 자위적 차원의 무장투쟁에 나섰던 박도만 별동대에도 그런 무용담은 흔했다. 박도만 별동대는 동만에서는 일찍이 무장투쟁에 나섰던 유격대 중의 하나라 화룡 지역에서 신망이 높았다. 하지만 사실이든 아니든 박도만도 쉽게 지울 수 없는 정치적 상처, 즉 민생단 혐의자라는 모자를 공개적으로 뒤집어썼으니 그들의 무용담도 이제 흐릿해질 수밖에 없었다.

마루에 앉아 하염없이 떨어지는 빗방울을 바라보고 있는데, 병기창 쪽에서 구슬픈 바이올린 소리가 들렸다. 그곳에서 일하는 서금원이 켜는 바이올린 같았다. 어랑촌에 있던 병기창에서 자체 작탄을 만들어내는 데 성공해 그 이름을 널리 떨친 사람이었으나 더 성능이 좋은 작탄을 만들기 위해 실험을 거듭하다가 결국 폭발사고로 두 눈을 실명한 이후로는 그렇게 병기창에 앉아서 자신이 아는 병기 제조 지식을 전수하거나 혁명 가곡을 바이올린으로 켰다. 빗줄기같이 가느다란 바이올린 소리에 온 마음을 기대고 앉아 있는데 군중대회에서 살아남은 뒤로는 벙어리처럼 그저 방안에 틀어박혀 잠만 자던 박도만이 어느새 밖으로 나와 내 옆에 앉았다. 며칠째 잠을 제대로 자지 못해 눈에는 핏발이 서 있었다.

처음 박도만을 봤을 때만 해도 나는 그가 중국인인 줄로만 알았다. 하는 말의 반 정도는 중국말이었기 때문이었다. 나중에야 조선인 대원들이 빨리 중국어를 익힐 수 있도록 중국말을 많이 사용한다는 사실을 알게 됐다. 그는 열성 당원이었다. 당의 지시라면 죽을 수도 있는 사람이었다. 중국어를 배운 것도 중국인과 광범위한 항일민족통일전선의 수립을 명령한 1·26 지시서한 때문이었다. 그는 조선을 혁명하려면 먼저 중국을 혁명해야만 한다고 생각했다. 매우 낙천적이고 농담을 즐기는 사람이라 구국군과의 합작 사업에서도 발군의 실력을 발휘했기 때문에 구국군들이 그를 살리기 위해 총까지 겨눈 것이다. 하지만 일주일 전 무장해제를 당하고 나와 함께 감옥에 갇힌 뒤로는 그 좋은 얼굴이며 풍채가 핼쑥해졌다. 총을 빼앗긴 뒤, 그는 다시 총을 잡을 수 없게 된다면 손목을 잘라버리겠노라고 말하기까지 했다. 죽는 순간까지 영광이라고 말하는 심정은 그런 마음에서 비롯하는 것일까? 나로서는 도무지 그 깊이를 알 수 없었다.

박도만은 바이올린 소리에 맞춰 노래를 불렀다.

“강도 일제를 타도하는 노력대중아, 민족해방 얻으려는 중한中韓민족아. 일제 앞잡이 충실한 개떼 무리는 만주 각지 널려 있는 민생단이라. 조선 각종 파쟁분자를 한데 모으고 한국 민족주의자를 모두 합하여 강도 일제 놓아놓은 민생단은 만주 각지 널려 있는 민생단이라……”

나는 고개를 돌려 박도만을 바라봤다. 일 년 전, 처음 간도에 왔을 때 말끝마다 ‘하오더, 씨아오 이 씨아오’라고 말하던 어떤 남자에게서 민생단에 가입할 것을 권유받은 적이 있었다. 그의 설명에 따르면 민생단은 만주사변 직후 중국 육군 패잔병들에게 쫓기고 중국인 지주에게 시달리는 등 이국땅에서 고난을 겪고 있는 조선인 이주자들을 위한 조선인 자치구 수립을 목적으로 만들어졌다고 했다. 하지만 일제의 동북정책에 반하는 이런 목표 때문에 총영사관측은 민생단에 해산 명령을 내렸고 결국에는 일제의 수하에 불과한 상층부는 곧장 손을 털고 민생단을 해산시켰다. 그때만 해도 나는 민생단을 단순히 조선인 민족주의자들이 행하는 정치 투쟁의 일환으로 여겼다. 하지만 유격구에 들어와 이런저런 일들을 겪으면서, 그리고 급기야 박도만이 민생단으로 지목돼 처형 직전까지 가는 것을 보면서, 그리고 더 놀랍게는 박도만에게서 말끝마다 내게 '하오더, 씨아오 이 씨아오'라고 말하던 그 사람, 박길룡의 과거 경력에 대해 전해 들으면서 민생단의 정체가 도대체 무엇인지 알 수 없게 됐다.

"동무는 고향이 어디오?"

노래를 부르는 목소리가 느려지더니 어느 틈엔가 바이올린 가락을 놓쳐버린 박도만이 노래를 멈추고 내게 물었다.

"경상도 통영입니다."

"보자. 통영이라면 남해가 보이겠소. 참 먼 고장이오. 나는 명동촌에서 태어났소. 망명한 자산계급 민족주의자들이 일군 동네라 늘 나라를 위해 살아야만 한다는 얘기를 많이 듣고 자랐소. 이등박문을 죽이기 위해 근처 선바위에서 사격 연습을 했다는 안중근이나 이상설을 따라 헤이그까지 갔다가 국제 대표들 앞에서 창자를 꺼내 보이며 죽었다는 이준 얘기 같은 것 말이오. 그때만 해도 나도 얼른 커서 독립군이 되어야겠다고 생각했소. 하지만 용정으로 나가 살아가면서 차츰 나라가 없다는 게 무엇을 뜻하는지 깨닫게 됐소. 태어난 나라가 없으니 우리에게는 당도 없소. 나라도 없고 당도 없는 자에게는 민족도 없는 것이오. 중공당에 가입한 뒤부터 나는 내 혈관에는 국제주의의 피만 흐른다는 사실을 알아냈소. 국제당만이 우리의 당이고 나라고 정부요. 내가 알기로 지금 간도 땅에서 진정으로 항일하는 조선인 공산주의자들 중에 국제주의자가 아닌 사람은 아무도 없소. 나는 일본 놈들만큼이나 민족주의자들을 증오하오. 지난 시기, 그들은 가짜 정부를 우리에게 강요하고 참된 애국자들을 학살했소. 그런 내가 민생단 감투를 쓰게 될 줄은 정말 생각지도 못했소."

빗방울 위에 또다른 빗방울, 한 켜 두 켜 쌓였다가는 먹을 것 없는 깐깐오월 산골 근거지 메마른 땅속으로 스며들었다.

"그런데 어째서 영광이라고 말했습니까? 박대장은 선과 악을 초월한 성자입니까?"

내가 궁금증을 참지 못하고 물었다. 박도만은 아무런 말 없이 두 손바닥을 펼쳐 빗방울을 받다가 입을 열었다.

"사람을 죽여본 일이 있소?"

나는 고개를 돌리고 비를 맞고 선 백양나무를 바라봤다.

"중학 시절, 내가 존경한 사람은 톨스토이였소. 지하 학습반에서 다른 중학 학생들과 둘러앉아 공산주의를 학습할 때도 나는 마르크스보다도 톨스토이를 더 신봉했소. 붉은 5월 투쟁으로 미쳐 날뛸 때도, 감옥에서 나와 화룡에서 지하활동을 할 때도, 또 지주의 집을 습격해 날창뿐이었던 적위대를 무장시킬 때도 내 주머니에는 항상 톨스토이의 책이 있었소. 그의 주인공들은 끝없이 세계와 투쟁하면서도 인도주의와 희생을 믿었던 자들이오. 그건 그가 자연을 사랑했다는 사실과도 결부되는 것이오. 나무는 가만히 서 있는 것 같지만, 그 내부에서는 세계와 끊임없이 투쟁하니까 저렇게 곧추서 있을 수 있는 것이오. 인간 역시 모순에 가득찬 세계 속에서 항상 변화하기 때문에 살아갈 수 있는 것이오. 도덕이란 그렇게 변화하는 인간만이 알 수 있는 것이오. 일단 그렇게 변화하는 인간의 도덕을 알게 되면 이 세상에서 일어나는 그 모든 잔혹한 일들을 혐오하게 될 수밖에 없소. 변화를 멈춘 죽은 자들만이 변화하는 인간을 잔혹하게 만들 수 있으니까. 그건 정말 구역질이 나는 일이오. 하지만 인간은 그보다 힘이 더 센 존재요. 나는 잔인한 세계에 맞서기 위해서가 아니라 그런 잔인한 세계 속에서도 늘 변화하고 성장하는 인간의 힘을 믿었기 때문에 공산주의자가 됐소. 인간이 성장하는 한, 세계도 조금씩 변하게 마련이오. 그런 인간의 힘을 나는 믿었소."

빗방울이 타고 온 바람에 백양나무 이파리들은 조금씩 흔들리고 있었다. 그 이파리들을 보면서 나는 언젠가 유격구에서 본 연극을 떠올렸다. 그러니까 정치학습에 들어가고 일 개월 정도가 지났을 때였다. 그즈음에는 토벌대의 공격도 뜸해지기 시작했는데, 어찌된 일인지 다들 그 평화로운 상태를 즐긴다기보다는 더 불안해하는 기색이 역력했다. 귀틀집이나마 나무를 잘라와 학교도 다시 세우고 현위원회도 만들었건만, 어쩐지 다들 맥이 없었다. 그런 분위기를 없애느라고 소선대원들이 스스로 대본을 만들어 연극 공연을 한 것이다. 군데군데 우등불을 피워놓은 간이 무대를 만들어놓고 근거지 인민들이 모두 모여서 그 연극을 관람했다. 지주의 착취에 맞서 감식감조 투쟁에 나서 승리를 쟁취했으나 곧 들이닥친 토벌대에 의해 온 가족이 몰살당한 어느 소년이 대처로 나가 온갖 고생을 하던 중 지하조직을 만나 혁명의 도리를 깨치고 항일투쟁의 선봉으로 나선다는 내용의, 비교적 단순한 연극이었다.

대사를 못 외고 그저 하염없이 인민들만 바라보다가 그만 눈물을 흘리는 아이가 있는 것은 너무나 당연했지만, 지주 역할을 맡은 아이를 농민으로 분장한 아이들이 너무 세게 때린 것만은 좀 심하다는 생각이 들었다. 그런데 그 연극 중에 소년이 감옥에서 죽은 한 소녀의 편지를 받는 장면이 나왔다. 소년 역을 맡은 아이가 그 편지를 소리내 읽었다.

"제가 체포됐다는 소식을 듣고, 또한 제가 이 세상을 하직한다고 해 괴로워하지는 마세요. 사람이란 자기 인생 행로에서 잊기 어려운 추억을 갖게 마련이지요. 이런 추억은 자기 삶의 마지막 순간까지 심금을 울려주면서 떠오르는 것이에요."

그 장면에서 나는 창피한 줄도 모르고 펑펑 눈물을 쏟으며 울고 말았다. 유정촌에서 내가 본 것들이 떠오르면서 지금까지 인류가 겪은 모든 고통이 그 문장에 실려 내게로 밀려오는 것 같았다. 나는 한 인간의 모든 것을 이토록 쉽게 앗아가는 이 잔혹한 세상이 견딜 수 없었다.

"세상이 이토록 잔인한데, 과연 인간에게 무슨 힘이 남아 있는 것일까요? 죄 없는 사람들이 속절없이 죽어가는 것을 두 눈으로 지켜봤는데, 인간에게 무슨 미래가 남아 있는 것일까요?"

혼잣말을 중얼거리듯 내가 박도만에게 물었다.

"어떤 경우에도 인간은 성장한다는 것이오. 그게 힘이라오. 물론 나 역시 사람을 죽인 뒤에 톨스토이의 책을 버렸소. 결국 잔혹함마저도 진리의 한 부분이라고 인정하게 된 것이오. 톨스토이가 10월혁명을 목격했더라면 어떤 책을 썼을 것 같으오? 그는 세계 속에서 투쟁하는 인간들의 모습에 대한 대서사시를 썼을 것이오. 인도주의는 죽는 그 순간까지 지키고 싶은 아름다운 가치지만, 그래서 목숨이 다하는 그날까지 변화하는 인간의 힘을 믿겠지만, 잔혹함마저도 진리의 한 부분이라는 것만은 톨스토이도 인정하지 않을 수 없었을 것이오. 나는 오늘 죽을 수도 있었고 살 수도 있었지만, 그런 건 중요하지 않소. 내가 민생단 간첩으로 오해받아 죽든, 일본군과 싸우다가 죽든 그런 건 중요하지 않소. 중요한 것은 인도주의가 진리라면 인도주의 역시 개개인에게는 잔혹함을 요구할 수 있다는 점이오. 거기에 대해서는 아무런 원한도, 분노도 없소. 나는 오직 진리를 위해서만 분노할 뿐이오. 인간은 진리 속에 있을 때만이 인간일 뿐이오. 그리고 진리 속에 있을 때, 인간은 끝없이 변화할 뿐이오. 인간이 변화하는 한, 세계는 바뀌게 되오. 죽는다는 건 더이상 변화하지 못하는 고정의 존재가 된다는 것. 다만 이 역사 단계에서 더이상 세계를 변화시키는 일을 하지 못한다는 것. 죽음은 그 정도로만 아쉬울 뿐이오. 내가 죽음으로써 세계가 조금 변화한다면 그 이상 아쉬움은 없소."

두 손을 펼쳐 떨어지는 빗방울을 모은 박도만은 고인 빗물로 얼굴을 닦았다.

"나도 사람을 죽이면 당신처럼 진실을 알게 되는 걸까요?"

내가 물었다. 박도만은 빗방울이 맺힌 눈썹으로 나를 바라보더니 대답했다.

"사람을 죽이고 나면 얼마간은 미쳐 있게 마련이오. 다시는 누군가를 죽이기 전의 세계로 돌아가지 못하기 때문이오. 물론 그것도 진실이오. 하지만 나는 톨스토이를 버렸소. 설득과 타협으로 모든 사람들이 평등하게 살아가는 이상 세계를 만들겠다는 중학 시절의 드높았던 포부를 버렸소. 가족과 애인과 개인적 미래를 다 버렸소. 그 대가로 나는 진실에 눈뜨게 됐소. 진실이란 전혀 아름답지 않지. 그런 추한 것을 견딜 수 있는 용기를 지닌 사람만이 진실을 보게 된다오. 그리하여 이 세계가 너무나 잔혹한 곳이라는 것을, 그 잔혹함마저도 기실은 진실의 일부분이라는 사실을, 진실을 알기 위해서는 나 역시 잔혹해져야만 한다는 것을 알게 됐고 받아들이게 됐소. 그러고 나면 두 눈으로는 한 인간을 성장하게 만드는 모순과 투쟁만이 가득한 세계가 보이게 된다오. 물론 그런 것 따위는 몰라도 잘 살아가는 사람들이 있소. 중학 때의 내가 그랬고 경성에서 왜놈들 학교에 다니며 측량을 배우던 당신이 그랬소. 하지만 붉은 5월 투쟁 때 동양척식회사에 폭탄을 던지고 나니 모든 것이 달라졌소. 진실을 볼 것이냐 말 것이냐는 자신이 선택하는 일이오. 만약 그날 토벌대가 유정촌을 학살하지 않았다면, 그래서 당신이 말한 대로 경성으로 돌아갔다면 당신은 이런 세계 따위는 보지 않고 삶을 마감할 수도 있었을 것이오. 하지만 진실을 알겠노라고 일단 선택한 다음에는 돌아갈 방법이 없소. 톨스토이의 주인공들은 결정론적인 세계를 살아가는데도, 그들은 쉬지 않고 자신의 의지를 행동으로 옮기오. 그게 바로 공산주의자들이 하는 일이오. 그 책은 버렸으되 내가 여전히 톨스토이를 버리지 못하는 까닭은 그 때문이오. 사람을 죽이면 진실을 알게 되는 게 아니라 진실을 알고자 할 때 사람을 죽일 수 있는 법이오."

"그렇다면 당신은 붉은 5월 투쟁 때 발전소 방화를 주도한 사람을 잘 알고 있겠군요. 그 사람도 당신처럼 진실을 본 적이 있겠죠? 그에게도 그런 신념이 있었겠죠? 그런데 그는 왜 변절했습니까?"

박도만이 나를 쳐다봤다. 그의 턱끝에서 빗물이 떨어졌다. 이윽고 박도만은 1927년 용정에서 학교를 다니던 중학생들에 대해 말하기 시작했다. 네 명의 중학생들. 안세훈. 박도만. 최도식. 이정희. 당장 천국을 보고자 했으나, 결국에는 제가끔 지옥을 보게 될.

1927년, 용정 시내를 걸어가다보면 일본이 싫어 이름 가운데 날일日자를 가로되 왈曰자로 바꾼 대성중학 김왈석 선생이 세상이 얼마나 뒤집어졌는지 보여준다며 두루마기를 뒤집어 입고 지나가는 모습을 볼 수 있었다. 중학교 대항 축구대회가 열릴 때면 대성중학교 취주악대는 행진곡을 연주하며 아이들을 몰고 거리를 지나갔다.

무쇠 골격 돌 근육 소년 남아야.
황황한 대한 혼 발휘하여라.
다다랐네, 다다랐네, 우리나라에.
소년의 활동시대 다다랐네.
만일 대적 연습하여 후일 공훈 세우세.
절세 영웅 대사업이 우리 목적이 아닌가.

목청 드높은 학생들의 응원가가 운동장에 울려퍼질 때면 축구를 한다기보다는 패싸움을 벌인다는 표현이 더 어울릴 만한 선수들이 피를 흘리면서도 공을 좇았다. 수캐 강학홍, 호랑이 박동수, 오송아지 김수선 등이 공을 잡을 때면 함성소리는 미루나무 우듬지보다도 더 높이, 하늘에 떠 있는 뭉게구름보다도, 그 구름 너머의 푸른 창공보다도 더 높이 솟구쳤다. 경기가 끝나면 이긴 학교 학생들의 모자가 하늘로 솟구쳤고, 돌아가는 길에서는 서로 간의 두번째 경기, 그러니까 이번에는 진짜 육박전이 벌어지곤 했다. 사시사철 검은 목사복에 예모를 쓴 영국더기 외국 선교사들은 성경책과 약품이 가득한 트렁크를 들고 그런 광경을 무심하게 바라보며 목사관으로 돌아갔다. 만나는 사람마다 "안녕하십니까? 만나니 기쁩니다"라고 인사를 건네던 그들에게도 들끓는 기운을 주체하지 못하던 학창 시절이 있었을 것이다. 때때로 학생들이 일본 총영사관 앞까지 나가 시위를 벌이는 경우도 있었는데, 그러다가 총영사관 기마순경들에게 주동자들이 끌려가게 되면 영국더기 캐나다 선교부의 크리슨, 포드 등이 총영사관과 교섭해 교원과 학생들을 다시 학교로 데려왔다. 1927년, 용정에서는 모든 것이 푸른빛이었다. 누구나 청춘이었다. 누구나 희망을 품었다.

하지만 희망은 푸른빛으로만 찾을 수 있는 게 아니라는 걸 청년들은 조금씩 알아갔다. 푸른빛의 희망은 붉은빛을 통해서만 이뤄질 수 있었다. 낡은 세계가 죽지 않으면 새로운 세계는 태어날 수 없다. 일찌감치 그 사실을 깨닫게 된 사람들이 푸른빛의 이면에서 움직이고 있었다. 조선공산당 화요파인 이인구와 이주화가 대성중학교 내에 '광명회'라는 마르크스주의 연구소조를 조직한 것은 1922년의 일이었다. 여기에 가입한 십여 명의 학생들은 저녁을 먹고 나서 이주화의 집에 모여 동흥중학교 정중섭 선생에게서 사회주의 이론과 민족해방투쟁의 방법에 대해 배웠다. 실천이 뒷받침되지 않는 이론이란 무의미하다는 것을 일찌감치 깨달은 그들은 방학 때면 농촌 마을을 돌아다니며 야학반을 꾸려 문맹 퇴치와 문화 오락 활동을 전개했다. 그들의 첫 활동은 공교회孔教會 반대투쟁으로 시작됐다. 1922년 4월 1일, 대성중학교측은 늘 하던 대로 공자제를 지내려고 했다. 하지만 학생들은 낡은 사상을 타파한다는 명분으로 동맹휴학을 결의하고 학교 교사 우측 현관에 걸려 있던 공자 위패를 뜯어버렸다. 학생들은 교무주임 임봉규를 몰아내고 수학 선생 현기형을 새로 임명했다. 공자 위패를 뜯어내는 그들의 행동은 여전히 유교사상에 젖어 있던 자산계급 민족주의자들의 우려를 자아내기에 충분했다. 그 행동은 1920년 경신대토벌로 자산계급 민족주의자들이 이끌던 무장투쟁이 쇠퇴의 기로로 접어드는 분위기와 무관하지 않을 것이다. 청년들은 낡은 좋은 것이 아니라, 새로운 나쁜 것에서 희망을 찾아낸다. 대성중학교를 공교회에서 구출해낸 청년들은, 하지만 자금난에서만은 학교를 구출해내지 못했다. 근근이 버텨가던 대성중학교는 1924년 폐교하고 말았다. 대성중학교를 다시 세운 것은 박재하 등 공산주의자들이었다. 1926년 11월 11일, 대성중학교는 용정 옛터에 다시 세워졌다.

그해 가을, 캐나다 선교사들이 '하느님의 은혜로 진리를 배운다'는 뜻으로 명명한 은진중학교에서도 반종교 투쟁이 한창이었다. 이 반종교 투쟁은 대성의 이주화, 동흥의 김봉익 등 교원으로 활동하던 공산주의자들에게 감화받은 학생들이 이끌었다. 먼저 4학년 성경과 수업시간에 목사가 "무릇 권세란 하느님께서 주신 것이니 누구나 그에 복종해야 마땅하다"고 말하자, 여창빈이 일어나 "그렇다면 일본 놈들이 조선을 침략하는 권세도 하느님이 준 것입니까? 우리 조선 사람들은 일본 놈들의 권세에 복종해야 한다는 것입니까?"라고 반문하면서 그를 조롱했다. 학생들은 즉각 동맹휴학을 무기로 그 목사의 해임을 요구했고 결국 이를 관철시켰다. 두번째 사건은 이듬해 2월 4일, 졸업시험을 치르면서 최성희가 시험문제가 이상한 것을 보고 '졸업시험인데 문제를 이렇게 괴상하게 내서 학생들이 답안을 쓰지 못하면, 학생들이 못 받은 점수는 선생이 가질 작정입니까?'라고 답안지에 쓰면서 시작됐다. 이에 학교측은 당연하게도 최성희의 졸업 자격을 취소했는데, 학생들은 또 동맹휴학을 무기로 최성희에게 졸업장을 수여할 것과 성경과를 취소할 것을 요구했다. 하지만 이번만은 학교측에서도 학생들의 요구를 들어줄 수 없었다. 4월 25일, 백오십여 명의 학생들은 "우리들은 천국에 가지 않겠다"라고 외치며 일제히 자퇴한 뒤, 대성중학교와 동흥중학교로 전학했다. 은진중학교에 다니던 박도만도 이때 대성으로 옮겨갔다. 우리들은 천국에 가지 않겠다. 여옥이가 어랑촌으로 찾아온 날, 박도만은 내게 그 말을 하면서 피식 웃음을 터뜨렸다. 그 웃음의 의미를 알 것 같았다. 지금 생각하면 그들은 천국에 가지 않은 게 아니라 가지 못한 것이다. 1927년 이후, 청년들은 그 누구도 천국에 가지 못했다. 그들은 결국 지옥을 봤을 뿐이다.

당시 대성중학교는 혁명학교 같은 분위기였다. 그도 그럴 것이 그해 4월, 이인구를 책임자로 하는 대성중학교 청년총동맹이 발족됐고 7월에는 교장인 박재하가 책임비서의 자리를 맡은 조선공산당 동만구역국 산하의 학교 연합지부가 대성중학교에서 조직됐을 정도니까. 방과후 축구시합이 벌어지는 교정 한쪽에서는 학생들이 모여서 마르크스가 더 위대하니, 레닌이 더 위대하니 따위의 정치토론을 벌이는 모습을 쉽게 찾아볼 수 있었다. 아직은 기독교와 톨스토이에 더 많이 경도된 박도만에게는 그런 분위기가 생소했다. 그렇긴 해도 박도만은 열정적인 성격대로 곧 그 분위기에 적응했다. 박도만은 공산주의가 무엇이든 바꾸려는 청년들의 사상이며, 그런 한에는 좀더 급진적인 견해가 훨씬 더 설득력이 있다는 것을 일찌감치 깨달았다. 운동장 토론에서든 지하 독서회의 논쟁에서든 박도만은 급진의 자리를 차지했다. 어떤 점에서는 박애주의자 박도만의 이런 면모는 편입생의 생존법이었는지도 모른다. 태어난 성격 때문이건 편입생의 불안감 때문이건 박도만의 느닷없는 급진성을 바로잡아준 것은 4학년 선배인 안세훈이었다.

자신은 톨스토이 같은 사람이 되고 싶다고 생각하면서도 입을 열면 혁명밖에는 방법이 없다고 말하는 박도만의 불안정함이 명동촌 소작농의 아들로 태어나 겪은 체험에서 비롯했다면 안세훈의 안정감은 약국집 장남으로 태어났기 때문에 생겨난 것인지도 모른다. 그의 아버지는 무오독립선언서에 이름을 올리고 1919년 3월 13일 반일시위를 이끌다 이 년간 옥살이를 경험한 사람으로 용정 내에서는 신망이 높은 민족주의자였다. 운동장의 한쪽 귀퉁이에서만 막강한 힘을 발휘하는 박도만의 경직된 과학에 따르면 안세훈 같은 부르주아지는 혁명의 적이어야만 했다. 하지만 어떻게 된 일인지 그게 그렇지 않았다. 언젠가 정치 토론중에 박도만은 학생들이 선봉에 서서 제국주의 세력을 분쇄해야만 한다고 말한 적이 있었다. 그때 안세훈이 들려준 얘기를 박도만은 아직도 잊을 수 없다.

"그들은 소수지만 우리의 삶은 그들을 통해서 꽃을 피운다. 그들이 없다면 이 세상의 삶은 죽음이나 다름없이 메마르고 황폐해질 것이다. 그들은 소수지만 모든 사람들에게 생명의 호흡을 불어넣는다. 그들이 없다면 사람들은 질식하고 말 것이다. 정직하고 선한 인민대중은 위대하다. 그러나 그들과 같은 존재는 드물다. 그들은 인민들 속에서 차의 향기와 같은 존재이며 좋은 술의 방향과 같은 존재다. 강인함과 품위는 바로 그들로부터 온다. 그들이야말로 가장 선한 사람들 중의 꽃이며 주동자들 중의 주동자들이며 이 땅의 소금 중의 소금이다. 니콜라이 체르니셰프스키, 『무엇을 할 것인가』."

박도만은 죽었다 깨어나더라도 안세훈처럼 세련된 문장으로 상대방을 설득할 수는 없을 것 같았다. 그런 식으로 박도만은 안세훈이 한 말을 혼자 되뇌곤 했다. 삼나무 높은 우듬지까지 올라가본 까마귀, 다시는 뜰로 내려앉지 않는 법이지. 그러니까 그런 말들. 안세훈의 다른 후배들과 마찬가지로.

박도만은 안세훈의 인텔리겐치아 기질에 하염없이 끌렸다. 중학생 박도만의 눈에 부르주아지이면서도 인민들의 힘을 믿는 안세훈은 환생한 톨스토이주의자처럼 보였다. 여름방학을 맞이해 자신이 지도하는 독서회 회원들과 함께 고향 청진 바닷가에 갔을 때, 누군가 안세훈에게 어느 학교로 진학할 것인가를 물었다. 안세훈은 조금도 주저하지 않고 자신은 노동계급이 있는 공사장이나 공장으로 들어갈 것이라고 말했다. 그 대답은 박도만의 심장을 뒤흔들었다. 급진적인 주장은 논쟁에서 상대방을 이기는 데 가장 주효한 방법이었다. 하지만 그런 급진적인 주장이 자신의 삶과 어떻게 만날 수 있는지 박도만은 한 번도 생각해본 적이 없었다. 그러기에 자신이 중학교를 졸업하고 공장으로 갈 수 있다는 생각조차 하지 않은 것이다. 명동촌의 조선인 지주 밑에서 여전히 소작을 부치는 부모에게 아들의 교육은 오랜 가난에서 벗어나는 하나의 방법이었다.

어떤 의미에서 중학교 졸업장은 급진적인 주장을 되뇌는 박도만의 마지막 탈출구라고 할 수 있었다. 안세훈에게 그 말을 듣고 얼마간 박도만은 자신에게도 그런 탈출구를 미리 막아버릴 수 있는 용기가 있는지 반문했다.

그 용기를 확인할 시간은 곧 찾아왔다. 그해 10월 2일, 용정 내 조선공산당 각 중학교 기층조직 책임자들과 동만구역국 책임자들이 정재윤의 집에서 제2차 회의를 열고 있다가 밀고자의 신고를 받고 출동한 일본 총영사관 순경들에게 체포되는 일이 발생했다. 그러니까 세간에서 말하는 제1차 간도공산당 검거 사건이 바로 이것이다. 이들 중에는 교장 박재하 이하 임계학, 정일광, 한장순 등 대성중학교 교원들이 포함돼 있었다. 이튿날, 청총의 지령을 받은 대성중학교 학생들은 2교시 수업을 마친 뒤 일제히 거리로 나가 체포된 교원들의 석방을 요구하는 시위를 벌였다. 총영사관 기마순경들이 시위 진압을 위해 출동했다. 기마순경들은 곤봉을 휘두르며 호각을 불어댔다. 그들이 휘두른 곤봉에 앞줄에 선 학생들 몇몇이 머리를 감싸쥐면서 물러섰다. 박도만 역시 그들과 함께 앞줄에서 있다가 뒤로 물러섰다. 그런데 대오에서 물러서지 않는 사람이 있었다. 안세훈이었다. 그는 곤봉을 휘두르는 일본인 기마순경을 말에서 끌어내린 뒤, 그를 발로 짓밟았다. 그때까지 시위 도중 단 한 번도, 그 누구도 일본인 순경에게 맞선 적은 없었다. 그 광경을 보자마자 박도만은 안세훈 쪽으로 달려가 쓰러진 순경을 함께 걷어찼다. 그간 박도만은 반혁명적 폭력에는 혁명적 폭력만이 있을 뿐이라는 명제를 수없이 되뇌었지만, 그 명제가 무슨 뜻인지 깨닫게 된 것은 바로 그때였다. 둘은 곧 기마순경들에게 둘러싸여 곤봉세례를 받았고 총영사관까지 끌려가게 됐다. 공산당의 지령하에 학생들이 반일시위에 나선 것은 초유의 일이라 총영사관측도 그들을 구속하지는 않았다. 안세훈과 박도만은 곧 풀려났지만, 둘의 사이는 이전과 달라졌다. 안세훈은 그런 박도만을 용정 내 학생 영도조직인 평우동맹에 소개했다. 동만청년총동맹의 영도를 받던 평우동맹을 이끌던 사람은 이미 러시아에서 혁명사상에 감화를 받은 명신여학교의 안나 리, 즉 이정희와 동흥중학교의 최도식이었다.

자신의 운명에 대해 알고 싶다면 지금 자신이 누구인지 말할 수 있어야만 할 것이다. 자신이 무엇을 간절히 소망하고 무엇을 그토록 두려워하는지 알게 되면 자신이 누구인지 말할 수 있을 것이다. 자신들 앞에 어떤 운명이 기다리고 있는지 몰랐다는 점에서, 1927년 낡은 세계를 부숴버리겠다며 밤마다 영국더기 동산교회에 모여 열에 들뜬 목소리로 혁명을 떠들어대던 네 명의 중학생들은 자신이 누구인지 말할 수 없는 자들이었다. 뒤질세라 자신이 어떤 사람이 될 수 있는지 서둘러 선언했지만, 그들은 정작 자신이 누구인지 알지 못했다. 그건 당신도, 나도, 식민지에서 살아가는 그 누구도 마찬가지다. 나라를 빼앗기고 남의 땅에서 살아가는 한, 우리는 우리가 아닌 다른 존재를 꿈꿀 수밖에 없다. 주인만이, 자기 삶의 주인만이 지금 여기가 아닌 다른 어딘가를 꿈꾸지 않는다.

내가 겪은 반민생단 투쟁 역시 마찬가지였다. 그건 바로 시체만이 자신이 누구인지 말할 수 있다는 것. 그러기에 일제의 간첩으로 몰려 죽는 마당에서도 박도만은 빨치산 추도가를 부를 수 있었고, 또 영광이라고 소리칠 수 있었던 것이다. 더이상 움직이지 않는 시체만이 자신이 누군지 소리내 떠들 권리를 지녔다. 시체가 되는 순간, 그들은 자신의 운명을 최종적으로 납득했으니. 유격구에서 나는 수많은 시체를 봤다. 그 시체들은 저마다 이렇게 떠들었다. 나는 민생단으로서 동지들의 골수를 적에게 팔아먹었다. 나는 혁명을 보위하기 위해 내 살과 피를 팔아먹었다. 그 아우성들을 들을 때마다 나는 간도 땅에서 살아가는 조선인들은 죽지 않는 한, 자신이 누구인지 말할 수 없는 존재라는 사실을 깨달았다. 그들은 경계에 서 있었다. 어디에서 바라보느냐에 따라서 민생단도 되고 혁명가도 될 수 있었다. 그런 점에서 그들은 항상 살아 있었다. 살아 있다는 건 다만 끊임없이 변화하는 존재라는 것이므로, 시시때때로 운명이 바뀐다는 뜻이므로.

박도만이 1927년 혁명을 꿈꾸던 네 명의 중학생들에 대해 얘기하던 날, 여옥이가 지팡이를 짚고 약수동에서 어랑촌까지 나를 찾아왔다. 일주일 전의 공세는 구국군의 합세로 물리쳤다고는 하지만, 토벌대의 주축은 증원군을 기다리며 여전히 두도구 시내에 진을 치고 앉아 어랑촌을 봉쇄하고 있었다. 그 때문에 여옥이는 연락원들이 다니는 산길을 걸어왔다. 여옥이가 어랑촌까지 찾아올 줄은 나도, 박도만도 짐작하지 못했기 때문에 여간 놀란 게 아니었다. 여옥이는 소나기에 완전히 젖은 몸으로 가만히 서서 나를 바라봤다. 얼굴이며 손등에 온통 긁힌 자국이었다. 비 내린 뒤의 습습한 바람이 오른쪽 바짓단을 가만히 흔들었다.

"어쩌자고 이 먼 곳을 왔니?"

내 입에서는 고작 그런 말이 흘러나왔다. 여옥이는 입술을 깨물었다.

"내사 얼굴이 전만 못합지?"

"무슨 소리를 하니? 안색이 안 좋구나. 토벌대가 사방에 깔렸는데, 도대체 어떻게 온 거냐?"

"토벌대가 어디 온 산을 다 막았답데? 가로막는다면 산이라도 다 마사버릴 마음입지."

여옥이가 고개를 외로 돌리고 말했다.

"재봉대에서는 어떻게 나온 거니?"

"아무리 몸을 굴려도 몸은 말짱하고 속만 아프멘스레 견딜 수 없었스꼬마. 그래 총 달라고 과따칬더니 나 겉은 것에는 매질도 달다며 말 한마디 안 붙입데. 사람이 어찌 그럽메? 사람이 어찌 그러고 삽메? 보는 언니들 앞에서 외쳤더니 병신 고운 데 없다고 그럽데. 그 말이 기가 딱 맥힙데. 그래, 그 동무 지팡이로 세게 내리치재니꾸. 죽디 아니했으명 살아 있을 거구만."

마루에 앉아 있던 박도만이 일어서면서 말했다.

"그럼 재봉대 대장을 죽을 만큼 두들겨 패고 도망쳐왔다는 얘기니? 철이 없기도 하구나. 지금이 어떤 시절인지 모르느냐?"

여옥이가 박도만의 말을 끊었다.

"내사 모릅지. 지금 어떤 시절인지 내사 모릅지. 내사 아는 것이라곤 외발로라도 반나절이명 어랑촌에 갈 수 있다는 것뿐이겠스꼬마. 시끄럽습둥. 내사 얼굴이 전만 못합메?"

여옥이가 고개를 돌려 나를 바라보면서 물었다. 나는 고개를 흔들었다.

"아니, 예쁘다. 몸은 괜찮니?"

"아무 일 없스꼬마. 예쁘다문서 어찌 눈으로 보면서 안아주지 않고 눈물만 흘림둥."

그제야 나는 여옥이를 힘껏 안았다. 여옥이가 지팡이를 던져버리고 두 팔로 내 허리를 꽉 움켜잡았다. 내 품에 안겨서 웃음을 터뜨리는가 싶더니, 여옥이는 흐느끼기 시작했다. 여옥이의 눈물이 내 옷깃을 적셨다. 나는 여옥이를 품에서 떼어내고 두 손으로 그 얼굴을 잡아 들여다봤다.

"반갑구나. 울지 마라. 얼굴에 이건 다 무슨 상처니?"

나는 엄지손가락으로 여옥이의 눈물을 닦았다.

"눈만 감으명 엄마와 언니가 총 맞아 죽는 게 보여서 말입지, 매 맞고 싶어서 마구다지로 대장 동무에게 달려들었습지. 가시나무 뜯어다가 팔뚝을 긁어댔습지. 하늘 보고 돌밭에 온몸을 비벼대면서 데리가, 나도 데리가, 소리쳤습지. 그래도 하나도 안 아프재니꾸."

"앞으로는 그러지 말거라. 그러면 나한테 크게 잘못하는 일이야."

그럼에도 여옥이의 눈물은 그치지 않았다. 나는 비가 그친 뒤에 불어오는 바람 쪽으로 고개를 돌렸다. 박도만 역시 나와 같은 쪽을 바라보고 있었다.

그리고, 멀리서 바람을 타고 노랫소리가 들려오기 시작했다.

민중의 기 붉은 기는 전사의 시체를 싼다.
시체가 식어 굳기 전에 혈조는 깃발을 물들인다.
높이 들어라, 붉은 깃발을.
그 밑에서 굳게 맹세해.
비겁한 자여, 갈라면 가라.
우리들은 붉은 기를 지키리라.
원수와의 혈전에서 붉은 기를 버린 놈이 누구냐.

노랫소리가 들리자, 여옥이도 바람이 부는 쪽으로 고개를 돌렸다. 노랫소리가 채 끝나기도 전에 혁명소학교 쪽에서 여러 발의 총성이 들렸다. 불길한 예감이 엄습했다.

"저건 토벌대의 총성은 아니겠지요?"

"일본군의 총성은 아니오. 다시 처형이 시작된 거요."

박도만이 혀로 갈라진 입술을 훔치면서 말했다.

"어떻게 할까요?"

내가 물었다. 박도만의 눈빛으로 수많은 생각들이 오갔다. 그때, 누군가 우리를 향해 달려오는 게 보였다. 소선대원이었다. 그 아이는 멀리서 우리를 향해 뭐라고 소리쳤다. 박도만이 목청껏 무슨 일이냐고 물었다. 소선대원은 달려와 숨을 헐떡이면서 외쳤다.

"빨리 혁명소학교 마당으로 갑세꼬마. 순시원 동무가 왔슴둥."

"누가 왔더냐? 이름이 뭐라고 하더냐? 중국인이더냐?"

박도만이 물었다.

"봄에도 왔던 동무임다."

"봄에도 왔던 동무? 양도생이 말이냐?"

소선대원이 고개를 끄덕였다.

"그럼 방금 그 총소리가 양도생이가 민생단원을 총살하는 소리였더냐?"

우리 앞에까지 달려온 소선대원은 숨이 차는지 말을 잇지 못하고 무릎을 잡고 수그린 채 고개를 끄덕였다. 박도만은 주위를 두리번거리다가 달려가기 시작했다. 나는 여옥이를 떼어놓고 그를 쫓아가며 물었다.

"어딜 가는 겁니까?"

"병기창에. 총. 총이 아니라면 칼이라도."

박도만이 외쳤다.

"그건 왜?"

"우리가 그놈을 죽이지 않으면 그놈은 우리를 다 죽일 거외다."

그때, 소선대원이 소리쳤다.

"일없습다. 동무들은 무죄임메. 처형된 이는 현위 서기 동무임다."

박도만이 천천히 걸음을 멈췄다. 나도 걸음을 멈췄다.

혁명소학교까지 갔을 때, 가장 먼저 눈에 들어온 것은 땅으로 스며들던 검은 피였다. 그 피에 비하면 다른 모든 것은 흐릿하기만 했다. 그의 열정도, 그의 분노도, 그의 사랑도. 그가 발 디디고 섰던 땅과 그가 올려다본 하늘과 그가 건너온 강물도 모두. 핏기 없는 몸뚱어리가 그 핏자국의 한가운데 쓰러져 있었다. 인간은 누구나 죽을 수밖에 없는 존재라는 듯이, 지극히 당연하다는 자세로. 머리통이 이미 반이나 날아가버린 몸뚱어리로는 그가 어떤 사람이었는지 짐작할 방법이 없었다. 그는 하루에도 수십 번씩 마음이 바뀌던 여린 존재였으나, 이제는 다만 민생단 간첩이 됐을 뿐이다. 그것도 영원히. 농민조합에서 활동하다가 토벌대에 쫓겨 어랑촌까지 들어올 때 그가 품었을 두려움과 희망은, 반민생단 투쟁의 와중에 현위 서기의 자리에까지 올라 동지들을 민생단원으로 처단할 때의 고뇌와 확신은, 자신마저도 민생단 분자로 처형될 때 그가 바라봤을 어둠과 절망은 거기에 있지 않았다. 꽃이 지면 사라지는 그 향기와 같이, 눈이 녹으면 없어지는 그 하얀빛과 같이, 그가 누구인지 말해줄 수 있는 모든 것들은 몸을 빠져나가던 그 뜨거운 핏줄기의 길을 따라 이 잔인한 세계에서 벗어났다.

그런 시신 앞에 박길룡이 서 있었다. 상황은 급박하게 돌아가고 있었다. 유격소대들은 이미 전방에 배치돼 모습이 보이지 않았다. 날창에다 연길폭탄으로 무장한 적위대원과 공청단원과 부녀회원들은 한데 모여 혁명가요를 부르고 있었다. 장님 서금원은 그들의 앞에 서서 바이올린을 연주했다.

혁명의 세찬 불길 타오른다.
전사의 생명은 불타올라
눈부신 그 빛발 휘뿌리고
붉은 피로 새 세상 당겨온다.
동지들, 동지들!
열사들의 피어린 발자욱 따라
총칼을 튼튼히 틀어잡자.
원수들을 겨냥해 앞으로, 앞으로!
최후의 승리는 우리의 것, 앞으로!

서금원은 바이올린을 연주하면서 연신 목청껏 소리치고 있었다. 사람들아, 내 말을 들어보소. 혁명이란 무엇인가? 별다른 사람들이 하는 것인가? 아니네, 아니네. 우리가 아무리 속을 썩여도 눈물과 한탄만으로는 빼앗긴 가족과 자식들의 원수를 갚을 길 없고 나라를 찾을 길 없다네. 앉아서도 죽고 서서도 죽고 싸우다가도 죽는다네. 왜놈의 앞잡이로도 죽고, 혁명가로도 죽는다네. 동무들은 어떻게 죽을 것인가! 동무들은 과연 어떻게 죽을 것인가! 의회주권이 왔다네. 노동계급의 낙원이라네. 인민들의 새 세상이라네. 혁명은 빌려준 돈을 받는 일이네. 혁명은 원수들에게 핏값을 요구하는 일이네. 이제 우리가 이 세상의 주인이라네. 승리가 바로 눈앞에 있다네. 나가라, 청년들아. 이 세상과 우주의 삼라만상이 모두 너의 것이니라. 장님 서금원은 자신이 본 환상을 횡설수설하고 있었다. 그의 눈에는 막강한 화력의 토벌대도, 초라한 무기를 든 사람들의 모습도 보이지 않았다. 그에게는 오직 노동계급과 조선 민족의 완전한 해방만이 보일 뿐이었다. 사람들의 노랫소리가 잦아지자, 박길룡은 두 손을 흔들면서 그들에게 토벌대에 맞서 인민들의 정부 소비에트를 보위할 것을 요구했다. 자신의 발치로도 피가 모여들고 있었지만, 박길룡은 그 사실을 전혀 알지 못했다.

"동무들도 확인했다시피 이자는 일본 특무의 손에 놀아나는 줄도 모르고 인민들의 피로 일으킨 소비에트를 안에서부터 붕괴시키려고 들었던 자요. 숙정의 작두날이 자기 목을 향하자, 그길로 꽁

무니를 빼고 도주해버린 기회주의자 하송산은 더 말할 나위도 없소. 여기 모인 동무들은 모두 조선 사람들이오. 여기 모인 동무들은 모두 혁명가들이오. 조선혁명가는 조선혁명을 하는 사람들이오. 소비에트에 일부 오류가 있다고 해서 조선혁명에 나선 우리 손으로 조선인 소비에트를 해체할 수는 없는 노릇이오. 동무들이 노예가 아니라면, 이제부터 조선 사람 아닌 자들의 말을 듣지 마시오. 동무들에게는 오직 두 가지 길이 있소. 하나의 길은 인민들의 손으로 세운 소비에트를 제 손으로 허물고 일제 강도 놈들의 총칼 속으로 귀순해 평생 노예로 살아가는 것이오. 다른 길은 죽는 그 순간까지 조선인 소비에트를 뜨거운 가슴으로 껴안는 일이오. 지금 두도구에는 위만군과 관동군 병력이 이 소비에트를 넘보기 위해 호시탐탐 기회를 노리고 있소. 조선인들은 죽음으로 조선인 소비에트를 보위하시오. 적들에게 복수의 불기둥을 내리시오. 피로써 인민혁명정부의 깃발을 지키시오. 조선혁명의 길을 가로막는 모든 세력들에게 핏값을 치르게 하시오."

사람들의 고함소리가 손에 든 날창만큼이나 날카로웠다. 박길룡의 연설에 화답하듯 서금원은 다시 바이올린을 연주하기 시작했다. 서금원의 바이올린은 실명하기 전 그가 만들었던 사제폭탄처럼 강력한 힘을 발휘했다. 사람들은 그 가락에 맞춰 혁명가요를 부르며 소학교 마당을 빠져나갔다. 지난 몇 주 동안, 반민생단 투쟁을 거치면서 모든 일에 소극적이었던 태도는 어디론가 사라지고 다들 날창 하나면 38식 보총을 가진 적군 열 명쯤은 상대할 수 있다는 듯 기세가 등등했다. 박도만은 적이 착잡한 표정으로 그 광경을 지켜봤다. 반면에 여옥이는 벌써 부녀대원 사이로 들어가 노래를 부르고 있었다.

"이건 절대적으로 잘못된 노선이오. 두도구에 집결한 위만군과 관동군 병력이 얼마나 되는지 모르지만, 소규모 무장 유격대와 날창을 든 적위대만으로 그들과 맞서겠다는 건 계란으로 바위를 치겠다는 말이나 매한가지요. 게다가 저자가 말하는 조선인 소비에트는 지난해 특위에서 집중적으로 투쟁했던 극좌적 개념이오. 간도 한인 자치라는 말은 원래 민생단에서 제출된 용어요. 만약 조선인 자치구가 건설된다면 나부터 그 자치구를 보위하기 위해 무장할 것이오. 하지만 지금은 아니오. 지금 우리에게는 중국혁명이 우선이오."

그 광경을 지켜보던 박도만이 내게 말했다.

"지금 여기에 중국인이 있다고 하더라도 박대장은 토벌대와 맞서서 유격구를 보위하는 일이 잘못된 노선이라고 말할 겁니까?"

내가 물었다.

"우리에게는 가정할 권리도 없소. 모든 건 단 한 번뿐이라오. 단 한 번의 오류만으로도 인민들은 죽음의 나락으로 떨어지오."

"중국인인 하송산이 도주해버렸으니, 결과적으로 여기는 조선인만의 소비에트가 된 것 아닙니까? 하송산이 민생단이라고 지목한 조선인들 중에서 도주한 사람은 하나도 없었습니다. 그런데 하송산은 지목되자마자 도주해버렸어요. 조선인만 남은 소비에트는 투쟁의 대상이 되니 보위하지 말아야 한다면 여기 남은 사람들은 토벌대에 맞서지 말고 그냥 다 죽어야만 할 게 아닙니까? 그게 아니라면 토벌대에 맞서기 위해서라면 어디 가서 중국인이라도 몇 명 납치해야만 한단 말입니까?"

박도만의 말을 내가 반박했다.

"우리가 왜 붉은 5월 투쟁이라는 미명 아래 무모한 폭동에 나섰는지 아시오? 우리에게는 혁명을 하자고 들어도 당이 없었기 때문이었소. 혁명을 해야만 하는데 우리를 지도할 조선공산당이 없었단 말이오. 중국공산당은 우리에게 개인적으로 입당하되, 각자 투쟁 경력에 따라 입당 결과를 처분하겠다고 말했소. 그 때문에 각 파벌이 서로 더 많이 파괴하는 데 골몰했소. 그런데 지금 와서 5월 투쟁을 조선인이 중국인을 공격한 것이라고 격하하면서 동만특위가 비판에 나서고 있소. 이게 지금 간도에서 혁명하겠다고 나선 조선인들의 처지란 말이오. 지금은 조선 독립이라는 말 자체를 꺼낼 수도 없는 처지요. 할 수만 있다면 중국인을 납치해와서 심어놓는 한이 있더라도 조선인 소비에트만은 절대로 안 되오. 간도에서 조선인 소비에트를 반기는 쪽은 아무도 없소. 일제도, 국민당도, 중공당도, 심지어는 비적들과 구국군마저도. 조선 독립을 하겠다면 먼저 중국혁명에 나서는 수밖에 없소. 그게 객관적 현실이오."

"그렇다면 조선인이라는 이유로 가장 견결한 전사들이 반혁명의 감투를 뒤집어쓰고 죽어가는 것은 정상적인 일입니까? 반민생단 투쟁이 벌어지고 난 뒤로 얼마나 많은 사람들이 소비에트를 빠져나갔는지 박대장도 알지 않습니까? 그 사람들은 민생단이어서 소비에트를 빠져나갔고, 지금 남은 사람들은 민생단이 아니어서 남은 것이라고 생각합니까?"

새로운 조선의 건아들아, 어깨 겯고 나가세. 소비에트를 위해 피를 흘리세. 서금원이 바이올린을 연주하며 소학교 마당을 빠져나가기 시작했다. 청년들이 그 뒤를 따르면서 구호를 외쳤다. 소비에트 정부를 보위하라! 인민혁명정부를 구성하라! 일본 제국주의를 타도하라! 구호들은 달라져 있었다. 그 구호들은 조선인들에게 너무나 쉽게 먹혀들었다. 그들은 자신들의 고난이 지주나 자본가에게서 비롯됐다기보다는 일본인들에게서 비롯됐다고 믿었기 때문이었다. 소비에트에는 생기가 가득했다.

"반민생단 투쟁은 저 사람들에게 간도 땅의 조선인은 언제 어디서라도 죽을 수 있다는 사실만을 가르쳤을 뿐입니다. 그러니 조선인에게는 가장 잘사는 게 중요한 게 아니라 가장 잘 죽는 게 중요하다는 사실을 말입니다. 민생단이 아니라 공산당원으로 죽겠다고 나서는 저들을 막을 길은 없을 것 같은데요."

"하지만 왜 죽을 수밖에 없는 길로 가야만 한단 말이오?"

"진정한 공산주의자는 죽음의 길에 누구보다 먼저 발을 밀어넣어야만 한다고 말한 사람은 박대장입니다."

"그건 혁명의 길을 말한 것이오. 하지만 이건 반혁명의 길이오. 인민들을 무모한 죽음으로 이끄는, 패배의 길이오."

나는 박도만을 가만히 바라봤다. 그날, 박도만은 유난히 외로워 보였다. 그가 다만 당 중앙의 지시를 이행하기 위해서 그렇게 말하는 것 같지는 않았다. 그는 동지들에게 억울하게 죽는 순간에도 영광이라고 말할 정도로 침착성을 유지하는 전사였다. 하지만 그날만은 그렇지 않았다.

"저자는 민생단이오."

박길룡을 쳐다보면서 그가 말했다. 그 말에 나는 정말 실망했다. 그간 내가 알았던 박도만은 사라지고, 이제 허깨비만 남은 것 같았다.

"박길룡은 민생단일 수 없어요."

"당신은 저자를 겪어보지 않아서 그런 말을 하는 것이오. 저자는 민생단의 영수요."

"박길룡이 민생단이라면 일본군이 정희를 그렇게 죽이는 일은 없었을 겁니다."

박도만이 나를 쳐다봤다.

"정희. 안나 리, 이정희 말이오? 이정희를 어떻게 아시오?"

박도만이 내게 물었다. 그때, 우리 쪽으로 박길룡이 천천히 걸어왔다. 박길룡은 완전히 다른 사람처럼 보였다. 일 년 전, 나를 찾아와 민생단에 가입하라고 권유할 때만 해도 그는 사연 많고 수다스러운, 어딘지 모르게 거들먹거리기 좋아하는 상공인처럼 보였는데, 이제는 양쪽 볼의 살이 다 빠진 날카로운 인상으로 중학교 수학 교원을 떠올리게 했다. 공산당원들 사이에 한창 유행하던, 붉은 별 붙은 모자를 쓰고 있었고, 옷은 감청색 군복이었다. 박길룡은 박도만을 힐끔 쳐다본 뒤에 내게 손을 내밀었다.

"김해연 동무, 정말 오랜만이오. 그간 동무가 어떤 일들을 겪었는지에 대해서는 경성사진관 길송 동무를 통해 다 전해 들었소. 이렇게 조선혁명의 길로 들어서게 된 것을 진심으로 환영하오."

나는 그 손을 바라봤다. 그 손을 나는 잡았다.

"이건 잘못된 노선이오, 순시원 동무. 아니지, 이미 특위에서 당신의 순시원 직위를 박탈했으니까, 그냥 박길룡 동무라고 해야 하겠지. 더이상 당신의 야망을 위해 다른 사람들을 이용하지 마시오."

박도만이 박길룡을 쏘아보면서 말했다. 그 말에 박길룡은 씽긋 웃었다.

"민생단 혐의로 감옥에 갇혀 죽을 날만 기다리고 있다보니까 동무한테는 천리 밖을 내다보는 신통력이 생긴 모양이오. 부디 그 신통력을 소비에트를 보위하는 데 바치면 좋으련만, 사사건건 말을 참 안 들으니 안타깝소. 하지만 둘러보오. 조국을 부정하고, 민족을 부인한 그 많았던 친구들 중에 지금 남은 사람이 몇 명이오? 내게는 조국과 민족만한 야망이 없소. 그것만이 우리가 살길이오."

"그 많았던 친구들 중에 지금 남은 사람이 없다면 그건 모두 당신 같은 미치광이들 때문이지. 다른 사람은 몰라도 나는 당신이 지난 시기 어떤 일들을 저질렀는지 알고 있지. 어떻게 젊은 동지들을 죽음으로 내몰고 학살했는지 알지."

그 말에 박길룡은 큰 소리로 웃음을 터뜨렸다.

"김해연 동무, 자세한 얘기는 나중에 다시 하기로 하고 지금은 신통력은 물론 혁명에 대한 증오심이 대단한 이 동무와 조금 떨어져 지내는 게 좋겠소. 이 신통력이 대단한 동무는 그간에도 그 신통력을 이용해 자신의 파벌이 아니라는 이유만으로 혁명의 동지들을 꽤나 족친 경력이 있단 말이오. 그 혁명 잘하던 최도식이가 왜 총영사관 경찰서에 들어앉아 있는지 김해연 동무도 이젠 알 때가 되지 않았소? 아마도 김해연 동무가 간도임시파견대의 나카지마와 절친한 사이라는 것도 이미 꿰뚫어 보고 있을지도 모르오. 조심하오."

그의 말에 나는 멍해졌다. 박길룡은 그런 내 어깨를 툭 쳤다.

"씨아오, 이 씨아오. 우리는 웃으면서 혁명하는 사람들이오. 조선 해방의 날이 머지않았소. 총이 있다면 총을 쏘시오. 칼이 있다면 칼을 휘두르시오. 손발만 남았다면 적들을 때리고 걷어차시오. 남은 게 심장뿐이라면 그 심장을 바치시오. 결전의 날이 찾아왔소."

박길룡은 자신을 경호하는 적위대원 몇 명과 함께 전방을 향해 걸어가면서 소리쳤다. 박도만과 나는 서로 눈을 마주치지 않으려고 했다. 누구도 믿을 수 없다는 문장만이 머릿속에서 맴돌았다. 그건 박도만도 마찬가지였을 것이다. 내가 나카지마 얘기를 꺼내지 않은 것처럼, 박도만도 내게 자신 때문에 최도식이 변절했다는 얘기를 하지 않았다.

"저자는 미치광이요. 귀담아들을 말은 하나도 없소."

박도만이 얘기했다. 하지만 어쩐지 그 말은 맥이 없었다.

"그 문건을 찾아야겠소. 미치광이의 선동에 인민들이 모두 죽기 전에 그 문건을 찾아야겠소."

"무슨 문건을 말입니까?"

"그날, 우리가 여옥이를 찾아가는 길에 만난 소선대원이 들고 있었던 문건 말이오. 그건 저자를 순시원 직위에서 철직할 데 대한 문건이었소. 손영수가 민생단 혐의로 처형되고 하송산이 도주한 이유도 거기에 있을 것이오."

그 말과 함께 박도만은 현위로 달려갔다. 박도만이 소학교 마당을 빠져나가자마자, 바람을 가르는 소리가 들리는가 싶더니 폭발음이 들렸다. 적들이 박격포를 앞세워 공세를 시작한 것이었다.

요즘도 나는 유격대 시절의 일들에 대해 마구잡이로 떠들어대는 사람들을 가끔 만난다. 그럴 때마다 나는 그들의 얘기를 의심할 수밖에 없다. 그날, 내가 겪은 일들은 모두 생생하게 내 몸안에 남아 있다. 하지만 그건 논리적으로 회상되지 않는다. 어떤 일들이 일어났는지, 그리고 내가 무엇을 봤는지 말하려고 해도 도무지 앞뒤가 맞지 않는다. 내가 아무리 다시 말하려고 해도 그 전투에 관한 얘기는 어디까지나 그와 비슷한 어떤 일들에 대한 얘기일 뿐이지, 정확하게 그 일에 대한 얘기는 아니었다. 전투담의 본질은 거기에 있었다. 전투는 지금 일어나는 일에만 모든 것을 쏟아부어야만 하는 너무나 강렬한 경험이라 절대로 재현되지 않는다. 수치를 제외한다면 전사戰史는 절대로 객관적으로 회고되지 않는다. 전쟁담은 세계가 얼마나 주관적인 곳인지 보여주는 가장 대표적인 사례다. 그러므로 나는 이 자리에서 전쟁담을 회고하지는 않을 것이다. 대신에 나는 혁명을 꿈꾸던 네 명의 중학생들에게 찾아온 잔인한 세계에 대해 좀더 말할 작정이다. 이것은 소비에트에서 벌어진 또다른 전쟁의 배경이 되는 일일 테니 말이다.

박도만이 평우동맹에 가입해 처음 정희를 만났을 때, 세상은 바야흐로 개조되기 위해 젊은이들의 손에 총과 창을 쥐여주고 있었다. 자유를 위해서라면 폭력도 불사하겠노라고 마음먹었던 그들에게 정희는 이미 그 자유를 쟁취한 사람처럼 보였다. 정희에게서 풍겨나는 자유의 향내를 그들은 거부할 수 없었다. 그건 노동자계급의 신세계가 도래했다는 국경 저편 블라디보스토크로부터의 전언이자, 어떤 속박과 굴레도 거부하는 새 세대 젊은이들의 벅찬 가슴에서 솟구치는 희망의 향기를 닮아 있었다. 아직 봉건시대의 잔재에서 벗어나지 못한 채, 마르크스주의라는 신사상을 막 접하기 시작한 중학생들에게 그 향내는 충분히 매력적이었다. 평우동맹 내부에서도 정희는 자유로웠다. 평우동맹은 매주 수요일 저녁 동산교회 전도실에서 안세훈의 주도하에 독서회를 가졌다. 안세훈은 규율을 대단히 엄격하게 따지는 사람이었으므로 모든 맹원들은 시간에 늦지 않게 도착하려고 안간힘을 썼지만, 정희만은 자기 마음 내키는 대로 행동할 수 있었다. 정희가 모임에 올지 안 올지는 누구도 알 수 없었다. 다른 여학생들에게는 가차 없이 굴던 안세훈도 정희에게만은 예외였다. 특별한 일 없이 정희가 오지 않을 경우에도 안세훈은 정희에게만은 상층에서 내려온 중요한 일이 있어서 오지 않는다며 그녀를 감쌌다.

정희가 모임에 참석하는 날에는 남학생들 사이에 보이지 않는 경쟁 심리가 발동했다. 토론은 끝날 줄 모르고 계속됐다. 누군가 한마디 의견을 내놓으면 잘됐다는 듯이 다른 누군가가 그 의견을 무자비하게 비판했다. 그런 상호 비판이 꼬리에 꼬리를 물고 이어졌다. 그건 박도만도 예외는 아니었다. 박도만과 논쟁을 벌였던 학생이 바로 최도식이었다. 화룡현 빈농 출신으로 교복만 벗으면 영락없는 농사꾼인 최도식은 박도만의 말이라면 사사건건 반대만 하는 통에 때로는 서로 주먹다짐을 하기 직전까지 가기도 했다. 하지만 그런 열띤 토론도 갑자기 정희가 자리에서 일어나 사라지면, 저절로 시들해졌다. 박도만은 곧 최도식이 정희를 마음에 품고 있다는 것을 눈치챘다. 그렇지 않다고 내게 말했지만, 그건 박도만도 마찬가지였다. 햇살이 반짝이는 강물과도 같은 젊은 나날들이 그렇게 지나갔다. 젊은 육체가 그들의 정신을 지배하고 있었다. 그들은 그걸 주체하지 못해서 몸부림을 치고 있었다.

1928년 3월 2일, 국제청년일을 기해 고려공산청년회 동만도위원회의 간부들이 동만청년총연맹을 앞세워 기획한 기념집회에 평우동맹도 참가할 예정이었다. 그들은 철필로 열정적인 문장들을 작성했고 밤새 등사판을 밀어 삐라를 작성했다. 동이 틀 무렵이면 꾸벅꾸벅 조는 학생이 나왔다. 그럴 때면 정희는 그 남학생에게 짓

궂은 농담을 던지곤 했다. 정희가 농담을 던질 때면 모인 학생들이 모두 웃음을 터뜨렸다. 웃지 않는 사람은 오직 안세훈뿐이었다. 정희는 누군가 힘들다고 하면 남학생 여학생 가릴 것 없이 손을 잡고 그를 안을 수 있는 능력을 지닌 사람이었다. 정희는 늘 누군가를 사랑해야만 하는 운명을 지니고 태어난 여자였다. 정희가 공산주의자였다면, 그런 의미에서 공산주의자였다. 정희가 사랑하지 않은 사람은 아무도 없었다. 그건 곧 정희가 사랑한 사람도 아무도 없었다는 뜻이기도 했다. 어쨌든 그 시절에는 그랬다. 하지만 밤새 그들이 만든 삐라는 용정 시내에 뿌려지지 못했다. 집회 계획이 사전에 총영사관 경찰서에 누출된 탓에 핵심 간부들에 대한 검거 선풍이 불었고, 이는 제2차 간도공산당 검거 사건으로 이어졌다. 평우동맹에서는 안세훈과 이정희만 검거됐다. 안세훈은 이해됐지만, 이정희의 검거는 좀 의외였다.

그 이유는 곧 밝혀졌다. 안세훈을 검거하는 자리에 이정희가 함께 있었던 것이다. 총영사관측은 그 사실을 학생운동의 도덕성에 타격을 미칠 좋은 기회로 여겼다. 간도신보는 깊은 밤 안세훈과 이정희가 함께 있다가 검거된 사실을 야릇한 헤드라인으로 뽑아냈다. 곧 용정 시내에는 고등계 형사가 벌거벗은 두 사람의 어깨를 두들기고 나서야 그들이 정사를 멈췄다는 소문이 돌기 시작했다. 그 소문은 네 사람 모두의 운명을 바꿔버렸다. 총영사관측이 악의적으로 퍼뜨린 소문이든 아니든, 박도만은 정희에 대한 연모의 감정을 깨끗하게 접었다. 최도식은 그 소문을 떠들어대고 다녔다. 두 사람은 서로 만나지 않았다. 이제 더이상 누구도 웃지 않았다. 평우동맹이 모임을 갖던 동산교회 전도실은 늘 비어 있었다. 그해 봄, 우연히 최도식을 만났을 때, 박도만은 한 번만 더 안세훈과 정희 일을 떠들어대고 다니면 죽여버리겠다고 경고했다. 최도식은 끝이 잘려나간 오른손 약지를 보여주면서 자기 가슴에는 칼이 한 자루 있다며 꺼내서 박도만에게 보여줬다. 박도만은 무슨 속셈으로 그 칼을 지니고 다니느냐고 최도식에게 물었다. 최도식은 자신에게 상처를 입히면 이 칼로 그와 똑같은 상처를 주겠노라고 말했다. 박도만과 최도식의 위태위태했던 우정은 사실상 그날 끝났다.

배꽃이 다 지기 전에 안세훈은 용정으로 돌아왔다. 정희는 용정으로 돌아오지 않았다. 딸마저 공산주의에 물들게 될까봐, 아니 그게 아니더라도 정희가 용정에서 고개를 들고 걸어다니는 장면을 자신으로서는 상상할 수 없었기 때문에 정희의 아버지는 여기저기 청탁을 넣어 정희를 감옥에서 꺼낸 뒤, 서울에 눌러앉혀버렸다. 한동안 안세훈은 두문불출했다. 조직에 나가 정희와는 건전한 연인 관계였다고 진술했으나, 내려온 명령은 노동 개조였다. 키 작은 왕벚나무 아래에서 안세훈은 박도만에게 자신은 후과에 대한 책임을 지고 학생운동을 떠나 현장으로 들어가겠노라고 말했다. 그 자리에서 박도만은 안세훈에게 소문이 사실이냐고 물었다. 안세훈은 사실이라고 대답했다. 박도만은 바닥에 침을 탁 뱉었다. 그 침처럼 언짢은 마음이 가셨으면 좋으련만 그후로도 오랫동안 박도만은 혁명의 순결성이 능욕당했다는 느낌을 지울 수 없었다.

자연스럽게 박도만은 안세훈을 대신해 평우동맹을 이끌게 됐다. 그 결정 역시 최도식에게는 치명적이었다. 박도만이 오기 전까지만 해도 최도식이 궂은일을 도맡았다. 그런데 조직은 최도식이 아니라 박도만에게 평우동맹을 이끌라고 안배했다. 최도식은 그 결정이 안세훈에게서 나왔다고 믿었다. 안세훈도, 이정희도 없는 평우동맹에서 최도식은 사사건건 박도만과 대립의 각을 세우다가 당연하다는 듯 여름이 다 가기 전에 평우동맹을 탈퇴했다. 여름방학 동안 서울에 다녀온 최도식은 조선공산당의 다른 파벌이 이끄는 소모임으로 들어갔다. 안세훈과 박도만의 파벌과 최도식의 파벌은 조선공산당 만주총국을 선점하기 위해서 격렬하게 사상 투쟁을 벌이고 있었다. 최도식의 지상 과제는 누구보다도, 그러니까 더 정확하게 말하자면 안세훈보다 먼저 조선공산당에 입당하는 일이었다.

하지만 안세훈도, 최도식도 영영 조선공산당에 가입할 기회를 얻지는 못했다. 1928년 12월 코민테른은 '12월 테제'를 발표해 조선공산당의 재건을 촉구했다. 이는 사실상 갈 데까지 간 파벌주의와 거듭된 검거로 엉망이 된 조선공산당의 해체를 의미했다. 코민테른은 '12월 테제'를 통해 노동자와 연대하지 못하고 소부르주아 지식인으로만 당을 구성한 점을 강하게 비판했다. 1929년에 접어들면서 각 파벌을 중심으로 당 재건운동이 활발하게 벌어졌다. 그 기간에 안세훈은 홍경현에서 남만청년총동맹의 영도하에 농민조합을 건설하는 데 온 정력을 바쳤다. 그해 여름, 박도만은 평우동맹을 이끌고 안세훈이 활동하던 홍경현으로 문예선전을 떠났다. 일 년 사이에 안세훈은 몰라볼 정도로 달라져 있었다. 나약한 지식인의 면모는 전혀 보이지 않았다. 안세훈은 새로운 시대의 새로운 청년 세대가 어떤 육체를 지녀야만 하는지 박도만에게 몸소 보여줬다. 안세훈의 변한 육체 때문에 박도만은 그에게 지녔던 불신의 감정을 완전히 버렸다.

그날 저녁, 안세훈은 박도만에게 지나가는 말투로 정희의 안부를 물었다. 박도만은 정희가 서울에서 여전을 다니면서 음악을 공부하고 있다고 말했다. 박도만의 말투에 비아냥이 섞였을 것이라는 걸 충분히 짐작할 수 있다. 안세훈은 더이상 정희에 대해 묻지 못했다. 내가 그 얘기를 들을 때까지도 박도만은 정희가 1928년 공산주의를 완전히 버렸다고 믿고 있었다. 나는 박도만에게 총영사관 경찰서에서 본 자료에 대해 얘기했다. 1928년 정희는 서울에서 제4차 조선공산당에 가입했다. 네 사람 중에서는 가장 먼저 가입한 셈이었다. 제4차 조선공산당은 거듭되는 검거와 조직 와해에 지친 나머지 입당 문제를 대단히 엄격하게 다뤘다. 그런데도 정희는 쉽게 가입할 수 있었다. 프로핀테른에서 활동한 오빠 니콜라이 리의 영향도 있었겠지만, 그보다는 정희의 입당을 강력하게 추천한 사람이 있었기 때문이었다. 그가 바로 상해에서 돌아와 신간회를 쟁취하기 위해 활동하던 박길룡이었다. 그즈음, 박길룡은 민족유일당 운동에 미쳐 있었다. 신간회를 통한 좌우합작이 틀어지리라 짐작한 박길룡은 만주로 활동 무대를 옮길 생각으로 이정희와 가까워졌다.

1929년 박길룡은 이미 남만에 들어와 있었다. 당시 국민부 산하의 조선혁명군에서 활동하던 박길룡은 민족유일당 운동에 반대해 조선혁명군을 빠져나간 젊은 청년들을 체포하고 다녔다. 체포된 젊은이들 몇몇은 박길룡에게 사살되기까지 했다. 박길룡으로서도 할말은 많을 것이다. 하지만 홍경현에서 박길룡을 만나본 안세훈과 박도만은 그가 단순한 미치광이일 뿐, 공산주의자라고는 생각하지 않았다. 안세훈과 박도만도 나이가 어리지만 않았어도 일찌감치 박길룡에게 처형됐을 것이다. 하지만 그게 무슨 상관이랴. 시간의 문제였을 뿐, 안세훈은 결국 박길룡 때문에 죽었다. 그건 박도만 역시 마찬가지였다. 하지만 여전히 과연 누가 옳았는지는 알 수 없다. 먼저 죽었다고 해서, 혹은 나중에 죽었다고 해서 그가 옳았다고 말할 수는 없는 일이니까. 결국 그들은 다 죽었으니까.

그날 해가 떨어지기 전까지 적들은 골짜기 초입의 고지를 모두 점령했다. 화기를 동원해 고지를 제압한 뒤, 곧장 근거지로 들어와 사람들이 빠져나간 집들을 불태우면서 근거지를 파괴하는 데만 주력했던 이전의 토벌 방식과는 완전히 달랐다. 이번에는 어랑촌 소비에트를 완전히 소멸시킬 목적인 것 같았다. 토벌대는 근거지로 쉬지 않고 박격포 공세를 취하는 동시에 능선을 따라 퇴각하는 유격대를 끝까지 쫓았다. 마지막 빛이 산을 빠져나가기 전까지 산등성이로 밀려들던 누런 군복으로 근거지 인민들은 유격대가 완전히 패퇴했다는 사실을 눈치챘다. 골짜기 초입의 고지에 박격포 진지를 구축한 적들은 사람들이 산중 진지로 이동하려고 들면 포를 쏘아댔다. 사람들은 숲에서 한 발짝도 떼지 못하는 상황이었다. 사람들은 동요하기 시작했다. 그들은 토벌대에게 완전히 포위됐다. 불안감이 밀려왔다. 사선을 뚫고 상황을 정탐하고 돌아온 소선대원은 유격대의 주력이 이미 어랑촌을 빠져나갔다고 보고했다. 그 말에 탄식이 흘러나왔다. 탄식에도 포 사격은 멈추지 않았다.

“내사 죽음도 무섭지 않습지. 천당에 오르면 엄마와 언니를 만나겠는데, 내가 어찌 무서워하겠슴둥. 지옥이 어디냐명 날마다 엄마와 언니 죽는 꼴을 지켜봐야만 하는 여게 지옥입지. 여게 살으라므 맘도 아프고, 몸도 힘들어 견뎌내기 어렵답데.”

옆에 앉아서 풀을 뜯던 여옥이가 내게 말했다. 풀을 입에 물고 툭 내뱉더니 여옥이가 내 손을 잡았다.

“그거 알아사 씁네. 내사 동무한테 애당초 맘도 없었는데 이 손일랑 그만 정이 붙어버렸소. 동무 처음 왔을 때, 송영감이 희대의 영웅이 나왔다며 떠들었습지. 마작하다가, 혁명하다가, 특무질하다가 목 매달리는 사내는 많아도 여자 때문에 자기 목을 매는 사내가 간도 땅에 흔치는 않습지. 그런데 용정 나가는 길에 마바리에서 손 아프다고 우는 걸 옆에서 보니 그 맘은 또 얼마나 아프겠는가 그런 생각이 듭데. 마음이야 어디 붙었는지 내사 모릅지. 하지만 손이야 눈에 보이니 만져주고 싶었습지. 그러다 그만 정 깊이 들어버렸소.”

여옥이는 내 손을 오래오래 어루만졌다.

“이 손이 그렇게 좋니?”

“맞습지. 당신 손이 그래 좋았스꼬마.”

숲속의 어렴풋한 빛 속에서 여옥이의 눈망울이 흔들렸다. 나는 여옥이를 꽉 껴안았다. 싸리나무처럼 깡마른 여옥이의 몸이 내 품 안에 들어왔다. 나는 여옥이를 안고 어둠이 찾아오는 밤하늘을 바라봤다. 산등성이로는 토벌대가 피워올린 우등불 불빛이 반짝였다. 우등불 불빛은 근거지를 빙 둘러싸고 모든 산등성이마다 피어올랐다. 우등불이 피어나면서부터 포 사격은 멈췄다. 일순 사위가 고즈넉해졌다. 등성이 너머로 별들이 조금씩 보이기 시작했다.

그렇게 밤이 찾아왔다. 어둠이 완전히 내린 뒤, 산중 진지로 이동하다가 우리는 포위망을 뚫지 못하고 사람들을 찾아 하산하던 유격대 잔여 병력과 조우했다. 그들을 통해 우리는 근거지가 토벌대에 의해 완전히 봉쇄됐다는 사실을 알게 됐다. 많은 사람들이 한꺼번에 포위를 뚫고 나갈 통로는 이제 없었다. 그날 저녁, 박길룡은 모든 근거지 인민들을 숲속에 피워놓은 우등불 옆으로 모이라고 지시했다. 그 자리에 나타나지 않은 사람들이 있었다. 상황이 좋지 않다는 것을 눈치챈 사람들 몇몇이 벌써 토벌대로 귀순하기 시작했기 때문이었다. 무기를 들고 가면 토벌대가 반겼기 때문에 그들은 그나마 많지 않은 무기를 탈취해 도주했다. 하지만 더 큰 문제는 토벌대까지 갔다가 특무 임무를 띠고 다시 근거지로 잠입한 자들이었다. 경계 임무를 맡은 대원들은 바깥쪽은 물론 안쪽도 지켜야만 했다. 그런 자들의 임무란 곧 근거지를 이끄는 지도부를 와해하는 일이었다. 그들이 누굴 죽여서 죗값을 덜겠다고 마음먹는다면 그 대상은 물론 박길룡이었다. 그러므로 그날 박길룡의 행동에 대해서도 이해할 수는 있는 일이었다. 물론, 이건 지금에 와서 하는 말이긴 하지만.

그러니까 우등불 앞에 앉은 사람들에게 박길룡이 앞으로 어떻게 할 것인가에 대해 말하고 있을 때였다. 갑자기 박도만이 불쑥 모습을 드러냈다. 박도만은 손에 종이 한 장을 들고 있었다.

"동무들, 이건 일주일 전에 특위에서 현위로 하달된 문건이오. 이 문건에는 박길룡 동무에 관한, 대단히 중요한 내용이 담겨 있소."

"지금 내가 여러 동무들과 토의하고 있는 중이니 할말이 있으면 조금 기다리시오."

인간에 대한 경멸로 가득찬, 이글거리는 눈빛으로 박길룡이 말했다. 박도만은 아랑곳하지 않고 계속 종이를 흔들면서 말했다.

"이 문건에는 특위 순시원 박길룡은 민생단 첩자인 것으로 드러나 금번 그 직무를 철회하니 각 현위는 그를 보는 즉시 체포한 뒤 특위로 압송하라고 나와 있소. 저자가 현위 서기인 손영수를 민생단으로 몰아서 살해한 까닭은 바로 이 문건 때문이었소. 나는 당의 명령에 따라서 저자의 직무를 철회하고 체포하겠소. 여러 동무들은 도와주시오."

앞줄에 앉아 있던 유격대원들과 적위대원들의 얼굴로 우등불 불빛이 흔들렸다. 여기저기서 쇠가 부딪치는 소리가 들렸다. 숲은 적막 속에 잠겼다. 하지만 박길룡의 표정은 변화가 없었다.

"어디 동무의 얘기나 한번 들어봅시다. 동무가 들고 있는 그 문건에는 내가 뭣 때문에 민생단이라고 나와 있소?"

"저자는 한인 소비에트를 획책하고 한국 독립의 구호를 주장했소. 이는 객관상 일제 주구 민생단과 독립당의 구호를 집행한 결과라고 볼 수 있소. 저자는 순시원으로 유격구를 돌면서는 같은 민생단 분자들을 석방하고 그들로 하여금 중국인 공산주의자들을 반대하도록 사주한 민생단의 영수 중의 영수요. 이를 통해 동만당을 파쟁주의로 몰고 갔으며 반동적 민족주의 사상으로 중한 민족 간에 이간질을 놓았는데, 이는 간세 조직 민생단의 제1차 목표라고 할 수 있소."

"동무도 나의 집행으로 석방되지 않았소? 내가 석방하지 않았다면 동무가 지금 이렇게 살아서 떠들어댈 수 있을 것 같으오? 그렇다면 동무도 민생단이라는 말이오? 오늘 소비에트를 보위하기 위해서 죽어간 수많은 인민들도 한인 소비에트를 획책한 민생단 분자란 말이오?"

박길룡이 큰 소리로 외쳤다. 사람들은 박길룡과 박도만을 번갈아가며 쳐다봤다. 박길룡이 말을 이었다.

"유격구를 돌면서 내가 석방한 민생단원들은 모두 조선인들이오. 아니, 동만 유격구에서 민생단원으로 처형되거나 구금된 사람들 중에 조선인이 아닌 사람은 단 한 명도 없소. 억울한 누명을 쓰고 죽어가는 동포를 구해낸 것이 일본 특무가 할 일이라면 나는 얼마든지 특무질을 할 것이오. 나라를 빼앗겨 타향을 떠도는 동포들을 한데 모아 압박의 서러움 없이 자유롭게 살아가는 인민정부를 세우는 일이 일본 특무가 할 일이라면 나는 백번 죽었다가 깨어나도 특무질을 할 것이오."

"우리는 공산주의자요. 하지만 저자는 민족주의자일 뿐이라오. 우리는 노동계급의 해방을 위해서만 투쟁할 뿐이오. 이날 이때까지 우리가 투쟁한 까닭은 모두 그 때문이오. 노동계급이 해방되는 그날, 우리는 최종적으로 승리할 것이오. 저자가 말하는 한인 자치정부는 오늘날, 일본 제국주의자들이 시도 때도 없이 떠들어대는 개소리요. 그건 우리를 영원히 노예로 삼으려고 하는 야비한 술수에 불과하오. 지난 시기, 민족주의자들은 우리에게 가짜 정부를 들이밀면서 일제 놈들보다도 더 잔인하게 우리를 괴롭혔소. 공산주의자는 민족과 국가를 가리지 않소. 다만 피압박계급을 착취하는 그 모든 관계를 끊으려는 것뿐이오. 귀에 듣기 좋은 말로 골백번 떠들어대더라도 저자가 만주 내 한인 공산주의자들의 투쟁 의지를 끊고 우리를 다시 노예 상태로 밀어넣으려고 한다는 사실에는 변함이 없소. 유격대원 동무들, 적위대원 동무들, 저자의 직무를 철회하오. 저자를 당장 체포하시오."

하지만 다들 눈동자만 굴릴 뿐이었다. 적들이 유격구를 포위하고 봉우리마다 불을 밝혀놓은, 그런 밤이었다. 산짐승들도 모두 골짜기를 떠나버린 밤이었다. 모두에게 무척이나 외로운 밤이었다.

두 사람의 격앙된 목소리를 제외하면, 숨소리조차 들리지 않는 고요한 밤이었다.

"동무들! 동무들! 나를 체포하려거든 지금 체포하시오. 내가 일본군의 첩자요, 조선 민중의 적이라고 생각한다면 지금 당장 그 총으로 나를 쏘아 죽이시오. 우리가 여기 소비에트에서 꿈꾼 세상이 일제의 교활한 술수에 불과하다고 생각한다면, 지금 당장 내게 핏값을 요구하시오. 하지만 동무들이 지금 당장 나를 죽이지 않는다면, 나는 한인 소비에트를 지키기 위해 내가 해야만 하는 일을 해야겠소."

여전히 공포와 혼란 속에서 눈동자만 굴리고 있는 사람들. 그들을 둘러보다가 박길룡은 허리춤에 차고 있던 권총을 꺼내 박도만에게 겨눴다. 총은 유격대원도, 적위대원도 들고 있었지만, 누구도 그를 제지하지 않았다. 아니, 제지할 수 없었다.

"나는 광주 코뮌에 참가했던 조선인 공산주의자요. 내가 살아 있는지 죽었는지 잊어버린 적은 있어도 내 조국을 잊어본 적은 단 한 번도 없었소. 지금까지 나는 수많은 조선인 공산주의자들이 계급과 민족을 해방시키기 위해 죽어가는 모습을 지켜봤소. 국민당 특무들에게, 일본 제국주의 군대들에게, 헌병들에게, 지주들의 사병들에게 그들은 처참하게 죽어갔소. 하지만 단 한 번도 그들은 자신의 선택을 후회하지 않았소. 고문당할 때 비명을 지르는 사람조차 본 일이 없었소. 하지만 여기 동만에서 조선인 공산주의자들은 모두 자신의 선택을 후회하면서 죽어가고 있소. 이런 게 진정한 공산주의의 길이라면 나는 공산주의자가 되지 않았을 것이오. 나는 동무와 계급이 먼저냐, 민족이 먼저냐를 따질 마음이 없소. 우리에게 필요한 건 오직 우리만의 나라, 우리만의 국가일 뿐이오. 그게 바로 모든 조선인의 꿈일 뿐이오."

총구가 머리를 겨누는데도 박도만은 눈 하나 깜짝하지 않았다.

"그 퍽이나 낭만적인 생각의 후과는 누가 치른다고 생각하오? 간도에서 살아가는 우리가 어떤 사람이라고 생각하시오? 우리는 일제의 첩자이자, 중국공산당의 앞잡이요. 우리는 나기를 그렇게 태어났소. 동무가 한인 소비에트를 한번 꿈꿀 때마다 수많은 조선인들이 억울하게 죽어가오. 동무가 조선인만의 국가를 꿈이라고 말하는 순간, 우리는 모두에게 배척당하오. 동무가 민족해방을 외칠 때마다 수많은 전사들이 처형당하오. 눈을 뜨고도 이게 보이지 않는다면, 지금 동무는 자기만의 이상에 미쳐 있는 거요. 나는 지금 죽어도 여한이 없지만, 동무를 먼저 죽이지 못한 것만은 천추의 한이오."

박길룡은 여전히 박도만을 노려봤다. 박길룡은 천천히 입을 열었다.

"그러고 보니 많은 동무들이 적들과 맞서 싸울 때, 동무는 어디에 있었소? 부녀회원들까지 적들의 포탄에 죽어갈 때, 동무는 어디서 뭘 하다가 지금 나타나서 다시 민생단 문제를 거론하면서 우리를 분열시키는 것이오? 나를 체포하고 유격대원들과 적위대원들을 무장해제한 뒤, 동무가 하려던 일은 무엇이오? 그리고 그 일을 지시한 사람은 과연 누구요?"

박도만이 뒤로 물러섰다.

"나는 현위에 있었소. 현위에서 이 문건을 찾고 있었소."

박길룡이 사람들 쪽으로 고개를 돌렸다.

"이 동무가 현위에 있는 걸 본 사람이 있다면 손을 드시오."

사람들은 웅성거리기 시작했지만, 손을 들거나 박도만이 현위에 있었다는 걸 증언하는 사람은 나오지 않았다.

"바른대로 말하시오. 동무는 누구요?"

"나는…… 나는……"

"이런 간고한 상황에서 소비에트를 부정하고 상층부를 민생단으로 몰아대는 동무는 과연 누구요?"

박길룡이 스스로 의심하며 사람들에게 유도한 대로 그날 박도만이 토벌대에 갔다가 다시 돌아와서 그런 일을 벌인 것이라고는 생각할 수 없었다. 내가 아는 한, 박도만은 그런 인물은 아니었으니까. 하지만 박길룡에 대한 개인적인 감정은 박도만에게서 마지막 남은 이성을 빼앗아가버렸고, 그를 포함한 모든 사람들을 파멸로 몰아넣었다. 박길룡은 박도만의 행동으로 유격구 내의 모든 사람들을 의심하기 시작했으니까. 자신을 제외한 모든 사람들을. 어쩌면 자기 자신마저도.

"동무의 말이 옳소. 내가 봐도 동무는 진정으로 일본의 첩자이자 중국공산당의 앞잡이인 것 같소."

박길룡은 방아쇠를 당겼다. 어둠 속에서 총성이 울렸다. 머리가 으깨진 박도만의 몸이 풀섶에 쓰러지는 소리가 들렸다. 하지만 그건 시작에 불과했다.

나는 길 안내를 맡은 적위대원의 꽁무니를 정신없이 좇았다. 어랑촌을 빠져나올 때만 해도 달이 떠 있었다. 멀리 두도구 시내의 불빛이 아렴풋하게 보일 즈음부터 구름이 달을 가리기 시작했다. 백양나무 이파리들이 창백한 빛과 짙은 어둠 사이에서 사스락거렸다. 반쯤 넋이 나간 상태로 걸어가고 있었는데도 관목 가지나 덤불에 발이 걸리지도, 묵은 낙엽에 미끄러지지도 않았다. 적위대원은 빛이 아니라, 어둠을 보면서 가야 할 길을 찾아냈다. 어둠에도 여러 결이 있다고 했다. 적으나마 빛이 사라지면 어둠을 세세하게 여러 결로 나눈 뒤, 그 차이를 구분해 갈 길을 찾아낸다고 여옥이가 말하는 것을 들은 적이 있었다. 밤길을 다녀야만 하는 연락원들에게는 반드시 필요한 재능이었다. 내게는 그런 결을 분간할 수 있는 눈이 없었다. 끝내 나는 어둠에 익숙해지지 못했다. 빠른 걸음으로 걷는 적위대원을 놓치지 않기 위해서는 이를 앙다물고 앞으로 걸어가는 수밖에 없었다.

두도구 시내의 불빛을 뒤로하고 이십 분 정도 더 걸어갔을 때부터 달빛이 사라졌다. 고개를 들 틈도 없어 달빛이 떠난 자리를 차지한 바람기로 그 사실을 알았다. 바람기는 이내 검은 나무둥치 사이 보이지 않는 길을 따라 황소바람을 불러들였다. 금방 마음이 풀리더니 시원하다는 느낌이 들었으나, 어쩐지 눈썹만은 시렸다. 바람은 고갯마루를 올라가는 우리에게 가라고, 되돌아가라고 말했다. 앞장서던 적위대원의 걸음 속도가 확연하게 느려졌다. 그 틈을 타서 잠시 숨을 돌리니 장딴지가 아려왔다. 고갯마루에 올라선 적위대원은 멀리 흔들리는 불빛을 가리켰다. 용정의 불빛이었다. 갑자기 용정 거리가 그리워졌다. 삼십 리가 채 떨어지지 않았다고 했다. 둘이 나란히 서서 바라보는 사이, 먼 불빛이 가물거리더니 이내 지워졌다. 어둠보다 더 검은 비가 내리기 시작했다. 적위대원은 어두운 골짜기 쪽으로 움직였다. 골짜기를 따라 내려가면 용암동이 나온다고 했다. 어두운 골짜기에서 검은 비를 맞으며 나는 여옥이를 생각했다. 검은 비는 소리를 내지 않았다.

할바령이 끝나는 지점에 위치한 용암동은 산을 옆에 끼고 옹기종기 모여앉은 십여 채의 조선인 인가로 구성된 마을이었다. 말에 올라타는 발판과 같은 곳이라 여기에 이르면 쉽게 할바령에 올라 어랑촌이며 약수동 깊은 골짜기 마을을 지나 백두산까지 이를 수 있었다. 흐르는 개울 소리에 빗소리가 묻히는 것으로 마을이 가까워졌다는 것을 알 수 있었다. 적위대원은 개울을 따라 걸으며 울바자 바깥의 백양나무 두 그루를 확인하더니 걸음을 멈췄다. 나는 오른손으로 젖은 머리칼을 뒤로 넘겼다. 빗방울이 목덜미를 타고 흘렀다. 따뜻한 비였다. 적위대원은 내 등을 한 번 툭 치더니 울바자를 밀고 안으로 들어갔다. 댓돌로 또르르 빗방울 떨어지는 소리가 들렸다. 마루로 뛰어올라선 적위대원은 문을 흔들며 일남이, 일남이, 라고 소리쳤다. 나도 모르게 나는 뒤를 돌아봤다. 보이는 것은 아무것도 없었고, 그저 모든 것을 집어삼킬 듯 요란한 개울 소리뿐이었다. 적위대원이 몇 번 더 소리치자, 방문이 열렸다. 뉘신가? 어랑촌 손님들이오. 잠시 방안에서는 아무런 소리도 들려오지 않았다. 적위대원은 나지막한 목소리로 다시 말했다. 어랑촌 손님들이오.

누군가 방안에서 나오는 기척이 들렸다. 적위대원은 내일 내가 손님을 맞으러 용정에 들어가야만 하니, 용정 도장포까지만 안내하라고 말했다. 용정에, 라고 말하며 끝이 올라가는 서일남의 목소리에는 물기가 잔득 묻어 있었다. 무슨 일이 있어도, 라고 적위대원이 못박았다. 적위대원은 토벌대에 고립된 어랑촌의 상황을 전하고 증원군을 요청하기 위해 새벽까지는 약수동에 들어가야만 했다. 적위대원은 검은 길을 따라 사라졌다. 나는 물에 젖은 신발을 들고 정주간으로 들어갔다. 정주간에서는 추진 흙냄새가 풍겼다. 키 작은 여자가 들어와 내가 잘 자리를 봤다. 얕은 여울의 조약돌처럼, 여자는 뭐라고 웅얼거리다가 밖으로 나가버렸다. 닫힌 문틈으로 빗소리가 스며들었다. 나는 지난겨울에서 봄까지 내가 바라봤던 작은 유리창을 떠올렸다. 잊고 살았던 몇몇 기억들이 김처럼 내 몸 구석구석에서 무럭무럭 피어올랐다가 이내 사라졌다.

안방에서 두 부부는 말소리를 낮추고 두런두런 얘기를 나눴다. 길지 않은 얘기였다. 여자가 '어째서'라는 말을 몇 번이고 반복했다. 나는 두 눈을 부릅뜨고 빗소리가 스며드는 문 쪽을 바라보다가 슬그머니 자리에서 일어섰다. 빗소리가 앞뜰을 가득 메웠다. 도랑에서 요란스런 물소리가 들려왔다. 밤은 쉽게 잠들지 못하고 연신 뒤척였다. 나는 안방으로 통하는 문을 열었다. 나의 기척에 둘의 말소리가 뚝 그쳤다. 나는 어둠을 바라봤다. 당연하게도, 무엇도 보이지 않았다. 나는 박길룡이 내게 준 권총을 꺼내들고 왼손으로 약실에 총알을 장전했다. 쇳소리가 짧게, 그러나 날카롭게 울렸다. 서일남 동무, 지금 뭐라고 했소? 어둠을 향해 내가 물었다. 대답은 어둠 속에 묻혀 있었다. 나는 어둠을 살폈다. 내사, 아, 아무 말도 하지 아니했소. 나는 목소리가 들리는 방향을 향해 걸어갔다. 잠자던 아이들이 발에 채었다. 나는 서일남에게 권총을 겨눴다. 내가 누구요? 내가 물었다. 서일남이 이를 딱딱거렸다. 내가 누구요? 내가 다시 물었다. 그때, 바로 옆에 누워 있었는지 여자가 내 다리를 잡았다. 살려주시오. 우리는 댁네가 누구인지 아무것도 모르오. 우리는 그냥 상철이 얘기를 한 것일 뿐이오.

나는 서일남을 겨눴던 총구를 여자에게로 돌렸다. 나는 다시 그 총구를 서일남 쪽으로 겨눴다. 상철이라고 이 동네에 있소. 그자도 나와 마찬가지로 공청단원이오. 그런데 지난번에 이렇게 밤에 밤손님들이 찾아와 산으로 끌려갔는데, 민생단이라고 죽었다고 합디다. 그래서 이 사람이 나도 그렇게 되는 줄 알았다는 말을 한 게요. 어둠 속에서 서일남이 말했다. 그럼 토벌대 얘기는 무슨 소리요? 똑바로 얘기하시오. 내 말에 서일남이 한숨을 내쉬었다. 이틀이 멀다하고 이 마을로 토벌대가 찾아오오. 그런 형편인데도 물자를 제때 공급하지 않는다고 해서 산에서는 상철이에게 소극분자라는 딱지를 붙였소. 그게 종내 싫어서 상철이가 지나가는 말로 양쪽 등쌀에 못살겠꼬마 어쩌구저쩌구 한마디 했소. 그런데 그게 민생단 작용이라고 죽여버렸소. 동무에 대해서는 한마디도 하지 않았소. 이렇게 캄캄한데 동무가 누구인지 내가 어떻게 알겠소. 나도 공청단원이오. 아니, 공청단원이 아니더라도…… 서일남은 잠시 말을 끊었다. 동포를 팔아먹는 짓은 하지 않소.

나는 숨을 몰아쉬며 어둠을 바라봤다. 허튼수작 부리면 다 죽여버리겠어. 내가 말했다. 서일남은 말이 없었다. 빗소리만 요란하게 들려왔다. 알겠어? 나는 반드시 어랑촌으로 되돌아가야 해. 일이 잘못되면 다 죽여버리겠어. 내가 다그쳤다. 사람이 해야 할 일이 뭔지 나도 잘 알고 있소. 나는 민생단이 아니오. 맹세하오. 권총을 잡고 있던 내 손아귀에서 힘이 풀렸다. 자자, 나를 믿으시오. 서일남이 말했다. 일이 조금이라도 잘못되면 모두 죽여버리겠어. 나는 권총을 거두고 다시 정주간으로 돌아와 누웠다. 내가 방을 나오자마자, 아이 하나가 울음을 터뜨렸다. 마치 내가 방에서 나가기만을 기다렸다는 듯이. 여자가 우는 아이의 입을 손으로 틀어막았다. 틀어막힌 울음소리를 들으니 나 자신이 한없이 미워졌다.

다음날 아침, 나는 서일남과 함께 걸어서 용정으로 들어갔다. 길가에 새로 전신주가 설치됐다는 점과 예전에 비해 검문이 심하지 않다는 게 인상적이었다. 가끔이나마 신작로에서도 총소리를 들을 수 있었던 지난해와는 느낌이 많이 달랐다. 구국군이 전반적으로 소멸되면서 만주국의 치안 상태는 이제 안정 궤도에 올라선 것 같았다. 아직 산간 지방에 토비와 공산유격대가 남아 있다고는 하나, 그 힘은 미미했다. 윙윙윙 울어대는 새 전신주만큼이나 신생 만주국은 강해 보였다. 멀리 용문교가 보일 즈음부터 그 느낌은 더욱 강해졌다. 오랫동안 산에만 있다가 내려온 탓인지, 용문교 저편으로 보이는 용정 시가지가 마치 부산에서 처음 기차를 타고 올라갔을 때의 경성 거리처럼 웅장해 보였다. 용문교를 건너기 직전, 나는 어김없이 오른쪽 동흥중학으로 들어가는 길가에 늘어선 버드나무들을 바라봤다. 버드나무들은 아침 강바람에 따라 일제히 같은 방향으로 이파리를 흔들었다. 햇살을 받은 나뭇잎들이 웃음을 터뜨리듯 반짝였다. 아침의 용정 거리는 땔나무를 파는 사람들, 가게와 집 앞을 청소하는 사람들, 등교하는 학생들, 순찰하는 기마경찰들, 출근하는 사람들로 분주했다.

용문교를 지나 십자로를 지나가면서 구름이 참 높게도 떠 있다고 생각하는데, 낯익은 아이가 나를 스쳐지나갔다. 그 아이도 내가 낯이 익은 듯 나를 빤히 쳐다봤다. 서일남을 따라 걸어가는데 자꾸만 그 아이가 떠올랐다. 그러다가 갑자기 “김해연 선생님입네까?”라고 말하던 그 아이의 목소리가 떠올랐다. 나는 서일남에게 잠깐 멈춰 서라고 말한 뒤, 돌아서서 그 아이를 쫓았다. 서일남은 내게 “선생! 선생!”이라고 외쳤다. 내가 자신을 쫓아가자, 아이도 뛰어가기 시작했다. 등교하던 학생들과 가게 앞에 나와 길을 청소하던 상인들이 나를 쳐다봤다. 나는 아랑곳하지 않고 뛰었다. 아이는 중국인이 하는 교잣집을 지나 골목으로 뛰어들었다. 어제 내린 비로 온통 진창이 진 길이었다. 물을 튀기면서 아이는 골목 끝에 있는 판잣집으로 들어갔다. 나는 그 집의 문을 열고 안으로 들어갔다. 집안에는 웃통을 벗은 사내들 몇몇이 마당에 앉아 얘기를 하고 있었다. 그중 수염이 덥수룩하고 온몸이 구릿빛으로 물든 사내 하나가 자리에서 벌떡 일어나 내게 다가왔다. 차림새로 봐선 조선 사람 같았다. 나도 모르게 허리춤에 감춰놓은 권총을 만졌다. 뭔가 심상치 않다는 느낌을 받았는지 다른 사내들도 자리에서 일어섰다. 나는 숨을 몰아쉬면서 걸음을 멈췄다. 방금 여기로 들어온 아이가 어디로 갔는지 아느냐고 묻자, 사내는 내게 무슨 일이냐고 되물었다. 나는 그 아이에게 물어볼 게 있다고, 예전에 그 아이에게 편지를 받은 적이 있는데 그 편지를 준 사람에 대해 물어볼 게 있다고, 반드시 물어보지 않으면 안 된다고 연거푸 얘기했다. 어딘지 모르게 내가 이상하게 여겨졌는지 사내는 고개를 갸우뚱거렸다.

사내는 집 쪽을 향해 아이를 불렀다. 사내의 목소리에 아이는 풀이 죽은 얼굴로 나왔다. 나는 그 아이를 향해 나를 기억하느냐고 물었다. 아이는 고개를 흔들었다. 나는 재차 물었다. 작년 가을, 나는 용정역 가는 길목에 있는 만철 용정 지사에서 일했는데, 그 사무소는 북경약방 옆에 있는 2층 벽돌 건물인데, 그때 네가 내게 어느 신사 분이 전해주라고 했다면서 편지를 가져왔다. 기억나지 않느냐? 아이는 거의 울상이 된 얼굴로 고개를 흔들었다. 그러자 사내가 아이를 향해 그렇다면 그렇다, 아니라면 아니다, 바른대로 말하라며 소리를 쳤다. 거의 죽어가는 목소리로 아이는 아니라고 대답했다. 그러자 사내는 나를 향해 무슨 일인지는 모르지만, 사람을 잘못 본 것 같으니 어서 자기집에서 나가라고 말했다. 다급해진 나는 아이에게 소리쳤다. 그 사람, 나이가 많은 사람이었더냐? 네게도 하오더 씨아오 이 씨아오라고 말하더냐? 일본인이었더냐? 일본군인이었더냐? 누구였더냐? 사진기를 들고 다녔더냐? 몸채가 뚱뚱한 사람이었더냐? 나는 머릿속에 떠오르는 사람들의 특징을 닥치는 대로 지껄이기 시작했다. 사내는 나더러 당장 나가지 않으면 재미적을 것이라고 윽박질렀다. 누구더냐? 오른손 약지가 잘려나간 사람이었더냐? 그 말에 아이는 놀란 표정으로 나를 바라봤다.

그 순간, 사내가 나를 밀쳤으므로 나도 사내를 밀었다. 우리가 몸싸움을 벌이자, 아이는 더이상 말하지 않고 집안으로 도망갔다. 멍하니 서 있는 내게 사내는 주먹을 휘둘렀고 나는 바닥에 쓰러졌다. 다른 사내들이 내 팔다리를 잡고 대문 밖으로 던져버렸다. 온몸이 진흙투성이였다. 십자로로 나왔더니, 서일남의 모습은 보이지 않았다. 권총을 차고 나는 용정 시내 한복판에 서 있었다. 어떻게 해야 할지, 무엇을 해야 할지 나로서는 알 수 없었다.

햇살은 뜨거웠다. 중국인 상점에 매달아놓은 홍등이 더위에 얼어붙은 듯 꼼짝도 하지 않았다. 간혹 웃통을 벗어젖히고 야채 바구니를 양끝에 매단 멜대를 멘 중국인들이 보이기는 했지만, 거리를 오고가는 사람들 대부분은 조선 사람들이었다. 길가에 앉은 구두장이, 콩물장수, 오이장수, 호박장수, 산살구장수 등도 모두 조선 사람들이었다. 한쪽 귀퉁이에는 손바닥이나 얼굴 그림을 붙여놓고 점을 보는 장님 사주쟁이가 있었다. 거기서 일본 총영사관으로 가는 길 연변에는 간도상점, 만선잡화점, 야마다상점 등 큰 상점들이 늘어서 있었다. 건물들은 지붕까지 흙으로 벽을 올린 흙집이지만, 전면에는 모두 붉은 벽돌 벽을 쌓았기에 보기에도 으리으리했다. 길을 걸어가면서 들을 수 있는 소리는 대개 조선말이었고, 그 사이사이 빈틈을 메우듯 중국말과 일본말이 비집고 들어왔다. 브라우

넝을 허리춤에 찬 채, 나는 그런 거리를 걸어가고 있었다. 벌써 며칠째 잠을 제대로 잔 적이 없었기 때문에 머리가 어질어질했고 걸음은 비척거렸다. 나는 몇 번이고 지나가는 사람들과 어깨를 부딪쳤다. 총영사관 건물 앞에 이르러 나는 걸음을 멈췄다. 주위의 건물과는 비교가 안 될 정도로 견고하게 지어놓은 건물이었다. 입구에는 검은색 토치카가 설치돼 있었다. 만주 땅에서는 그 누구도 그 토치카를 부술 수 없을 것 같았다. 나는 그 앞에 서서 건물을 올려다봤다.

햇살 때문인지, 전날 유격구에서 점심으로 풀죽을 먹은 이후로는 먹은 게 없어서인지, 아니면 며칠 동안 제대로 잠을 자지 못해서인지 나는 가만히 서 있을 수 없었다. 나는 비틀거리는 몸을 겨우 추스르고 있었다. 귀가 멍해지면서 거리에서 들려오던 소리가 아득해졌다. 장사치들의 호객소리도, 지나가는 마차 소리도, 멀리 아이가 보채는 소리도. 소리가 희미해지면서 거리를 걸어가는 사람들의 모습도 흐릿해졌다. 나는 정신을 차리려고 머리를 흔들었다. 파도처럼 소리는 밀려왔다가는 또 밀려갔다. 그 물결 사이 어딘가에서 일본말 호령 소리가 들렸다. 팽팽한 소리의 장막을 찢고 군인들이 줄 맞춰 걸어오고 있었다. 그들은 나를 향해 걸어오고 있었으나, 나는 조금도 움직일 수 없었다. 결국 누군가 나를 세차게 밀었고 나는 길옆으로 쓰러졌다. 벌레만도 못한 자식아. 아침부터 술주정이냐! 누군가가 일본말로 외쳤다. 나는 몸을 일으키려고 발

버둥을 치다가 다시 진창에 미끄러졌다. 고개를 들어보니 고동색 군복에 각반을 찬 일본 병사들이 구령소리에 맞춰 내 옆으로 지나가고 있었다. 그들의 표정은 굳어 있었다. 죽음이 그다지 멀리 있지 않다는 듯. 죽음이 지척에 있는 곳에서 청춘은 거추장스럽기만 했다. 죽음이 결국 시간의 문제일 뿐인 곳에서는 누구나 임종을 앞둔 노인일 뿐이다. 총성이 그치지 않는 만주에서 우리는 누구나 노인일 뿐이다.

이 세계가 청년들에게 가혹한 세계라면, 죽음에서 가장 멀리 있는 청년들마저도 노인으로 만들어버리는 세계라면, 내가 몇 명을 조금 일찍 죽인다고 해서 무슨 상관이 있으랴. 반쯤 죽은 자들과 반쯤 살아 있는 자들이 함께 살아가는 세계라면, 삶과 죽음이 서로 자리를 바꿔가면서 이뤄내는 세계라면 인간을 죽인다고 해서 도덕적으로 비난받을 일이 어디 있겠는가? 세계가 가짜일 때, 그리고 그 세계에 사는 사람들이 반쯤 죽어 있을 때, 폭력만이 최고의 가치를 지닌다. 누구도 주인이 아닌, 노예만의 세상에서 폭력은 예술이다. 단 한 명이라도 죽어가는 노예가 있는 한, 세계를 바꾸기 위한 폭력은 불가피하다. 나는 폭력이 사라진 세계를 믿지 않게 됐다. 어느 세계에나 죽어가는 노예는 있을 테니까 어느 세계에서나 폭력은 예술이 될 것이다. 결국 유토피아란 없다. 유토피아란 폭력을 은폐하려는 자들의 거짓 관념에 불과하다. 오직 끝없는 투쟁만이, 오직 무자비한 폭력만이 세계를 구원할 것이다. 젊음이란, 그들이 푸르른 나무 아래에서 꿈꾸던 세계란, 그 노란 군복 안에 감춰진 살처럼 여리다. 권총 한 발이면 그 살은 부드러움을 잃고 굳어간다. 그날, 내 곁을 지나가던 젊은 이국 군인들의 표정처럼. 누구도 죽음에서 벗어날 수 없으므로, 어쩔 수 없이 인간의 살은 견고하고 딱딱한 세계를 지향한다. 인간의 살은 결국 폭력을 그리워하게 된다. 누구도 그 세계에서 벗어날 수 없다. 나는 죽은 것처럼 굳은 표정을 한 군인들이 내 곁을 지나가는 광경을 지켜봤다. 나는 그들이 진창이 되어 먼지도 일지 않는 길을 굴리는 광경을 바라봤다. 젊은이들이 모여서 노래도 부르지 않고, 끝없이 끝없이 죽음을 향해 행군하고 있었다. 내가 맞서고 싶었던 것은 바로 그런 잔인한 세계였다. 그제야 나는 박길룡을, 나카지마를, 박도만을 이해할 수 있었다. 나는 권총을 뽑아들고 그 잔인한 세계를, 결코 무너지지 않을 세계를 저격하려고 일어섰다. 나는 허리춤에 손을 넣은 채, 맞은편 총영사관 건물로 걸어가기 시작했다. 나는 최도식을 죽일 작정이었다.

그때, 누군가 내 팔을 잡아끌었다. 서일남이었다.

"아, 이 사람아. 집에 안 가고 여기서 뭣하고 있는가? 이렇게 술에 취해서."

서일남은 막무가내로 나를 잡아서 골목으로 끌고 갔다. 나는 허리춤에 손을 넣은 채, 비틀거리며 그에게 끌려갔다. 만둣집에서 내다버린 오물 냄새가 진동하는 골목길 안쪽으로 들어가서야 서일남은 순경들과 밀정들이 우글거리는 총영사관 앞에서, 그것도 대오를 갖춰 지나가는 일본군을 향해 권총을 들고 달려들어서 어떻게 하려느냐고 나를 다그쳤다. 내가 정신을 못 차리고 서 있자, 서일남이 내 눈동자를 들여다보다가 뺨을 세게 쳤다. 나는 고개를 흔들고 그 자리에 주저앉았다. 나는 골목 한쪽에 고인 물로 얼굴을 씻었다. 서일남은 나를 일으켜세우고 용정 내 지하 거점인 도장포로 나를 끌고 갔다. 도장을 파고 있던 도장장이는 서일남의 얘기를 들은 뒤, 가게문을 닫고 나를 방안으로 안내했다. 나는 누구라도 죽이고 싶어 견딜 수 없었다. 정말이지, 나는 자신이 하찮게 느껴져 참을 수가 없었다. 나는 눈을 감았다.

언젠가 나카지마를 다시 만나게 된다면 내가 얼마나 많이 달라졌는지 보여주리라 생각했었다. 예전처럼 둘이서 사복을 입고 마치 놀러온 사람처럼 용정의 밤거리를 걸어가면서 간도라는 곳이 우리를 어떻게 남자로 만들어주는지에 대해서 떠들어대리라 생각했었다. 붉은 등이 내걸린 술집에서 술을 마시면서 그가 생각하는 미래와 내가 생각하는 미래가 이제 얼마나 달라졌는지, 하지만 바로 그런 이유 때문에 앞으로 다가올 미래는 우리가 한 번도 예상하지 못한 그런 세계가 되지 않겠느냐고 말해주고 싶었다. 언젠가 나카지마를 다시 만나게 된다면…… 그러나 봉우리마다 토벌대가 우등불을 밝혀놓은 어랑촌 어두운 숲속에서 박길룡에게 정희가 어떻게 죽었는지 얘기를 듣고 난 뒤에 이제 영원히 우리가 그런 식으로 만날 수는 없다는 걸 깨닫게 됐다. 총영사관 경찰들이 정희를 체포하기 위해서 그녀의 집으로 들이닥쳤을 때, 정희는 이미 죽어 있었다고 박길룡은 말했다. 총영사관 경찰들은 정희가 자살했다고 밝혔지만, 정희의 시신 곁에는 한 사람이 더 있었다. 그게 나카지마였다고 박길룡은 내게 말했다.

그리하여 내가 그의 머리에 총구를 갖다댔을 때, 나카지마는 지난겨울의 어느 날처럼 내가 자신에게 총을 쏠 수 있으리라는 사실을 좀체 납득하지 못했다. 나는 나카지마를 죽일 만한 권리가 충분히 내게 있다는 사실을 보여주기 위해서 그의 오른팔을 쐈다. 나카지마는 팔뚝을 움켜쥐고 뒤로 쓰러졌다. 나는 쓰러진 나카지마에게 다시 총을 겨눴다. 나카지마의 얼굴이 고통으로 일그러지는데도 내 마음이 전혀 움직이지 않았다. 그 자리에서 나카지마를 죽일 수도 있었지만, 그럴 수는 없었다. 나는 조금 더 오래 나카지마를 살려둬야만 했다. 총성이 울리자, 일본군 병사들이 중대장실로 몰려와 내게 총을 겨눴다. 나는 나카지마의 뒤통수에 총구를 들이밀며 당장 기름을 가득 채운 차와 운전사를 대기시키라고 말했다. 입안의 침이 바짝 말랐다. 내 말에도 병사들은 꼼짝도 하지 않았다. 나는 다시 나카지마의 허벅지를 쏘기 위해서 총구를 내렸다. 그제야 병사들은 움직이기 시작했다. 총을 맞은 뒤로 나카지마는 내게 아무런 말도 하지 않았다. 자동차에 올라타 간도임시파견대 주둔지를 벗어난 뒤에도, 몇 개의 검문소를 지나 용정을 완전히 빠져나온 뒤에도, 우리가 탄 자동차 뒤로는 일본군을 태운 트럭과 헌병대

오토바이가 자욱하게 먼지를 일으키며 뒤따르고 있었다.

언젠가처럼 우리는 벌판을 달리고 있었다. 그 시절에 우리는 술이 덜 깬 얼굴로 벌판을 바라보며 노래를 부르곤 했다. 달려가는 인생 열차, 달려가는 인생 열차. 황혼의 광야를 지나서 어디로 가나. 잔조롬히 스며드는 노스탤지어. 아아, 내 가슴의 노스탤지어. 고개를 돌려보면 자욱하게 일어난 먼지가 푸른 하늘로 솟구치는 모습을 볼 수 있었다. 그 시절, 사랑은 다만 사랑이었을 뿐이며 희망은 희망 아닌 것들과 연결되지 않았다. 하지만 그런 시절은 이제 모두 지나갔다. 사랑에는 의심과 증오가 스며들었으며, 희망은 가장 어두운 숲속까지 들어가서야 간신히 찾을 수 있게 됐다. 그러므로 나는 벌판도 보지 않고, 노래도 생각하지 않고 다만 내 옆에 앉은 나카지마의 관자놀이만 바라보고 있었다.

"차가 덜컹거리잖아."

그때 나카지마가 말했다.

"그런데?"

그의 눈을 바라보며 내가 물었다.

"조금 더 가면 길이 안 좋으니까 더 덜컹거릴 거야. 그럼 그때는 이렇게 내 머리에 계속 총을 겨누고 가는 일도 쉽지만은 않을 거야. 가는 동안만이라도 총을 내려놓는 게 어때? 잘못해서 오발 사고라도 생기면 네 노력은 헛수고로 돌아가지 않겠나? 어쨌든 그것보다는 지금 자네하고 얘기를 좀 하고 싶은데, 자네가 너무 긴장하고 있는 것 같아서. 일종의 휴전 제의야. 도착할 때까지만."

"난 이게 편해."

나카지마가 눈동자를 돌려 나를 쳐다봤다.

"정말 못 말리는 친구군. 혹시 『대위의 딸』은 읽어봤나?"

"그건 왜 물어보는 거지?"

"자네한테 할말이 있어서. 거기에는 두 남자가 나오지. 그리뇨프와 푸가초프. 부잣집 아들인 그리뇨프는 어느 농부의 도움으로 길을 찾은 뒤, 사례로 자신의 토끼털 외투를 건네. 나중에 그리뇨프는 악당 쉬바브린의 흉계로 반란군에 잡혀서 죽을 지경이 됐는데, 반란군 대장이 그를 알아보는 거야. 그러니까 그 사람이 그리뇨프에게 외투를 건네받은 푸가초프였던 거지. 우리처럼, 이렇게 마차를 타고 가다가 그리뇨프가 말해. '어제까지만 해도 당신에게 대항해 싸우고 있었는데, 오늘은 이렇게 같은 마차를 타고 가는군요.' 그러자 푸가초프가 말해. '모두들 자네가 첩자라고 하는데, 자네가 사준 술 한잔과 토끼 가죽 외투 생각이 나서 말이야.'"

나카지마는 창문 틈으로 스며든 먼지 바람에 쿨럭거렸다.

"나는 자네가 그리뇨프 같은 사람이라고 생각해. 사랑을 위해서라면 어떤 일이라도 감수하는 그리뇨프. 자네가 나에게 총을 쏠 줄은 전혀 예상하지 못했어. 그냥 공비 흉내만 내는 것이라고 생각했지. 아마도 네가 총만 쏘지 않았다면, 네가 공비라고 해도 나는 너를 그냥 보냈을 거야. 왜냐? 나 역시 너와 마신 술 한잔이 생각났거든. 그런데 총을 쏜 거야. 그제야 깨달았어. 아아, 이자는 내가 정희를 죽였다고 생각하는구나. 그리뇨프란 그런 사람이니까. 사랑을 위해서라면 그 어떤 일도 하는 사람이니까. 내 생각이 맞나?"

나는 대답하지 않았다.

"정희가 죽고 난 뒤, 너나 나나 조사를 받지 않았나? 너는 어땠는지 모르지만, 나는 아주 심하게 조사받았지. 대우가 형편없더라고. 하지만 나는 진술을 거부했지. 거들먹대는 헌병대 상사에게 말했어. 그만하라고. 내 쪽에서 빠져나간 정보는 하나도 없다고. 상사 녀석은 어째서 그렇게 확신하느냐고 묻더군. 그래서 내가 얘기해줬지. 지난해 8월에 우리는 화련리 대성촌에서 공청단원들이 모여서 계림촌에 있는 철도 호위대를 기습해서 무기를 탈취하려는 계획을 세운다는 걸 알고 있었지. 물론 그 정보는 새어나갔어. 그래서 박타이와 정희가 발각된 것이고. 그런데 우리가 아무런 성과를 거두지 않은 건 아니었어. 왜냐하면 대성촌에서 특무의 정보대로 회의를 하기 위해 모인 공청단원들을 찾아냈기 때문이지. 물론 특무가 잔인하게 죽은 채로 발견됐고, 같은 시각 철도 호위대가 기습당했다는 소식이 전해져 흥분한 토벌대가 그들을 마찬가지로 잔인하게 죽인 것만은 유감이야. 하지만 어쨌든 대성촌에도 실제로 회의를 하던 공산주의자들은 있었단 말이야. 그렇다면 그 사람들은 누구였을까?"

물론 나는 그 사람들이 누구였는지 알고 있었다. 그건 안세훈을 비롯한 공청단원들이었다.

“언젠가 우리 셋이서 술을 마신 일이 있었는데, 기억나나? 그때 그 토벌에 대해서 말했을 때, 정희의 표정이 생각나는가? 아아, 제발 방아쇠를 당기지 말아줬으면 좋겠어. 자네한테는 미안하지만 그때 이미 나는 정희와 친밀한 관계가 됐을 때였지. 정희는 이미 우리가 대성촌에 작전을 나간다는 것을 알고 있었어. 만약 정희를 통해서 기밀이 새어나갔다면, 거기서 공청단원들이 무참하게 학살되는 일은 없었을 거야. 그 일로 정희는 큰 충격을 받았었지. 나는 아무것도 모른 채 조직의 지시에 따라 대성촌에 남아 있던 그 소수의 인원들이 희생양이자, 누군가의 제거 대상이었다고 생각해. 그 일이 있고 나서 정희를 통해 빠져나간 첩보는 하나도 없었어. 우리 사이는 회복할 수 없을 정도로 멀어졌으니까. 물론 헌병대의 의견은 좀 다르긴 했지만.”

“어떻게 내가 정희를 사랑한다는 사실을 알면서도 버젓이 그런 짓을 저지를 수 있었지?”

내가 물었다.

“미안, 미안. 정말 미안해. 그럴 생각은 전혀 없었어. 하지만 그렇게 따지자면, 내 쪽에서 먼저 화를 내야만 하는 일이겠지. 지금은 우리 사이가 좀 우스꽝스럽게 됐지만, 그때만 해도 나는 너를 꽤나 좋아했었지. 순수했으니까. 그래서 더구나 얘기할 수 없었지만, 처음에 네가 요릿집으로 정희를 데려왔을 때, 내가 얼마나 놀랐는지 몰라. 그게 말이야, 나남에서 간도임시파견대로 발령받아 왔을 때, 조선인 거류민회에서 환영 만찬을 한다고 해 나간 적이 있는데, 그때 간도조선인민회에서 일하던 박길룡이라는 남자를 만난 적이 있어. 그런데 이 남자가 나한테 자꾸만 여자를 소개시켜준다는 거야. 대단한 미인이고 여학교 음악 선생이라며. 그래서 마지못해 몇 번 만난 적이 있었거든. 그땐 그게 다였어. 헌병대나 총영사관에서는 박길룡과 정희가 애인 사이라고 하는데, 나는 그렇게 생각하지 않아. 정희는 누구도 사랑하지 않았어. 차라리 모든 남자를 사랑했다고 말하는 편이 옳겠지. 박길룡은 그런 정희를 제대로 이용한 것이고."

나카지마의 머리에 총을 겨눈 채, 나는 자동차에서 내렸다. 어랑촌 입구를 봉쇄하고 있던 만주군들과 우리가 탄 차를 줄곧 뒤쫓았던 간도임시파견대 병사들이 나와 나카지마를 빙 둘러싸고 총을 겨눴다. 중천을 넘어가 태양이 뜨겁게 작열했다. 병사들의 이마에 맺힌 땀방울 하나하나가, 그들이 움직일 때 들리던 발 끄는 소리 하나하나가, 바람을 타고 내려온 풀냄새 하나하나가 생생하게 느껴졌다. 빙 둘러선 병사들 뒤로 토벌대 대장인 일본군 소령이 참모들과 함께 나타났다. 소령은 자신은 보고받은 바가 없으니 더이상 나와 나카지마를 보내줄 수 없다며 단호하게 말했다. 소령은 나카지마에게 황군답게 죽으라고 말한 뒤 일본군 중위 한 명만 남겨둔 채, 천막으로 돌아갔다. 나는 금방이라도 나카지마의 머리를 쏠 것처럼 위협했다. 하지만 병사들은 조금도 동요하지 않았다.

"정희가 죽은 뒤, 나는 항상 사람을 죽이면 어떤 기분일까 궁금했지. 나도 완전히 다른 사람이 될까? 가령 필요하다면 친구의 머리에도 총을 쏠 수 있는, 그런 종류의 인간이 될 수 있을까? 자신의 이상을 위해 사랑하는 여자가 죽어가는데도 외면하는, 그런 일을 할 수 있게 되는 걸까? 그런 게 늘 궁금했어. 다들 세상은 그런 곳이라고 말했으니까. 누군가를 죽여보면 그 사실을 알게 될 것이라고 말했으니까. 이제 좋은 기회가 왔는데, 그런 기분을 느껴볼 틈도 없이 죽을 것 같네. 사람을 죽이면 어떤 기분일까, 궁금할 때마다 내가 떠올린 사람은 당신이었지. 지금 마음에 드는 건 그거 하나뿐인데, 어떡할까? 당신으로도 부족할 것 같아서 말인데. 그게 못내 아쉬워."

내가 옆에 선 나카지마에게 속삭이듯 말했다. 나카지마는 눈을 감았다. 나는 방아쇠를 당기려고 손에 힘을 줬다. 우리를 둘러싼 병사들이 일제히 가늠쇠를 눈에 바짝 들이댔고, 쇳소리가 울렸다. 나카지마는 눈을 떴다.

"이자의 요구를 들어줘라. 내 운명은 내가 알아서 하겠다. 나는 죽지 않을 것이다. 절대로."

나카지마가 말했다. 일본군 중위가 총을 내리라고 명령했고, 병사들이 모두 총을 내렸다.

"요구 조건을 말해라."

일본군 중위가 내게 외쳤다.

"어랑촌 북쪽의 포위망을 풀어라. 고립된 주민들이 모두 어랑촌을 빠져나간 뒤, 이자를 돌려보내겠다. 단 한 명이라도 우리를 쫓아오는 사람이 있다면 이자를 죽여버리겠다."

중위는 우리를 둘러싼 병사들에게 물러나라고 명령했다. 나는 왼손으로 나카지마의 허리띠를 잡고 오른손으로는 그의 머리에서 총구를 떼지 않은 채, 천천히 걸어가기 시작했다. 일장기와 만주국기가 매달린 검은색 대형 천막 뒤쪽으로 웅크리고 앉아 있는 사람들이 보였다. 그들은 손을 뒤로 결박당한 채, 무릎을 꿇고 앉아 있었다. 간밤에도 많은 사람들이 어랑촌을 빠져나와 귀순한 게 분명했다. 나는 병사들을 경계하면서도 혹시 그중에 여옥이가 있지 않은가 해서 살펴봤다. 약속대로 여옥이는 어랑촌을 빠져나오지 않았다. 대신에 강정숙이 눈에 들어왔다. 나와 눈이 마주치자, 강정숙은 고개를 숙였다.

박도만과 박길룡이 서로를 민생단이라고 지목했다가 결국 박도만이 죽은 뒤, 박길룡은 그날 밤에만 모두 열다섯 명을 민생단으로 몰아서 사살했다. 나 역시 사살되는 무리들 틈에서 무릎을 꿇고 앉아 있었다. 박길룡이 이끄는 적위대원들은 적을 향해서 쏴야만 할 총알로 무릎을 꿇고 앉아 있는 사람들의 머리를 쏘았다. 총성이 울리면 사람들은 힘없이 풀숲으로 쓰러졌다. 달빛이 나뭇가지 사이로 환하게 비쳐들었음에도 그날 밤은 어둡고 어두운 밤이었다. 토벌대의 우등불이 사방에서 반짝이는 가운데, 그렇게 숲속에서는 총성이 울렸다. 그 누구도, 평생 잊을 수 없는, 그런 종류의 끔찍한 총성이었다. 그런데도 어느 하나 그게 미친 짓이라고 말하지 않았다. 그렇기 때문에 토벌대가 포위를 풀지 않았다면, 박길룡은 근거지에 있던 사람들을 다 죽였을 것이다.

나는 귀순자들에게서 눈을 돌렸다. 그들은 당의 명령에 절대복종했던 핵심분자들이었다. 그런 자들은 귀순자가 되고 당의 명령을 거부했던 자는 마지막까지 유격구에 남아서 토벌대와 맞서는 상황이었다. 나는 만주군이 설치해놓은 장애물을 지나 좌우를 두리번거리면서 천천히 뒷걸음질을 치면서 어랑촌으로 들어갔다. 검은 천막과 내게 총을 겨눈 만주군 병사들과 고개를 숙인 귀순자들이 천천히 시야에서 멀어지기 시작했다. 그건 너무나 기나긴 길이었고, 내 얼굴과 몸은 땀으로 범벅이 됐다. 어랑촌 소비에트는 토벌대의 포격으로 완전히 잿더미로 바뀌었다. 아직도 군데군데 연기는 피어오르고 있었으며, 역겨운 탄내가 코를 찔렀다. 포탄에 찢긴 몸뚱어리와 팔다리도 흔하게 보였다. 토벌대의 무자비한 포격은 어린아이와 노인을 가릴 것 없이 모두 파괴해버렸다. 나는 사람들을 찾아 북쪽 능선의 숲으로 올라갔다. 거기에는 아무도 없었다. 그들은 산중 진지로 올라가는 길에 있는 자연동굴 속에 숨어 있었다.

그들 가운데서 여옥이가 지팡이를 짚으며 걸어나왔다. 그뒤로 박길룡이 총을 들고 따라 나왔다. 동굴 속에는 스무 명 남짓한 사람들만 남아 있었다. 어랑촌 소비에트를 메웠던 그 많은 사람들이 죽거나 제가끔 살길을 찾아, 혹은 박길룡에게 민생단으로 몰려서 도주했다. 이로써 어랑촌 소비에트는 완전히 붕괴됐다. 조선인 소비에트의 붕괴는 토벌대도, 특위도 모두 원했던 바였지만, 정작 그 일을 해낸 것은 그들이 아니라 조선인들이었다. 사람들은 무기와 식량 등을 챙긴 뒤, 만주군이 빠져나간 북쪽 산길을 따라 올라가기 시작했다. 어랑촌 골짜기를 완전히 빠져나왔을 때, 사람들은 환호성을 내질렀다. 몇몇은 혁명가요를 부르기도 했다. 박길룡은 지형을 둘러보더니 서쪽 방향으로 대오를 이끌었다. 약수동은 어랑촌에서 동북 방향으로 가야만 했다. 박길룡이 서쪽을 가리키는 것을 보고 나는 그가 중국공산당에서 완전히 떠나려고 마음먹었다는 걸 알게 됐다.

우리가 서쪽으로 걸어가는 동안 태양이 하늘에서 떨어지기 시작했다. 천리봉 너머 서녘 하늘이 조금씩 붉게 물들고 있었다. 걸어가면서 박길룡은 천리봉 너머에 근거지를 마련해 조선혁명군을 창설할 계획이라고 사람들에게 말했다. 박길룡은 나카지마에게도 자신의 말을 전하라고 내게 말했다. 조선혁명군은 오직 조선 사람만을 위한 군대요, 조선 해방만을 목적으로 하는 인민들의 군대가 될 것이오. 조선혁명군은 중국에 의해서도, 일본에 의해서도 지배받지 않을 것이오. 노을빛이 짙어지면서 박길룡의 얼굴도 조금씩 붉어졌다. 그는 십만 명의 조선혁명군을 양성해 조국 진공 작전을 펼칠 것이라고 말했다. 그는 조선땅에 가난한 사람들이 가장 행복하게 살아가는 낙토를 건설하겠다고도 말했다. 그러는 사이에 천천히 해는 천리봉을 넘어갔다.

해가 완전히 넘어가기 전에 우리는 각자 숲속으로 들어가 땔나무를 주웠다. 숲속은 이미 어두웠다. 적막한 가운데 이따금 새소리만 들려올 뿐이었다. 새소리에서 축축한 나무 향내가 묻어났다. 인적이 끊긴 곳이라 낙엽을 잘못 밟으면 한없이 발이 아래로 빠져들었다.

마른나무를 몇 개 주워 돌아와 불을 피워보니, 남은 사람은 나와 여옥이와 나카지마를 포함해 모두 여덟 명뿐이었다. 유격대원들과 그들의 가족이 보이지 않았다. 우리를 제외하고 남은 사람은 이제 소선대원 두 명과 박길룡을 경호하던 적위대원 두 명뿐이었다. 조선혁명군은 일단 여섯 명으로 창설해야만 하겠군. 나카지마가 말했다. 소선대원들이 작식에 나서 풀죽으로 끼니를 넘겼다.

저녁을 먹은 뒤, 박길룡은 천리봉 너머에 있다는 한 마을에 대해 얘기했다. 천리봉 서쪽에 조선인들만 사는 산중 마을이 있다고 했다. 거기에는 중국인과 일본인의 등쌀을 피해서 도망온 조선인들이 모여서 사는데 산등성이 높은 곳에서 내려다보면 골짜기가 온통 하얀색 물결이라고 했다. 억새밭이라고 거기에 비할까. 박길룡은 그 마을에 사는 소년들은 모두 글을 깨쳐 세상의 이치에 대해 모르는 바가 없으며 소녀들은 모두 맵시 좋고 현명하다고 했다. 남자와 여자는 모두 평등한 권리를 지녀 서로를 존중하며 부자도 가난뱅이도 없이 모두 같이 일하고 같이 먹는다고 했다. 그 마을의 곳간은 언제나 곡식으로 차고 넘치기 때문에 도둑이 있을 리 없으며 사람들은 늘 노래를 부르고 춤을 춘다고 했다. 그 마을을 지키는 군대가 바로 조선혁명군이다. 박길룡은 중얼중얼 혼자서 얘기를 계속했다. 조선인들만이 사는 나라. 어쩌면 만주에서 억울하게 죽은 조선인들만이 갈 수 있는 나라.

나는 하늘을 올려다봤다. 산중이라 별이 한꺼번에 쏟아지듯 떠올랐다. 나는 별들을 물끄러미 바라봤다. 그 많은 별들 중에서 우리가 사는 별은 과연 어디쯤에 있는 것일까 궁금했다. 나는 여옥이의 손을 잡아끌었다. 새벽이 오기 전에 나는 여옥이와 함께 그곳을 빠져나갈 생각이었다. 박길룡의 목소리가 숲속으로 퍼졌다. 그 목소리가 끝나는 곳에서 다른 소리들이 일어났다. 새소리가 들리는가 싶으면 이내 물소리로 바뀌었다. 가만히 그 소리들에 귀를 기울이니 흡사 소리들은 한데 엉겨서 노래를 부르는 것 같았다. 어떤 소리는 여자의 가녀린 콧소리 같기도 했고, 다른 소리는 남자의 굵고 낮은 음성 같기도 했다. 그것은 천리봉 너머에 있다는 조선인들만의 나라에서 사는 사람들이 부르는 노랫소리일지도 몰랐다. 다음날 새벽이 오기 전에 나는 밤새 숲속에 퍼지던 그 노랫소리를 들으며 한 사람을 죽였다. 죽기 전에 그 사람은 입을 벌리고 내 얼굴을 쳐다봤다. 어둡고 어두운 밤이었기 때문에 한 치 앞이 보이지 않았음에도 나는 그 사람의 눈동자를 아직도 기억하고 있다. 흥얼흥얼 나는 노래를 불렀다. 밤과 숲의 어두운 노래를 따라.

1941년 8월 용정

바다는 물결쳤고,
먹구름떼 사이로 반달이 겁에 질린 듯 내려다보았다.
나룻배에 올랐을 때 우리는 모두 세 명이었다.
오, 바보짓이여, 끔찍한 꿈이여, 광기여, 미친 짓이여!
밤은 하품하고, 바다는 날카롭게 외친다.
오, 신이시여! 나를 지켜주소서!
해가 떠올랐고, 우리는 뭍에 도착했다.
그땐 5월이 피어나며 불타고 있었다!
우리가 나룻배에서 내렸을 때 우리는 두 명이었다.

_하이네

대련을 떠나 신경에서 갈아탄 기차는 열다섯 시간을 달려 연길에 도착했다. 십 년 전만 해도 부근이 구국군, 공산유격대, 산림대의 근거지라 명월구는 군사도시에 가까웠는데, 몇 년 사이에 인가가 많이 들어서 이제는 완연한 도회지의 모습이었다. 명월구에서 노두구까지 내려오면 들판이 시작됐다. 그 들판으로는 이주한 조선인들이 일군 논이 한없이 펼쳐졌다. 동불사역을 지나칠 무렵부터 빗방울이 하나둘 떨어지기 시작했다. 웃통을 벗어던지고 잠들어 있던 맞은편의 중국인이 빗방울이 몸에 튀자, 창문을 열고 있던 남자에게 "왜 비가 오는데 문을 닫지 않는가"라고 말한 뒤, 제마음대로 창문을 내려버렸다. 창으로 떨어지는 빗방울에 들판의 풍경이 조금씩 흐릿해졌다. 다들 문을 닫아버리자, 차내는 금방 무더워졌다. 객실 천장에서 선풍기가 돌아가고 있었지만, 더운 바람만 뿜어낼 뿐이었다.

연길에서 하차한 남자는 용정으로 가는 기차를 기다리느라 대합실에서 신문을 읽었다. '산업개발 5개년 계획의 성과' '관동군과 소련군 사이의 국경 충돌' 등의 제목을 단 기사를 대충 훑어보던 그의 눈에 「길림·간도·통화 3성 연합 치안 숙정 공작의 명암」이라는 기사가 들어왔다. 기자는 그간 동북의 화근이었던 비적의 숫자가 강력한 치안 숙정 공작의 영향으로 최근 급감해 사실상 완전히 사라졌다고 평가했다. 기사에는 '비적 출현과 토벌 효과표'라는 도표가 첨부돼 있었다. 그 도표에 따르면, 1933년에는 비적이 출현한 횟수가 13,072회였고, 출현 연 인원은 270만 명에 달했다. 토벌 효과 면에서는 1933년에 사망자 8,728명, 부상자 2,381명의 성과를 올렸다. 비적의 출현 횟수는 1935년 39,150회로 최고조에 이르렀다가 1939년부터 급감해 작년에는 3,667회에 그쳐 기자의 말 그대로 사실상 완전히 사라졌다고 해도 좋을 수준이었다. 그는 1933년의 사망자 8,728명이라는 숫자에 손가락을 짚어가며 한참 동안 바라봤다. 창밖으로 떨어지는 빗소리를 들으며 그는 그렇게 가만히 앉아 있었다.

그가 용정에 도착했을 때는 해가 뉘엿뉘엿 넘어가고 있었다. 용정역 앞에서 인력거를 잡아탄 그는 여관으로 향했다. 인력거 천장으로 빗방울이 떨어지는 소리가 요란했다. 그는 빗방울이 떨어지는데도 아랑곳하지 않고 몸을 앞으로 내민 채 거리를 바라봤다. 종이

우산을 쓰고 뒤뚱거리며 걸어가는 일본 여자들과 책보를 머리에 이고 달려가는 소학교 학생들과 손수레를 끌고 달려가는 중국인 노동자 등으로 거리는 뒤죽박죽이었다. 게다가 자동차의 통행량도 많아져서 인력거는 이제 길옆으로 다녀야만 했다. 새 건물들도 많았다. 예전 건물들은 그저 앞쪽에만 벽돌로 벽을 올린 가짜 벽돌 건물이었는데, 새 건물들은 대련이나 신경의 건물들 못지않았다. 그렇긴 해도 몇 년 동안 하얼빈, 신경, 대련 등에서만 살아왔던 그에게 용정은 시골 소읍에 가까웠다. 그 웅장하던 총영사관 건물이나 조선은행 용정 지점 같은 건물도 이제 보니 초라하기 그지없었다.

여관에 짐을 푼 그는 동흥중학교 동창회 사무실에 가서 최도식을 수소문했다. 그때까지도 최도식이 총영사관 경찰서에 있으리라고는 생각하지 않았는데, 그의 예상 그대로였다. 최도식은 만주중앙은행 용정 사무처에서 일하고 있었다. 그는 동창회 명부에 있는 주소를 수첩에 옮겨 적었다. 동창회 사무실은 지물포에 있었다. 지물포 주인은 그에게 동흥 출신이냐고 물었다. 그는 원래는 은진중학교를 다녔는데, 반종교 투쟁 때 동흥으로 전학했다고 대답했다. 지물포 주인이 알 만하다는 듯이 고개를 끄덕였다. 하지만 낯이 익지 않음메. 주인이 말했다. 대처생활을 오래했습지. 얼굴이 그만 바뀌어버렸스꼬마. 그가 말했다. 대처서는 출세했는갑소. 주소를 다 옮겨 적자, 그는 별다른 대꾸 없이 수인사만 하고 지물포를 나왔다.

그는 주소지를 향해 걸었다. 총영사관 쪽으로 걸어가는데, 영국더기가 눈에 들어왔다. 길가에서 비를 맞으며 앉아 있던 인력거꾼에게 그가 물었다. 아직도 영국더기에는 외국 선교사들이 있습니까? 맵시 있게 양복을 차려입고 중절모까지 갖춰 쓴 남자라 돈이 많은 손님인 줄 알고 반기던 인력거꾼이 약간 실망하며 일본과 영국 사이의 관계가 나빠지면서 모두 본국으로 돌아갔다고 대답했다. 최도식이 사는 곳은 나무판자로 울타리를 둘러친 조선식 집이었다. 울타리 너머로 키 큰 해바라기 한 그루 땅을 바라보고 있었다. 그는 우산을 쓰고 그 해바라기를 한참 바라봤다. 집안에서는 비 때문에 바깥에 나가지 못하는 아이들이 뛰어노는 소리가 들렸다.

얼마 지나지 않아 거뭇거뭇한 어스름이 찾아오고 골목으로는 인적도 끊어졌다. 내리는 빗방울에 그의 신발이며 바짓단이 완전히 젖어버렸다. 거기 서 있은 지도 이제 두 시간이 넘어가고 있었다. 그때 골목 저쪽에서 좌우로 비틀거리며 자전거가 다가왔다. 그는 대문 앞으로 걸어가 자전거가 다가오기만을 기다렸다. 자전거는 대문에서 대여섯 발짝 못미처 멈춰 섰다. 자전거에 탄 남자는 소학생용 가방을 들고 있었다.

"뉘긴가?"

"최도식씨입니까?"

자전거를 끌고 다가오는 남자의 물음에 그가 되물었다.

"긴데?"

"혹시 기억할지 모르겠으나, 음, 명신여학교에 다녔던 이정희라고 알지 않습니까? 그 여자가 죽었을 때, 총영사관에서 조사받던 만철 직원 김해연이라고 하는데 생각나는지요?"

최도식은 아무런 말이 없었다.

"잠깐 지나가는 길에 생각이 나서 들렀습니다. 이젠 총영사관 경찰서에는 다니지 않는 모양이죠?"

"기억도 나지 않는 까마득한 일이 됐스꼬마. 긴데 내겐 어찐 일이우?"

"아직도 궁금한 게 남아 있어서 그럽니다. 그때 이정희가 자살한 걸 직접 봤습니까?"

"그게 무슨 소린가?"

"자살하는 거 직접 보지 않았나 해서 묻는 말입니다."

최도식이 한참이나 그를 쳐다봤다. 그는 그 눈길을 피하지 않고 바라봤다. 그의 입가에 웃음기가 돌았다.

"자살한 것을 보지 않았나요? 직접 보지 않았나요?"

"다 알고 하는 말임둥, 모르고 그냥 지껄이는 말임둥?"

그는 대답하지 않았다.

"맞소. 봤소. 내가 보는 앞에서 스스로 목숨을 끊었습지."

"당신과 박길룡이 죽인 건 아니었습니까?"

최도식은 힘없이 고개를 돌렸다.

"아닙지. 이정희는 스스로 죽었지비."

그는 우산을 내리고 두 손을 펼쳐서 비를 맞았다. 해가 떨어지고 나자 바람이 불기 시작해 빗방울이 중절모를 쓴 그의 얼굴을 때렸다.

"비가 많이 옵니다. 내일은 또 날씨가 어떻게 될지 모르겠군요. 당신을 만나러 올까 말까 많이 망설였습니다. 아내는 가지 말라고 하더군요. 사람들은 다 자기 생각대로 행동하는 것일 뿐이니, 제가 당신을 만나더라도 마음에 쏙 드는 얘기를 듣지는 못할 것이라고 말입니다. 아내의 고향이 여기서 멀지 않은데, 그런 까닭에 저 혼자서 왔습니다."

그는 손으로 비에 젖은 얼굴을 닦은 뒤, 한숨을 내쉬었다.

"그 약지 말입니다. 이정희 때문에 자른 거 아니었습니까?"

최도식은 말이 없었다.

"그런데 어떻게 그 손으로 이정희를 죽일 수 있었습니까? 그토록 사랑했던 여자라면서 어떻게 그럴 수가 있습니까? 당 때문이었습니까? 혁명 때문이었습니까? 도대체 뭡니까? 아무리 생각해도 저로서는 이해할 수가 없습니다."

계속 침착하던 그가 약간 격앙된 목소리로 말했다.

"그건 댁네 때문이었습지. 이정희가 댁네에게 죄다 덤터기를 씌우고 그날 박길룡을 따라 유격구로 들어갔으믄 아무 일이 없었겠스꼬마. 긴데 그리하지 않겠노라고 버텼습지. 내가 찾아갔을 때는 이미 약을 먹고 죽어가고 있었소."

"박길룡이 이미 나한테 말했습니다. 이정희를 죽인 사람은 당신이라고."

"그건 아니지비. 그 인간의 말을 믿으면 안 되는 것입지. 그자는 미치광이에 혁명의 배신자였소."

그는 고개를 돌리고 다시 오른손으로 얼굴을 닦았다.

"토벌대의 정보를 빼낸 것은 이정희가 아니었는데, 왜 이정희가 나한테 모든 덤터기를 씌운다는 소리인가요? 그건 진짜 정보원이었던 당신을 보호하기 위해서 이정희를 희생시킨 것 아닙니까? 당신과 박길룡이 토벌대에 거짓 정보를 줘서 안세훈을 죽인 것처럼 말이오."

"그 인간의 말을 곧이곧대로 들으면 안 되지비. 그자는 혁명의 배신자였소."

둘은 비를 맞으며 가만히 서 있었다.

"어쨌든 두 분 덕분에 저는 중국공산당에 가입했고, 지난 몇 년간 지하활동을 했습니다. 정세는 점점 나빠지고 있는 것처럼 보이지만, 가장 비관적으로 보이는 이 순간이 바로 종말의 전야라는 걸 저는 유격구에서 배웠습니다. 밤이 깊어질수록 새벽은 가까워지는 것이지요. 당신은 이제 완전히 변절한 것으로 보이는군요. 박길룡이 혁명의 배신자라면 당신 역시 마찬가지일 것 같군요. 응당한 대접을 내가 해주리다."

최도식의 얼굴을 바라보며 그는 외투 주머니에 손을 넣었다. 최도식은 몸을 움츠렸고, 자전거가 소리를 내며 바닥에 쓰러졌다.

"내사 절대로 이정희를 죽이지 않았소. 죽어가는 것을 지켜봤을 뿐이오."

최도식이 소리쳤다.

"그렇게 마지막 소원을 들어준 것일 뿐이오."

"마지막 소원이 무엇이었습니까?"

여전히 주머니에 손을 넣은 채, 그가 물었다.

"거야, 당신에게 편지를 전해달라는 것이었지비."

"그 편지……"

그가 말했다. 그때 문이 열리면서 두 명의 남자아이들이 밖으로 나왔다. 아직 열 살도 넘지 않은 게 분명한, 최도식의 아들들이었다. 자신의 아버지가 한때 어떤 사람이었는지 전혀 알지 못하는, 송어들처럼 힘이 넘치는 새 시대의 아이들.

아이들은 최도식이 손에 든, 하지만 이제는 비에 푹 젖어버린 가방을 빼앗다시피 받아들고는 환호성을 질렀다. 최도식은 아이들에게 어서 안으로 들어가라고 말했다. 하지만 아이들은 좀체 아버지의 곁을 떠나지 않으면서 같이 들어가자고 채근했다. 최도식은 그를 가리키며 멀리서 손님이 왔으니 얘기하다가 들어가겠다고 말했다. 그럼에도 아이들은 막무가내였다. 그는 그 모습을 지켜봤다. 아이들이 말을 듣지 않자, 최도식은 소리를 지르며 아이들의 머리를 쥐어박았다. 그중 작은 녀석이 울음을 터뜨렸다. 세 부자가 그렇게 비를 맞으며 엉거주춤 서 있었다.

"그 편지, 내게 전해줘서 고마웠습니다. 그 얘기 하려고 왔습니다. 이제 가보죠. 어서 집으로 들어가세요."

그는 울고 있는 아이들과 어리둥절한 표정의 아버지를 지나쳐 골목을 빠져나갔다. 한참 걸어가다가 그는 우산을 그 집 앞에 던져 놓고 왔다는 사실을 깨달았다. 하지만 다시는 그 집 앞으로 갈 일이 없을 것 같았다. 저녁 내내 그는 비를 맞으며 용정 시내를 하염없이 걸어다녔다.

다음날은 날씨가 맑았다. 그는 아침을 먹자마자 인력거를 잡아타고 영국더기로 향했다. 그후로도 오랫동안 그는 눈만 감으면 그 언덕에서 내려다보는 풍경을 바라볼 수 있었다. 그는 그간 상상만 하던 언덕에 올라 멀리 해란강의 잔물결을 바라봤다. 잔물결은 하나의 햇살을 무수히 많은 빛으로 나누고 있었다. 그는 언덕에 서서 그 빛들 하나하나를 바라보며 주머니에서 정희의 편지를 꺼냈다.

1932년 9월 용정

비교할 수 없는 꽃이여,
다시 찾은 튤립이여, 상징적인 달리아여,
가서 살며 꽃피워야 할 나라가
이다지도 고요하고 꿈같은,
바로 이 아름다운 나라가 아니겠소?

꿈들! 언제나 꿈들을!

_보들레르

지금 어디에 있나요? 제 말은 들리나요? 어쩌면 이건 나의 처음이자, 마지막 편지겠어요. 이럴 줄 알았다면 대련에 출장 갔을 때, 답장을 보낼 걸 그랬네요. 그때도 몇 번이나 편지를 써볼까 해서 책상에 앉기도 했지만, 어쩐지 펜을 들면 보내지 않는 편이 낫겠다는 생각이 들더군요. 이 편지를 읽을 때쯤이면 내가 왜 그랬는지 알게 될까요? 왜 편지를 쓰지 못했는지. 왜 나를 사랑하지 말라고 말했는지.

지금 와서 가장 후회되는 건 내가 결국 사랑을 두려워하게 됐다는 점이죠. 열한 살 시절, 차가운 바닷속으로 들어가며 나는 내 인생에 더 많은 일들이 일어나기를 간절히 소망했더랬죠. 가슴으로, 어깨로, 목으로 밀려들던 그 차가운 물결처럼, 더 많은 기쁨이, 더 많은 고통이 내 몸을 감싸기를…… 그리하여 죽는 그날까지 배우고 또 배울 수 있게 되기를. 그런 시절은 이제 아득하게 멀어졌군요.

이렇게 말해도 될까요? 지금까지 내게는 그 어떤 일도 일어나지 않았다고. 이 우주는 신생 우주이고, 그토록 고요한 우주라고. 지금까지 나는 눈도, 귀도, 입도 없었던 존재라고. 나는 아무것도 보지 않았고, 아무것도 듣지 않았으며, 아무것도 맛보지 않았어요. 지금 나는 세상에서 가장 앳된 사람이에요. 갓 태어난 인간이에요. 이제 막 돋아난 새싹이에요. 그처럼 이 세상도 이제 막 태어난 세상이에요. 한때 나를 사로잡았던 그 소망은 이제 완전히 사라졌네요. 옷에는 얼룩만이 남아 지나간 시절들에 대해서 말해주네요. 이렇게 해서 나는 평안을 얻게 되는 건가요? 송어들처럼 힘이 넘치는, 그 어떤 것에도 지지 않는 그런 평안인가요. 이제.

우리가 영국더기 언덕에서 찍었던 그 사진이 생각나요. 그러니까 멀리서 몸을 뒤척이며 흘러가던 강물들. 눈송이들처럼 떨어져 내리던 봄의 하얀 꽃잎들. 십자가를 향해 구불구불 이어지던 영국더기 언덕길. 사진 속에 찍힌 그 모든 것들은 내가 더없이 아끼던 보물들이었고, 내게 필요한 건 오직 그게 보물이라는 걸 알아보는 단 한 사람뿐이었어요. 내가 원할 때마다 지치지 않고 함께 그 보물들을 봐줄 사람이었죠. 한때는 이 세상 전부를 원했지만. 이젠, 겨우 그 정도. 이제 내가 아는 세계의, 그러니까 거의 전부.

그걸 알겠어요. 이미 너무 늦었지만. 그러기에 말했잖아요. 지금까지 내게는 아무런 일도 일어나지 않았다고. 지금까지. 그러니까 당신과 그렇게 앉아서 이야기를 시작하기 전까지. 그때, 이 세상은 막 태어났고, 송어들처럼 힘이 넘치는 평안 속으로 나는 막 들어가고 있다고. 사랑이라는 게 우리가 함께 봄의 언덕에 나란히 앉아 있을 수 있는 것이라면, 죽음이라는 건 이제 더이상 그렇게 할 수 없다는 뜻이겠네요. 그런 뜻일 뿐이겠네요.

해제

그 긴 밤,
우리는 부르지 못한 노래,
밤이 부른 노래

한홍구(한국 현대사학자)

김연수의 『밤은 노래한다』는 1930년대 초반 동만주의 항일유격 근거지에서 벌어진 '민생단 사건'을 배경으로 한 소설이다. 민생단 사건은 내 박사논문의 주제이기도 한데, 이게 어디 가서 쉽게 꺼낼 수 있는 이야기가 아니다. 어디서부터 어떻게 이야기를 풀어가야 할지 모를 얽히고설킨 복잡함과 혼돈이 민생단 사건의 특징이다. 이 참담한 사건을 통해 희생된 항일혁명가가 최소 오백여 명. 일제의 자료조차 토벌에 의해 희생된 숫자보다 혁명조직 내에서 서로가 서로를 의심해서 죽고 죽인 숫자가 훨씬 더 많았다고 인정하고 있다. 이 참담한 민생단 사건을 통하지 않고서는, 우리는 김일성 등 이북의 지도부가 된 항일유격대 출신들의 사고방식을 이해할 수 없다. 또한 중국 당국이 혁명에 승리한 직후, 왜 연변조선족자치주를 만들었는지를 이해할 수 없다. 오백여 명의 혁명가가 적이 아니라 동지의 손에 의해 죽어간 사건이라면 얼마나 기막힌 사연이 많았을까? 박사논문을 쓰는 내내, 이건 논문이 아니라 소설로 써야 한다는 생각이 나를 사로잡았다. 논문으로는 다 담을 길 없는, 그 깊이를 모를 혼돈과 암흑의 심연 속에서 벌어진 민생단 사건에 빠져든 인간들의 이야기를 김연수는 처음으로 끌어안았다.

이름이 많은 땅, 사연이 많은 땅, 간도

우리가 오늘날 흔히 연변이라고 부르는 곳은 간도라고도 불리고, 또 동만이라고도 불리는 곳이다. 간도란 말도 원래는 '사잇섬'을 뜻하는 '간도間島'였지만, '간도墾島'라고 쓰이기도 했다. '사잇섬'으로서의 '간도間島'는 부분적으로 조선땅이라는 의미가 내포되어 있는 반면, '간도墾島'는 그런 의미가 제거된 말이었다. 간도는 원래 연길, 화룡, 왕청, 훈춘 등 조선과 인접한 네 개 현을 지칭했다. 광활한 만주를 놓고 본다면, 동남쪽 구석에 해당하는 곳인데, 이곳은 중국공산당이 만주성위 내에서 남만특위, 북만특위와 아울러 동만특위東滿特委를 설치할 정도로 중요시한 지역이다. 연변, 간도, 동만 등 이름이 다양하다는 것은 그만큼 역사가 복잡하다는 것을 의미한다. 간도는 공식적으로는 중국의 영토였으나, 내용적으로는 조선인들이 개척한 땅이었다. 인구의 구성을 봐도 조선인이 전체 인구의 팔십 퍼센트 정도였으며, 교통이나 경제활동도 만주의 다른 지역보다는 조선과 훨씬 더 긴밀하게 연결되어 있었다.

1930년대 초반의 동만주는 일본 제국주의와 동아시아 민중이 격돌하는 최전선이었다. 그러나 전선은 매우 복잡했다. 이곳은 조선공산주의운동, 중국공산주의운동, 국제공산주의운동이 아주 복잡하게 얽히면서 '일국일당一國一黨' 원칙이 강력히 시행된 곳이었다. 일국일당 원칙이란 한 나라에 체류하는 외국인 공산주의자들이 자국의 공산당이 아니라 주재국의 공산당에 가입해야 한다는 것이었다. 그런데 문제는 만주의 경우, 중국 본토와는 달리 중국공산당의 당세가 극히 미약했다는 점이다. 반면, 이 지역의 조선인 공산주의자들의 활동은 매우 활발했다. 국제공산당이 일국일당 원칙을 강력히 집행함에 따라, 1930년경에 만주의 조선인 공산주의자들은 중국공산당에 대거 입당했다. 그 결과, 중국공산당 만주성위의 당원은 급팽창하였는데, 당원의 구십 퍼센트는 조선인이었고, 조선인 당원의 절대다수는 간도, 즉 동만주에 집중되어 있었다. 조선인 공산주의자들이 중국공산당에 입당할 때, 중국공산당은 조선인 당원들이 '조선혁명'과 '중국혁명' 모두를 수행할 수 있다고 약속했다. 그러나 1931년 일본 제국주의가 만주를 군사적으로 침략하자, 중국공산당은 매우 조급해졌다. 중국공산당은 만주성위 당원의 절대다수를 점하는 조선인들이 중국혁명보다 조선혁명에 주력할 경우, 중국혁명을 위한 역량이 분산될 것을 우려했다. 당은 점차 조선인 당원들이 '조선혁명' '조선독립'을 말하는 것을 금하기 시작했다.

민생단—빛, 어둠, 그림자

일본이 만주를 점령하자, 일부 일본 제국주의자들과 간도의 친일 조선인들은 간도를 만주로부터 떼어내어 식민지 조선에 병합하자는 움직임을 물밑에서 벌였다. 이런 흐름은 중국인 공산주의자들—이들은 동시에 민족주의자이기도 했다—을 당연히 자극했다. 1932년 2월, 간도에서 일군의 친일 조선인들은 한때 일본 제국주의에 반대했던 민족주의자나 전향 공산주의자들을 포함하여 민생단이라는 정치조직을 결성했다. 이 민생단은 조선인의 간도 자치를 표방했는데, 일제는 조선인의 간도 자치나 간도의 조선에의 병합이 중국인들의 강력한 반발을 가져올 것이라 우려하여 금방 민생단을 해산해버렸다. 그러나 중국공산당은 일제가 민생단원을 훈련시켜 중국공산당 내에 스파이로 잠입시키고 있다는 의심을 품게 되었다. 일제가 중국공산당 내에 밀정을 침투시킨다는 것은 충분히 예상할 만한 일이었지만, 스파이에 대한 공포는 걷잡을 수 없이 번져갔다. 많은 나라의 혁명운동은 스파이의 활동보다 스파이 존재 자체에 대한 공포가 더 파괴적이었음을 보여주었다. 당원의 민족 구성 등이 복잡하게 얽혔던 1930년대 초반의 간도에서 조선인 스파이에 대한 공포는 가히 치명적이었다.

러시아혁명 이후, '공산당'은 피억압 인민들을 유토피아로 인도해줄 메시아적 존재로 다가왔다. 당은 절대로 오류를 범하지 않는다는 '무오류성의 신화'는 당이 영도하는 무장대의 출현으로 더욱 강화되었다. 피바다를 부른 일제의 토벌에 쫓긴 조선 이민자들은 간도의 오지 산골에 피란민 마을을 세웠다. 그들은 이 피란민 마을에 소비에트 또는 적색정권이라는 거창한 이름을 붙였다. 절대로 오류를 범하지 않는 당과 그런 당의 영도를 받는 필승불패의 무장력과 인민정권을 갖추었으니, 사회주의 유토피아가 도래해야 했다. 그러나 이민자들을 쫓아온 것은 일제의 토벌대였다. 변변한 무장을 갖추지 못한 유격근거지의 주민들은 토벌대가 쳐들어오면, 산으로 도망치기에 바빴다. 당은 이런 현실을 당과 유격대 내에 민생단 스파이가 침투한 결과로 돌렸다. 일제의 토벌대에 포위된 '유격근거지'는 민생단 숙청이라는 붉은 마녀사냥의 광풍에 휩싸여버렸다.

민생단이라는 어마어마한 감투를 쓰고 처형된 항일혁명가들의 혐의는 참으로 어처구니없는 것이었다. 그래도 초기에 처형된 사람들은 '조선혁명' '조선독립'을 주장한다는 정치적인 이유로 숙청되었지만, 시간이 지나면서 사정은 달라졌다. 일제에 체포되었다가 구사일생 탈출하거나 처형장에서 중상을 입고 살아 돌아오면 가차 없이 민생단으로 처형되었다. 일을 열심히 하면 정체를 감추려 한다고 민생단으로 몰렸고, 일을 게을리하면 민생단의 지령으로 태업을 한다고 처형되었다. 밥을 흘리면 어렵게 구한 식량을 허비한다고 민생단, 밥을 설익게 하거나 태워도 민생단, 밥을 물에 말아 먹으면 용변을 자주 보느라 혁명과업을 게을리하게 된다고 민생단, 고향이 그립다고 말하면 민족주의적 향수를 조장한다고 민생단, 동지의 죽음 앞에 눈물을 흘려도 패배주의를 조장한다고 민생단, 가족 중에 민생단 혐의자가 나와도 민생단이 되는 등 간첩의 꼬리표는 끝이 없었다.

밤이 부른 노래

이 거대한 혼돈 속에 『밤은 노래한다』의 주인공인 김해연과 세상을 바꾸고자 했던 청춘들은 빨려들어갔다. 흐릿하고 혼돈스러운 세상을 제대로 그리면 역시 흐릿하고 가슴 먹먹해지도록 혼돈스러울 수밖에 없다. 『밤은 노래한다』는 박도만, 최도식, 안세훈, 박길룡 등 혁명을 꿈꾸는 네 명의 젊은이들과 이정희라는 신여성, 그리고 만철滿鐵의 조선인 측량기사로 이정희를 사랑했던 김해연에게 찾아온 잔인한 세계에 관한 이야기이다. 만철의 직원으로 대련에서 일하다가 용정으로 파견된 김해연은 측량작업을 하면서 간도임시파견대의 중대장인 나카지마 다쓰키 중위와 친해지게 되고, 박길룡의 소개로 이정희를 알게 된 뒤, 나카지마, 이정희 등과 종종 술자리를 가졌다. 혁명조직의 일원이었던 이정희는 이 모임을 통해 토벌대의 정보를 수집하여 조직에 보내다가 발각되자 김해연에게 어서 피하라는 메시지를 숨긴 편지를 남기고 스스로 목숨을 끊었다. 김해연은 일본 경찰에 연행되어 조사를 받으면서 과거 공산주의운동을 하다 전향하여 영사관 경찰 보조원으로 있던 최도식을 만나게 된다. 조사를 받고 풀려난 김해연은 대련으로 돌아갔으나 충격을 이기지 못하고 아편에 빠져들게 되고, 다시 용정으로 돌아와 이정희가 목을 맨 나무에 자신도 목을 매어 자살을 시도한다. 김해연은 죽지 않고 살아났으나 그 심리적 후유증으로 말문이 막히고 만다. 그는 용정의 한 사진관에서 일하게 되는데 하필 그 사진관 역시 혁명조직과 연결된 곳이었다. 그곳에서 심부름하던 여옥이라는 아이는 "처음으로 자신을 사람으로 대해준" 야학 선생을 통해 "혁명의 도리"(120쪽)를 깨친 뒤 이슬을 맞으며 조직의 연락원으로 일했다. "엉겅퀴나 산국山菊 날카로운 이파리들이 종아리에다 내가 어떤 사람인지 적어놓았습지"(157쪽)라고 당당히 말하는 여옥은 김해연과 사랑에 빠진다. 김해연은 고등공업학교 시절의 은사인 나카무라 선생의 권유로 새로운 일자리를 찾아 여옥과 함께 경성으로 떠나기로 한다. 경성행을 얼마 앞둔 어느 날, 김해연과 여옥, 그리고 사진관 식구들은 여옥의 언니 결혼식에 참석하러 유정촌에 가다가 운명처럼 토벌대의 습격을 받아 여옥은 오른쪽 다리를 잃고, 다른 사람들은 다 죽고, 김해연만 살아남게 된다. 다리를 잃은 여옥은 혁명조직의 재봉대에서 일하게 되고 김해연 역시 유격근거지에 남아 혁명의 격랑에 휩쓸리게 된다. 중국공산당은 만철 직원 출신인 지식분자 김해연의 입당을 승인하고, 그를 대련으로 다시 보내 사업을 시키려 한다. 대련으로 떠나기 전, 여옥에게 인사를 하려 유격대장 박도만과 함께 약수동으로 향하던 김해연은 중간에 토벌에 대한 정보를 입수하고 방향을 바꿔 어랑촌 소비에트에 이 사실을 알리러 갔다가 민생단 혐의자로 체포된다. 만주에서 조선인 공산주의자들이 조선혁명을 위해 싸우려면 먼저 중국혁명부터 해야 한다는 현실적 입장의 '국제주의자' 박도만과 동만에서 중국공산당에 입당한 조선인 공산주의자들이 "모두 자신의 선택을 후회하면서 죽어가고"(292쪽) 있는 현실을 견딜 수 없었던 민족적 성향이 강한 중국공산당 순시원 박길룡은 민생단 문제로 격돌하게 되고, 결국 박길룡이 박도만을 사살하고 만다. 학생 시절부터 얽힌 이들의 관계가 이렇게 파국으로 치달은 것은 비극의 끝이 아니라 시작이었다. 살아남은 김해연은 혼미한 정신으로 권총을 품고 "잔인한 세계"에 맞서서 "결코 무너지지 않을 세계를 저격"(307쪽)하려고 용정의 총영사관으로 찾아가 최도식을 죽이려 한다. 누구라도 죽이지 않으면 견딜 수 없었던 것이다. 그러나 총영사관 앞에서 조직의 일원인 서일남에게 발견된 김해연은 최도식을 죽일 수 없었다. 대신 그는 간도임시파견대의 중대장 나카지마를 찾아가 그의 머리에 총구를 겨눈다. 김해연은 나카지마를 인질로 삼아 어랑촌 근거지에 고립된 주민들을 빠져나가게 하는 것을 나카지마의 석방 조건으로 내건다. 지팡이를 짚은 여옥도, 중국공산당과 결별하여 오직 조선 사람만으로 조선혁명군을 조직하겠다던 박길룡도 이때 포위를 빠져나온다. 그러나 한 발 총성이 울리고, 박길룡은 죽고 만다. 몇 년의 세월이 흐른 후, 김해연은 다시 용정으로 가, 총영사관 경찰을 그만두고 만주중앙은행 용정 사무처에서 일하고 있는 최도식을 찾아가 그 혼돈의 진원지가 된 정희의 마지막 모습과 정희의 편지가 전해진 사연을 듣는다.

희망의 땅, 비극의 땅 간도

식민지 조선에서 볼 때, 간도는 흉년이 들어도 조선의 풍년보다 낫다는, 바가지와 숟가락만 있으면 밥을 굶지 않는다는 꿈의 땅으로 알려져 있었다. 궁핍한 생활에 지친 많은 농민들이 살길을 찾아 정든 고향을 등지고 간도로 향했다. 빚에 쫓겨 야반도주한 사람들도 한둘이 아니었다. 그러나 간도가 씨앗만 뿌리면 곡식이 절로 되는 땅이라는 것은 식민지의 암울한 현실을 가리고 식민지 조선의 궁핍한 농민들을 간도로 보내 인구 압박을 덜어보려는 제국주의자들이 꾸며낸 허상일 뿐이었다. 보다 나은 삶을 기대하고 정든 고향을 떠난 조선 농민들은 조선인을 일제 침략의 앞잡이로 보는 중국 당국의 탄압을 겪어야 했고, 연이어 1929년의 대공황, 1930년의 간도 5·30 폭동과 그에 뒤이은 백색테러, 이에 저항하는 조선인 공산주의자들의 '주구 청산 투쟁', 그리고 일제의 만주 강점 등 역사의 격랑 속에 빠져들었다.

식민지 조선의 입장에서 볼 때, 간도는 조선의 모순과 문제가 배출되는 곳이었지만, 이렇게 쌓인 문제들은 조선을 다시 압박하게 되었다. 간도가 독립운동의 근거지가 되어 '조선의 치안 불안'의 근원이 된 것이다. 이 때문에 조선주차군 당국은 1932년 봄, '조선군'을 두만강 너머 간도로 보내 독립운동 근거지인 조선인 마을에 대한 토벌을 단행했다. 이 토벌로 간도는 '피바다'가 되었다. 조선인들은 일제의 토벌을 피해 산간 오지로 들어가 한인 소비에트 또는 인민정권을 세웠다. 이 해방구에서 조선인들은 소비에트의 주석도 되고, 위원도 되고, 각종 혁명조직의 간부가 되었다. 자기 땅에서 쫓겨난 가난하고 배우지 못한 농민들로서는 폭발적인 정치 참여를 강제당한 것이다. 근거지에서 농민들이 혁명정치에 휩싸이게 된 것을 주체적 참여냐, 강제적 동원이냐 또는 진보냐, 혼돈이냐, 빛이냐, 어둠이냐의 이분법으로 재단할 수는 없다. 그것은 동원인 동시에 참여였고, 혼돈인 동시에 진보였으며, 어둠인 동시에 빛이었다. 혁명의 숭고한 뜻을 품은 동지들끼리 서로 의심하고 죽이기까지 했던 그 살벌했던 현장에, 왜 하필 그곳에 있어야 했을까? 간도에서 혁명의 격랑에 빠져든 사람들은 그 급류에 어쩔 수 없이 휩쓸린 것일까, 뛰어든 것일까? 그것은 운명이었고, 또 자발적인 의지의 결과였다.

빛과 어둠, 그리고 운명과 의지

간도의 조선인 공산주의자들이 처한 세계는 "빛도, 어둠도 아니면서 동시에 빛과 어둠인 세계"(133쪽)였다. 측량기사인 김해연의 고백에 따르면 "땅에서 측량해서 그리는 지도가 있고 하늘에서 사진으로 찍어 판독하는 지도가 있다. 그 두 개의 지도는 서로 같은 것이면서도 전혀 다르게 경험된다. 그런데도 나는 애써 하나의 지도만을 바라봤을 뿐이다. 고통은 바로 거기서 시작됐다"(113쪽). 이 두 개의 세계는 소설의 곳곳에서 교차한다. 빛과 어둠으로, 천당과 지옥으로. 그 속에서 주인공은, 아니, 간도의 조선인 청년들은 자신이 어느 세계에 속한 것인지 극심한 정신적 혼돈을 겪지 않을 수 없었다. 그 모호함은 가장 견결한 항일투사를 일제의 개인

민생단 특무로 몰아 죽이는 그 순간마저도 삼켜버린다. "혁명 만세. 그저 앞사람을 따라 하는 것인지, 아니면 죽음 앞에서 그들이 내뱉을 수 있는 소리는 그것뿐인지, 그저 혁명 만세. 조선혁명 만세도, 중국혁명 만세도, 세계혁명 만세도 아니고, 그저 혁명 만세. 그 어느 쪽도 받아들이지 않아 변경에서만 살아갈 수밖에 없었던 자들의 모호한 아우성, 그저 혁명 만세."(230쪽)

민생단 숙청이 한창이던 1933년 여름, 유격구에 있던 조선인 공산주의자들은 과연 어떤 사람들이었을까? 작가는 "이 물음의 정답은 없다"(224쪽)라고 단언한다. 이 물음에 대한 답은 "누구도, 심지어는 그들 자신도 자신의 정체를 알지 못했다"(같은 쪽)는 것이다. 작가는 이렇게 말한다. "1933년 간도의 유격구에서 죽어간 조선인 공산주의자들, 그리고 간도의 조선인들은 그런 사람들이었다. 그들에게 객관주의란 없었다. 있는 것이라고는 오직 주관으로 결정되는 가혹한 세계뿐이었다."(225쪽) 조선인들은 죽은 다음에야 자신이 누구인지 알 수 있었다. 이 세계에서는 "바로 시체만이 자신이 누구인지 말할 수" 있었고, "더이상 움직이지 않는 시체만이 자신이 누군지 소리내 떠들 권리를 지녔다"(260쪽). 이 가혹한 세계에서 민족의 해방과 사회적 평등이라는 고상한 꿈을 실현하기 위해 일신의 안위를 버리고 혁명에 투신한 사람들끼리 서로 동지를 일제의 간첩으로 몰아 처형해버리는 마녀사냥을 벌였고, 마침

내 자신이 마녀가 되어버렸다. 일제에 위장 귀순하여 경찰 보조원으로 활동하다가 이정희의 자살을 목격한 후 진짜 전향해버린 최도식은 모두의 운명을 만들어버린 박길룡을 미치광이에 혁명의 배신자라고 비난한다. 세상을 바꿔보려던 꿈을 지녔던 젊은이들이 서로 죽이고 배신하고 변절하고 미치광이가 되는 그런 운명을 맞으려 혁명의 길에 뛰어든 것은 아니었는데……

1930년대 초반, 간도의 산골 오지에 건설된 유격근거지에서 발생한 민생단 사건은 21세기 초반의 대한민국 시민들에게는 참으로 낯선 사건이 아닐 수 없다. 그러나 이 사건은 오늘의 조선민주주의인민공화국을 이해하는 데에서 결정적인 중요성을 갖는다. 김일성을 비롯한 항일무장투쟁 출신 이북의 지도자들 역시 민생단 사건의 격랑을 피해 갈 수 없었다. 이 사건이 남긴 트라우마는 주체사상, '어버이 수령'과 인민들 간의 독특한 혈연적 유대관계, 자주노선, 정치적 생명론 등에 결정적인 영향을 미쳤다.*

민생단 사건이 발생한 역사적 맥락은 매우 특수한 것이었지만, 그 속에 나타난 인간의 본성은 보편성을 지니는 것이었다. 친가·

---

* 자세한 내용은 필자의 박사논문인 "Wounded Nationalism: The Minsaengdan Incident and Kim Il Sung in Eastern Manchuria"(Ph. D. dissertation, University of Washington, 1999)를 참조할 것.

외가·처가를 합쳐 열 명도 넘는 가족을 잃은 사람조차도, 일본군과의 전투에서 몸에 총을 일곱 발이나 맞고 구사일생으로 살아난 사람조차도 일제의 간첩으로 몰린 것이 민생단 사건이었다. 이 기막힌 상황 속에서 인간의 본성은 벌거벗겨질 수밖에 없었다. 어떤 사람은 당에 대한 마지막 충성으로 당의 잘못된 결정마저 받아들였고, 어떤 사람은 이런 게 혁명이냐며 '너희들끼리 혁명 잘 해먹어라'라고 욕을 하며 근거지를 떠났고, 어떤 사람은 두려움 속에서 자신이 민생단이라고 허위 자백을 했고, 또 어떤 사람은 자신이 민생단이 아니라는 것을 증명하기 위해 옆 사람을 민생단으로 몰기도 했다. 이 기막힌 사연이 『밤은 노래한다』를 통해 남한에서는 처음으로 소설로 그려졌다. 동지가 동지를 죽이던 간도의 밤은 참 길었다. 그 밤이 부를 노래는 한 편만이 아니리라.

| 1판 작가의 말 |

솔직하게 말하자면, 한동안 나는 결국 이 소설을 출판하지 못하는 게 아닌가고 생각했다. 다른 무슨 이유가 있어서가 아니라 마음에 들지 않았기 때문에. 물론 나는 오래전부터 이 소설을 쓰기로 마음먹었다. 언제였을까? 1989년 2월, 영문학과 합격자 신분으로 학교 앞 식당 골방에 앉아 확신에 찬 어조로 마르크시즘을 설파하던 선배들의 얼굴을 힐끔거릴 때였을까? 아니면 1994년 4월 학교 도서관에 앉아서 북한을 폭격하자던 월간지 기사와 『민족문화대백과사전』에 실린 북한 지명들을 번갈아 들여다보던 시절이었을까? 그때 나는 난생처음 들어보는 북한의 지명들을 제목으로 북한 사투리로 시를 쓰고 있었다. 지금 생각하면 우습기도 하다. 한 번도 가보지 못했고, 당분간은 가보지 못할 곳을 소재로 시를 쓰다니. 뭐, 나란 인간이 좀 그렇다. 도저히 쓸 수 없다는 생각이 들면 자꾸

쓰고 싶다. 이 소설 역시 마찬가지였다.

그렇게 하여 어찌어찌 갖은 고생 끝에 1995년에 나는 이 소설의 최초 버전이 될 장편소설을 썼다. 그 소설에는 전덕원이라는 복벽주의자, 즉 조선 왕조를 되살려야만 한다는 생각으로 무장투쟁에 나선 사람이 등장한다. 새로운 시대가 펼쳐졌는데, 이런 낡은 주장을 하니까 자연스레 독립군 내부에서는 이에 맞서 공화주의를 주장하는 사람들이 생겨나고 결국 단체는 갈라진다. 이렇게 이야기가 끝이 나면 좋은데, 나중에 이 두 단체는 일본군이 아니라 서로를 향해 총을 드는 일이 생겨났다. 심지어 지난날 한국을 독립시키겠다는 일념으로 함께 만주로 떠난 친구들끼리 서로 총을 쏘기도 했다. 도대체 왜 이런 일이 벌어지는가? 그게 내 최초의 의문이었다. 현대와 1920년대를 오가며 쓴 그 소설은 결국 오백 매에서 멈췄다. 나중에 나는 전덕원과 관계된 부분은 버리고 현대 부분에 등장하는 인물들만 따로 챙겨서 『7번국도』라는 소설을 썼다. 읽어본 사람이라면 알겠지만, 『7번국도』와 독립군 내부의 동족상잔이란 얼마나 멀리 떨어져 있는가. 여기에 굳이 밝히지 않더라도 그 최초의 소설이 얼마나 엉성했는지 짐작하리라 믿는다.

다시 웃긴 이야기를 좀 해야겠다. 나는 원래 뭔가를 간절히 원하면 온 세계가 그 열망을 도와준다고 믿으며 이 세상에 태어난 사람이다. 대신에 조건은 있다. 온 세계가 그 열망을 도와줄 때까지 계속 간절히 원해야만 한다는 점이다. 열망이 이뤄질 때까지 열망한다. 나는 좀 그렇게 생겨먹었다. 그렇기 때문에 첫번째 버전이 완전히 실패로 돌아간 뒤에도 나는 여전히 이 소설을 쓰고 싶다고 생각했다. 그리고 얼마간 시간이 흐르니 세계가 움직이기 시작했다. 우선 1995년의 와다 하루키 선생. 그분은 『김일성과 만주항일전쟁』이란 책을 쓰셨다. 나는 이 책에서 중공 만주성위 동만특위 서기였던 위증민이 쓴 다음과 같은 보고 내용을 발견했다. '김일성, 고려인, 1931년 입당. 용감적극, 중국어를 할 수 있음. 유격대원 출신이다. 민생단이라는 진술이 대단히 많다.' 이 책을 통해 나는 민생단이라는 단체를 처음 알게 됐다. 전덕원 부대의 동족상잔보다 이쪽이 훨씬 끌렸다. 그렇게 몇 년이 흐른 뒤인 1999년, 신주백 선생이 쓴 『만주 지역 한인의 민족운동사』라는 책을 읽게 됐다. 이 책의 제4장 제4절은 동만 유격구의 반민생단 투쟁에 대해서만 다룬다. 그때 나는 출판잡지사 기자라는 신분을 한껏 남용해서 신주백 선생과 인터뷰를 했고, 헤어지면서 그분에게 언젠가 만주 항일투쟁의 내부에 대한 소설을 쓰고 싶다고 고백했다. 그해에는 연변대학교 역사계에 있는 김성호 선생의 박사학위 논문 「1930년대 연변 민생단 사건 연구」라는 책도 발견했다. 마침내 민생단 사건 하나만을 다룬 책을 손에 넣게 된 것이다. 그리고 열망은 최종적으로 내게 이 책에도 해제를 써주신 한홍구 선생의 박사학위 논문 「상처받은 민족주의—1930년대 간도에서의 민생단 사건과 김일성」을 선사했다.

'그렇다면 이제 일필휘지로 소설을 쓸 수 있겠다'라는 건, 하지만 머릿속의 생각일 뿐이다. 만유인력의 법칙이 작동하는 공간이라면 우주 어디서나 그건 마찬가지다. 생각만으로 이뤄지는 건 하나도 없다. 뭔가 이뤄지려면 원하고 또 원해야만 한다. 몇 년이 지나도록 쉽게 소설을 시작하지 못했으므로 2003년 나는 연변에 가서 소설을 쓰기로 마음먹었다. 처음 가본 내게 연변은 모든 게 낯설었다. 하지만 어디에나 도와주는 분들이 있다. 당시 교환교수로 연변대학교에 머물던 배재대 국문학과 정문권 선생과 그분의 소개로 만난 연변대 김관웅, 김호웅, 우상렬 선생 등은 내가 여러 자료와 연변의 실상을 접할 수 있도록 도와주셨다. 연변대 유학생 기숙사의 수위 아저씨들은 혼자 머물던 내가 외롭지 않게 자주 일정량 이상의 알코올을 제공해주셨다. 연길 시내의 극장식 주점 '대우주성'도 적어두고 싶다. 거기서 나는 국경 너머 광야가 어떤 곳일지 충분히 짐작할 수 있었다. 마지막으로 연길 제10중학교 조선어 교원인 김점순 선생님이 아니었더라면 연길생활이 무척 힘들었을 것이다. 이분들의 도움으로 나는 2004년 연길에 머물면서 이 소설의 초고를 완성할 수 있었다. 소설을 쓰는 동안에는 캐나다 출신의 월드뮤직 가수 Matthew Lien과 독일의 고딕메탈 듀오 Mantus, 그리고 막 출시됐던 김윤아의 2집 앨범이 큰 도움이 됐다.

하지만 온 세계가 나를 도와준 것은 거기까지였다. 초고를 마친 뒤에 나는 뭔가 찜찜한 기분을 떨치지 못했다. 그래서 한국에 돌아와 나는 여러 번 이 초고를 고치려고 했지만, 고치지 못했다. 초고가 마음에 들지 않았는데, 왜 마음에 들지 않았는지 정확하게 알지 못했다. 다만 이대로 책을 출판할 수는 없다는 생각이 들었다. 사람들이 내게 『밤은 노래한다』가 언제 출판되느냐고 물을 때마다 이번 계절이 끝나고 나면 출판될 것이라고 말하곤 했다. 여러 번 계절이 그렇게 끝났다. 한 해 두 해 세 해가 속절없이 지나갔다. 그러다가 나는 그 찜찜함이 뭔지 알게 됐다. 그건 정희를 죽인 자들을 김해연이 복수하지 않았기 때문이라고 생각했다. 마땅히 김해연은 최도식을 죽여야만 했다. 그런 게 정의니까. 반드시 피의 앙갚음을 해야만 하니까. 그래서 그렇게 결말을 고쳤다. 그런데 그러고 나니까 더더욱 이 소설은 출판해서는 안 될 것 같았다. 이게 다 뭔가? 더 좋은 세상을 만들자고 맹세했던 사람들끼리 결국에는 서로 죽이는 이야기라니. 이런 얘기를 책으로 묶어 내서 뭣하겠는가? 내게 소설을 쓰게 만들었던 최초의 의문은 결국 마지막 순간까지도 해결되지 않았던 것이다. 하는 수 없지. 나는 그렇게 생각했다. 안 되는 건 안 되는 거니까. 나는 고치다 만 원고를 던져 버렸다.

2007년 나는 『네가 누구든 얼마나 외롭든』을 썼다. 그 소설을 쓰면서 나는 이십대에 이 세상을 보면서 느꼈던 의문으로 다시 돌아갔다. 왜 우리가 간절히 열망하는데도 이 세계는 조금도 바뀌지 않는가? 그런 게 우리가 사는 세계라면 우리는 마땅히 현실에 순응하고 권력에 복종하면서 살아야 하지 않을까? 더이상 뭔가를 간절히 열망하면 안 되는 일이 아닌가? 『네가 누구든 얼마나 외롭든』을 쓰면서 나는 그 의문에 해답이 있을지도 모른다는 생각을 하게 됐다. 어쩌면 열망은 그 열망이 이뤄지는 일과 아무런 관계가 없으리라. 열망으로 이뤄지는 일은 하나도 없다. 열망은 결코 원인이 아니다. 열망은 그 자체로 결과이리라. 열망은 단지 열망하는 그 순간에 원하는 모든 것을 얻을 뿐이다. 과연 이것이 해답이 될 수 있을까? 어쨌든 나는 『네가 누구든 얼마나 외롭든』을 나만의 방식으로 다 썼다. 다 쓰고 나니까 이십대의 내가 이해됐다. 결코 바뀌지 않는 것처럼 보이는 이 세계가 이해된 게 아니라.

그리고 2008년이 찾아왔다. 한 신문사의 요청으로 나는 촛불시위에 대한 기사를 쓰려고 5월 31일 시청 앞으로 나갔다. 그날 밤에 시위대는 효자동 입구까지 밀고 들어갔고, 나는 다른 사람들과 함께 전경들 바로 앞에 연좌했다. 다시 전경들 앞에 앉고 보니 살아오면서 내가 겪었던 그 모든 공포들, 공권력을 향한 무의식적인 두려움이 고스란히 되살아났다. 젊은 사람들은 모르겠지만, 나는 이제 알 만한 나이가 됐다. 결국 우리는 저들에게 진압당할 것이다. 초조했다. 그때 뒤쪽에서 남총련의 깃발을 든 학생들이 나타났다. 그 깃발을 보는 순간, 우습게도 안심이 됐다. 우리 세대에게 남총련이란 그런 존재였으니까. 깃발을 들고 전경들 앞에까지 나온 남총련 학생들은 대오를 갖춰 자리에 앉았다. 남녀 학생들 몇몇이 앞으로 나갔다. 구호를 외치리라. 그렇게 생각했다. 그런데 갑자기 그 학생들이 대중가요를 부르며 춤을 추기 시작했다. 정말 예상하지 못한 그 모습에 나도 모르게 웃음이 터져나왔다. 저런 애들을 믿고…… 한참 웃었다. 그다음날 새벽 경찰이 시위대를 폭력적으로 진압했을 때, 내가 분노한 것은 그 때문이었다. 저렇게 새로운 아이들을 그토록 낡은 방식으로 대접하다니. 늙다리들. 구닥다리들.

결국 온 세계는 다시 나의 열망이 이뤄지도록 도와준 셈이었다. 그 학생들을 보고 나니 모든 게 명확해졌다. 많은 사람들의 열망 때문이든 아니든, 물론 개인적인 차원에서는 아닐 확률이 높지만, 어쨌든 결국 우리는 어제와 다른 세계에서 살고 있다. 어제와 다른, 새로운 세계. 그게 중요한 것이다. 반드시 복수해야만 할 필요는 없다. 당장 내 눈앞에서 정의가 이뤄지지 않아도 좋다. 이게 어제와 다른, 새로운 세계라면. 그리하여 나는 이 소설의 마지막 부분을 고칠 수 있었다. 결국 이 소설을 쓰고 싶다는 내 오랜 열망을 이룰 수 있었던 건 그날 밤 효자동 전경들 앞에서 춤을 추던 학생들 덕분이다. 공포의 순간에 웃음을 터뜨릴 수 있게 해준 그 학생들에게 감사의 말을 전한다. 늙다리들은 더이상 춤추지 못한다. 나는 춤추는 사람들이 좋다. 나 역시 그렇게 춤을 출 수 있으면 좋겠다. 그 학생들처럼.

2008년 9월

김연수

문학동네 장편소설
밤은 노래한다

1판 1쇄 2016년 4월 17일
1판 5쇄 2024년 7월 19일

지은이 김연수
책임편집 김내리 | 편집 정은진 이성근 황예인 김필균
디자인 윤종윤 유현아 | 저작권 박지영 형소진 최은진 오서영
마케팅 정민호 서지화 한민아 이민경 안남영 왕지경 정경주 김수인 김혜원 김하연 김예진
브랜딩 함유지 함근아 박민재 김희숙 이송이 박다솔 조다현 정승민 배진성
제작 강신은 김동욱 이순호 | 제작처 영신사

펴낸곳 (주)문학동네 | 펴낸이 김소영
출판등록 1993년 10월 22일 제2003-000045호
주소 10881 경기도 파주시 회동길 210
전자우편 editor@munhak.com | 대표전화 031) 955-8888 | 팩스 031) 955-8855
문의전화 031) 955-2696(마케팅) 031) 955-8864(편집)
문학동네카페 http://cafe.naver.com/mhdn
인스타그램 @munhakdongne | 트위터 @munhakdongne
북클럽문학동네 http://bookclubmunhak.com

ISBN 978-89-546-4017-6 03810

잘못된 책은 구입하신 서점에서 교환해드립니다.
기타 교환 문의 031) 955-2661, 3580

www.munhak.com